芥川龙之介文学中的佛教思想研究

潘贵民 著

2016年度吉首大学【学成返校博士科研资助经费研究项目】：《芥川龙之介文学与佛教研究》（编号：jsdxxcfxbskyxm201601）成果之一；湖南省教育厅科学研究项目：《芥川龙之介文学佛教思想研究》（编号：16C1325）成果之一。

南京大学出版社

图书在版编目(CIP)数据

芥川龙之介文学中的佛教思想研究 / 潘贵民著. —南京：南京大学出版社，2018.8
（武陵译学丛书 / 蒋林，汤敬安，刘汝荣主编）
ISBN 978-7-305-20811-9

Ⅰ.①芥… Ⅱ.①潘… Ⅲ.①芥川龙之介(1892—1927)—文学研究②佛教—研究 Ⅳ.①I313.065②B948

中国版本图书馆CIP数据核字(2018)第181872号

出版发行	南京大学出版社
社　　址	南京市汉口路22号　　邮　编 210093
出 版 人	金鑫荣
丛 书 名	武陵译学丛书
主　　编	蒋　林　汤敬安　刘汝荣
书　　名	芥川龙之介文学中的佛教思想研究
著　　者	潘贵民
责任编辑	张淑文　　编辑热线　025-83592401
照　　排	南京紫藤制版印务中心
印　　刷	江苏凤凰数码印务有限公司
开　　本	718×960　1/16　印张 18.75　字数 252 千
版　　次	2018年8月第1版　2018年8月第1次印刷

ISBN 978-7-305-20811-9
定　　价　70.00元

网　　址：http://www.njupco.com
官方微博：http://weibo.com/njupco
官方微信：njupress
销售咨询热线：(025)83594756

* 版权所有，侵权必究
* 凡购买南大版图书，如有印装质量问题，请与所购图书销售部门联系调换

"武陵译学丛书"专家委员会

主　编　蒋　林　汤敬安　刘汝荣
顾　问　（按姓氏音序排列）
　　　　范武邱　中南大学
　　　　郭国良　浙江大学
　　　　蒋坚松　湖南师范大学
　　　　李德凤　澳门大学
　　　　王克非　北京外国语大学
　　　　朱健平　湖南大学

"武陵译学丛书"总序

白晋湘

提起武陵,中国人大概都会想起陶渊明的《桃花源记》,因为那篇名文开首便说是武陵的一位渔人发现了桃花源这个世间美好的所在。在这里,谈论武陵渔人和桃花源不是为了寻找本区域的光荣史,而是桃花源与翻译这门学科密切相关。

桃花源里面的人"与外人间隔","不知有汉"。造成桃花源人与外界存在隔膜的原因,是桃花源人拒绝与外界沟通。他们告诉那位渔人,"不足为外人道也"。而我们知道了桃花源的存在,要感激那位渔人,因为是他走出桃花源后,对外面的人"说如此"。我想,"说如此"就是沟通的开始,而沟通也就是翻译的最高追求。武陵渔人最终没有完成沟通,他带人去寻找桃花源时,"不复得路"。武陵渔人没有找到去桃花源的道路,而这也正是今天的我们应该继续的事业,以翻译沟通世界。没有沟通的世界,不会有人类的桃花源。

晚清的林纾先生翻译的《茶花女》,曾让当时国人震惊于"外国人也有用情如此之专者",同样告诉我们沟通的必要与紧迫。

20世纪60年代,加拿大学者M.麦克卢汉创造了一个现在举世皆知的词——地球村,来说明科技对人类的影响。无论是从共时性,还是从历时性的角度来看,科技进步确实缩短了人与人之间的距离。但是,缩短绝对不能等同于消除。只要距离还存在,《圣经》里所讲的"天下人都讲一样的语言"就只能是一个想象中的桃花源。

面对距离,人类需要沟通。人类需要沟通,就需要翻译这门学科。从这个角度而言,翻译是一件人类永恒需要的事业;每一个从事翻译的人,都是通向人类能够顺畅沟通的美好世界的奠基人。

"异域文术新宗,自此始入华土"。1909 年,鲁迅为他和周作人翻译的《域外小说集》写的序言中的这句话发人深省。鲁迅等近现代中国第一代翻译人用这种大气魄为中国翻译事业树立了一个光辉的典范:翻译是一件需用大情怀从事的事业。

对于鲁迅这代翻译者来说,翻译事关民族的变革与发展,是一项让中国人了解世界,参与到整个世界"进化"道路上去的大事业。确实如此,翻译不仅是将一种语言转换为另一种语言,不仅是教育的一个专业和学术的一个领域,还拥有着更远大的承担与追求。也因为有这更大的承担和追求,翻译才成为一项伟大的事业。包括鲁迅在内的近现代中国最早的翻译者是中国的普罗米修斯,他们通过翻译将域外的火种带到中国,让我们这个古老的民族凤凰涅槃,实现浴火重生。

如今的 21 世纪,中国的翻译学者接过先贤手里的火种,推进中国翻译事业的发展。他们一方面将国外文明引入中国,另一方面更是将中国文明推介出去。作为武陵山区唯一的一所综合性大学,吉首大学有责任有义务发展该区域的翻译事业,将沈从文等文学大师的作品译介到更多的民族和国家,同时也把武陵山区神奇的自然风光、悠久的历史文化、浓郁的民族风情推向人类世界。

2017 年 11 月 21 日
于吉首大学凤凰楼

主编絮语

  吉首大学是湖南省省属综合性大学，是武陵山区规模最大、实力最强、层次最高、影响最广的综合性大学。2003年获得硕士学位授予权，2012年被确定为中西部高校基础能力建设单位，同年获得"服务国家特殊需求博士人才培养项目"，为实现转型发展战略，学校在"十三五"期间全面启动博士学位授权点的申报和建设工作。2016年学校再次被确定为中西部高校基础能力建设单位。

  吉首大学外语本科办学历史悠久，人才培养质量高。从1979年开始招收英语本科学生，现有英语、翻译、商务英语和日语四个本科专业。每个专业师资力量雄厚，专业改革得当，教学质量有保障，人才培养有特色。近年来，我校外语专业学生在各类各级专业技能竞赛中成绩优秀，名列前茅，在海峡两岸暨香港澳门中国大学生莎士比亚戏剧大赛中摘过银奖，在湖南省大学英语演讲比赛中夺过冠军。本科办学37年来，为社会各界培养了"下得去、留得住、用得上、干得好"的各类人才5000余名，据不完全统计，其中20多位校友已经成为海内外具有影响力的行业引领人才。此外，吉首大学外语学科2016年申报的翻译硕士专业学位授权点成功获批，2017年开始招收第一届翻译专业硕士生。这将为武陵山区的资源优势转化为经济优势储备人才，让武陵山区蕴含的特色旅游资源和民族文化资源等转化为国际竞争力，为武陵山区扶贫攻坚和湖南省旅游强省提供了原动力。

吉首大学外语学科现有专任教师114人，其中高级职称教师45人，博士18人(含在读)，外语学科积淀深厚，学术水平稳步提升。多年积淀为外语学科夯实了基础，充实了内涵，提升了实力。近年来，通过主办"民族地区外语学科发展学术研讨会"、"全国界面研究高层论坛"、"湖南省翻译协会年会"等各种专业学术会议以及邀请国内相关领域知名专家学者来校讲学等方式，进一步活跃了学术氛围，助推了学科建设，催生了高水平的学术成果。2011年至2016年，我校外语学科获得包括"中华学术外译"在内的国家社科基金项目6项；在《外语教学与研究》《中国翻译》等权威期刊上发表论文8篇，出版学术专著、译著和教材20余部。

为了把外语学科建设成为武陵山片区一流的、有影响力的学科，进一步丰富学科内涵、凝练学科特色，依据学校"立足大湘西，服务大武陵"的办学定位，充分考虑武陵山区经济、社会、文化发展的实际需求，鼓励外语学科教师致力于学术研究和翻译实践，产出一批高水平的研究成果和彰显本土文化特色的优秀翻译作品，白晋湘校长不仅亲自拟定"武陵译学丛书"名称，每年从校长专项经费中拨付出版经费，而且还就著作出版质量等事宜提出了很多切实可行的建议。在他的关心与支持下，我们一方面整合外语学科现有研究力量，聚焦学术前沿话题，成立科研团队，合力攻关具有重要研究意义的课题，推出一批高层次、高水平的学术专著；另一方面，我们以武陵山区丰富的旅游资源和灿烂的民族文化为依托，响应党的十七届六中全会提出的"中国文化走出去"伟大战略，将本土优秀的文化产品译介到国外，用翻译的方式对大湘西地区乃至整个武陵山区的民族文化和旅游资源进行保护、传承和弘扬。

我们相信，通过五至八年的建设，"武陵译学丛书"一定会助力外语学科结出累累硕果！

2017年11月22日
于吉首大学逸夫楼

序

邱雅芬

我们迈向现代的步伐迅猛有力，这同时也提醒我们需要继续思考传统与现代、中学与西学问题，这些学术母题现在仍然横亘在我们面前。对于中国日本文学研究者而言，日本社会、日本文学在从传统向现代转型过程中的诸多经验教训依然值得关注。由于中日文化之间的甚深渊源，日本知识人在面临传统与现代、日本与西方问题时，"中国"往往成为绕不过去的课题之一。自明治维新以来，北村透谷、有岛武郎、芥川龙之介等诸多日本作家付出了生命代价，摸索着日本文学的现代建构问题，这对于我国文学研究界在思考外来资源与传统资源关系等问题时亦具有参考价值。

芥川龙之介是日本大正文坛的领军人物、日本短篇小说的旗手。他出生于1892年，即明治25年。这是日本史上最为剧烈的转型期，当时日本的政治、经济、文化、民生都发生着史无前例的深刻变化。具体而言，政治上由内向转向外向型，经济上由传统经济转向工业化时代，文化上从传统的东方文化转向西方文化，百姓的衣食住行也处于西化进程中。

芥川在大正初期登上文坛，他主要是一位大正时代的知识人。与明治知识人相比，大正知识人可以更自然地亲近西方文化，他们与西方之间的距离更近了。反言之,他们与传统的连带越来越薄弱了。芥川作为时代精英,得以进入日本最高学府——东京帝国大学英文科学习,如此造就了用英文阅读外国经典的能力,但这位在高中时代就开始创作汉诗的作家并未安住于西方文化之中,他的灵魂中还栖息着一颗东方之心,于是,"传统与现代"成为解读芥川文学的关键词之一,而"芥川文学与佛学"的研究不仅有助于更深入地切入这个课题,且由于日本流传汉传佛教,所以该研究亦有助于我们思考我国传统文学资源等问题。

芥川文学中的佛教相关作品较多,完全不亚于其基督教相关作品量。这些作品中呈现出的由东西文化碰撞所引发的人的生存问题以及现代性问题至今仍然具有较好的启示意义。可以说,要充分理解芥川文学,忽略其中的佛学元素是失之偏颇的,但在芥川研究著作大量涌现的日本学界亦未见这方面的论著。潘贵民博士是我在中山大学外国语学院任职期间指导的博士生,他第一次系统地梳理了"芥川文学与佛学"问题,其学术勇气与刻苦钻研的精神值得赞赏。在此,本人还要感谢中山大学哲学系佛学研究专家冯焕珍教授的支持。佛学博大精深,如果没有冯教授的帮助,这个研究也是难以完成的。最后,我还要感谢南京大学出版社刊出本论著。

2018 年 4 月
于中国社会科学院外国文学研究所

前　言

芥川龙之介(1892—1927)是日本大正时期最具代表性的作家,他在短短的十余年间创作了 148 篇小说,并有大量的书简、随笔、游记、俳句、诗歌等体裁的作品流传于世,被誉为一代"鬼才"。芥川生活在一个狂躁不安的时代,他以其冷触的笔调描述人性,其艺术至上、为艺术而艺术的创作风格以及对宗教的强烈怀疑精神给大众留下了十分深刻的印象。

被称为"日本卡夫卡""日本最后的文人"的芥川及其作品,一直以来都是日本学术界高度关注的对象,其文学影响经久不衰。1951 年日本著名导演黑泽明执导的电影《罗生门》在威尼斯国际电影节上获得金狮奖,风靡全球;2005 年山东文艺出版社出版了《芥川龙之介全集》,这是继日本之后国外出版的第一套芥川全集;2006 年企鹅古典丛书《罗生门 外 17 篇》在英、美两国先后出版,这是继日本古典名著《源氏物语》之后,企鹅古典丛书第二次收录日本文学名著,且芥川是该丛书收录的第一位亚洲当代作家,进一步奠定了芥川文学的世界影响;2006 年国际芥川龙之介文学会在韩国成立,是芥川文学走向世界的又一个里程碑。[1] 2014 年 4 月,芥川的《罗生门》被英国《每日电讯报》评为"史上十佳亚洲小说"之

---

[1] 邱雅芬,《芥川龙之介学术史研究》,南京:译林出版社,2014 年,第 2 页。

一，名列第三。①

芥川文学中涉及佛教的作品有小说20余篇，另有小品、随笔、诗歌、评论等数篇，如小说《罗生门》(1915)、《鼻子》(1916)、《孤独地狱》(1916)、《运气》(1916)、《道祖问答》(1916)、《地狱变》(1918)、《龙》(1919)、《往生画卷》(1921)、《俊宽》(1921)、《六宫公主》(1922)、《尼提》(1925)等；童话《蜘蛛之丝》(1918)；小品《两位朋友》(1926)等；随笔《肉骨茶》(1920)、《杂笔》(1920)、《点心》(1921)、《澄江堂杂记》(1924)等；诗歌《佛》等；评论及其他《偏颇之见》(1924)、《侏儒警语》(1923)、《关于〈今昔物语〉》(1927)、《文艺的，过于文艺的》(1927)、《〈井月诗集〉跋》(1921)、《假如我有来生》(1925)等；书简9—10封；遗书《给一个老友的手记》(1927)、《致小穴一隆》(1927)等。诚然，这些作品并非皆通篇涉及佛教，有些仅部分内容与佛教相关或部分题材涉及佛教。

长谷川泉的《芥川龙之介事典》②"佛教与芥川"条中涉及芥川佛教相关作品10余篇，这是芥川文学研究领域第一次系统介绍芥川佛教相关文学，颇具启示意义。《芥川龙之介全集》二十四卷本编者之一石割透在《我所注意到的芥川龙之介二三事》一文中亦关注了芥川文学中的"佛教"问题，说明芥川文学的佛教问题已引起了日本学者的注意。石割透在文中如此论述道：

"与基督教有深厚关系的课题历来受到关注，但如戏曲习作《青年与死》及同时期所作未定稿《弘法大师利生记》等所清楚表明的那样，青年时期的芥川对佛教十分关注，这是大家认可的事实。我认

---

① 2014年4月23日英国《每日电讯报》网站刊登题为《史上十佳亚洲小说》的报道称，亚洲文学中涌现了许多动人的篇章。该报列举了《红楼梦》(曹雪芹)、《微妙的平衡》(罗欣顿·米斯特里)、《罗生门》(芥川龙之介)等十本经典之作。

② (日)菊池弘等编，《芥川龍之介事典》(增订版)，東京：明治書院，2001，pp.435—436。日文文献内容除涉及芥川作品时参照山东文艺出版社中文译本《芥川龙之介全集》外，如未特别注明，皆为笔者所译，下文亦同。

为在今后的芥川研究中有必要在这方面进行探讨。[①]"

长谷川泉及石割透的论述表明芥川文学中含有佛教元素。渡边贞麿在《佛教文学的周边》(日本，和泉书院，1994)第三部分"近代文学与佛教"中，收录了芥川及其文学与佛教的论文七篇，足见他对芥川与佛教关系的关注。此外，关口安义《"揭开施主的妄言"——芥川龙之介的洞察》(《潮》，1991年7月)、谷荻昌则《芥川龙之介的童话：〈蜘蛛之丝〉中的善与恶》(《大正大学研究论丛》，1996年3月)、吉原浩人《和佛教世界观的差距与地狱形象——〈蜘蛛之丝〉》(《国文学 解释与教材的研究》，1996年4月)、小林信彦《保罗·格拉斯与芥川龙之介：日本人对欧洲佛教说话的反应》(《国际文化论集》，2003年12月)及《芥川龙之介的童话〈蜘蛛之丝〉：对欧洲人的佛教说话的翻案尝试》(《桃山学院大学人间科学》，2009年3月)、袴谷宪昭《芥川龙之介与佛教文学》(《驹泽大学佛教文学研究》，2012年3月)及《芥川龙之介与〈蜘蛛之丝〉》(《驹泽大学佛教文学研究》，2013年3月)、中村圭志《犍陀多的孤独之战：芥川龙之介〈蜘蛛之丝〉》(《书斋之窗》，2013年1月)，以及我国的孟雪《芥川龙之介小说中的佛教思想》(北京林业大学硕士学位论文，2011)等亦关注了芥川的佛教相关文学，但学者们主要集中在芥川少数几篇代表作的研究方面，如《往生画卷》《蜘蛛之丝》等，研究不够深入系统。芥川文学与佛教关系研究是一个亟待开拓的学术领域，该课题涉及在传统与现代转型时期日本知识分子的精神世界，对正处于转型期的我国文学研究亦富有启示意义。

本书共分七章对芥川文学中所体现的佛教思想进行系统论述。第一章主要选取芥川初登文坛的三篇作品《青年与死》(1914)、《罗生门》(1915)、《鼻子》(1916)来分析青年时期的芥川及其文学与佛教的关系。三篇作品均不同程度地涉及佛教，再加上他初登文坛时对佛教先期探索

[①] (日)石割透，《芥川龍之介について気づいた二、三のこと》，载《驹沢短期大学研究纪要27》，1999年3月，p.1.

的几篇未定稿,如《弘法大师御利生记》(1914)等,表现了青年时期的芥川对佛教的关心。

第二章主要选取芥川前、中期三篇作品《孤独地狱》(1916)、《俊宽》(1922)、《六宫公主》(1922)论述芥川对佛教思想的认同与理解。《孤独地狱》中的"人生之苦"、《俊宽》中的"无常"、《六宫公主》中的"念佛往生"等论述,表明了芥川及其文学对佛教的正面认识与评价,体现了芥川较深的佛学素养。

第三章通过对发表于1917年的两篇作品《运气》《道祖问答》的探讨论述芥川对佛教的疑惑,这两篇作品表明芥川一改早期对佛教的"信仰",开始思考佛教到底是怎样的宗教等问题。

第四章主要通过《貉》(1917)、《龙》(1919)中对"信"的批判继续论述芥川的宗教怀疑主义。与第三章主要是对僧人修为的批判不同,本章主要从佛教"信仰"角度进行探讨。芥川是宗教怀疑主义者,他对佛教的认识并非一成不变,其宗教怀疑精神贯穿其整个文学之中。

第五章主要通过对《地狱变》(1918)、《蜘蛛之丝》(1918)的分析论述芥川及其文学的佛教地狱思想。芥川在其文学中表现了与佛教一脉相承的地狱思想,对佛教地狱进行了文学式再现。其中,"善恶有报"是芥川文学佛教地狱思想的核心。

第六章通过对《尾形了斋备忘录》(1917)、《邪宗门》(1918)、《阿吟》(1922)的分析论述芥川文学中基督教与佛教的冲突问题。对基督教与佛教矛盾冲突的描述是芥川文学中较为特殊的现象。纵观芥川文学特别是这几部作品,不难发现芥川对宗教的追求经历了早期对佛教的关心、中期在佛教与基督教之间徘徊、晚期偏向基督教但又不断回望佛教的清晰过程。

第七章选取《往生画卷》(1921)和《尼提》(1925)论述芥川文学对佛教的中肯态度。作品表现了芥川对佛教及其"往生思想""涅槃正果"颇为到位的认识。这类作品的出现,说明芥川及其文学对佛教的积极贡献。笔者认为芥川创作如此多佛教相关文学,偶然中有必然,必然中有偶然。可以说，时代与芥川自身的努力成就了芥川佛教相关文学。

　　本书为芥川文学与佛教关系系统研究的初次尝试。芥川文学中佛教相关作品十分丰富，完全不亚于其基督教相关作品。其文学中所体现的佛教思想几乎涉及其整个文学的方方面面，不仅涉及小说、童话、小品、剧本、散文、游记，亦涉及书简、诗歌、俳句等，其文学中佛教术语、佛教典故运用甚多。可以说，要充分认识和理解芥川文学，忽略其佛教因素是失之偏颇的。芥川佛教题材文学，抑或芥川文学的佛教思想亦是理解芥川及其文学的一枚钥匙。

目 录

"武陵译学丛书"总序 ·· 001
主编絮语 ··· 001
序 ·· 001
前 言 ··· 001

第一章 初涉佛教:《青年与死》《罗生门》《鼻子》论 ········ 001
 第一节 《青年与死》——生与死 ························ 006
 第二节 《罗生门》——善与恶 ·························· 018
 第三节 《鼻子》——"我执" ···························· 027
 本章小结 ·· 037

第二章 对佛教思想的认同:《孤独地狱》《俊宽》《六宫公主》论
·· 039
 第一节 《孤独地狱》——人生之苦 ····················· 041
 第二节 《俊宽》——"无常" ···························· 049
 第三节 《六宫公主》——念佛往生 ····················· 064
 本章小结 ·· 076

第三章 对佛教的怀疑:《运气》《道祖问答》论 ············· 077
 第一节 《运气》——世俗的佛教信仰 ·················· 079

第二节 《道祖问答》——"本地垂迹"与大小乘佛教 …………… 086
本章小结 ……………………………………………………………… 098

第四章 对"信"的批判——《貉》《龙》论 ……………………… 099
第一节 《貉》——"信"与"不信" ……………………………… 102
第二节 《龙》——三界唯心 ……………………………………… 108
本章小结 ……………………………………………………………… 118

第五章 佛教地狱思想：《地狱变》《蜘蛛之丝》论 …………… 119
第一节 《地狱变》——"地狱"意象 …………………………… 122
第二节 《蜘蛛之丝》——地狱救赎 ……………………………… 139
本章小结 ……………………………………………………………… 153

第六章 神佛、基督之争：《尾形了斋备忘录》《邪宗门》《阿吟》论 …………………………………………………………………… 155
第一节 《尾形了斋备忘录》——信教与弃教 ………………… 157
第二节 《邪宗门》——佛法与"邪法" ………………………… 166
第三节 《阿吟》——贬佛与弃教 ………………………………… 178
本章小结 ……………………………………………………………… 188

第七章 涅槃正果：《往生画卷》《尼提》论 …………………… 191
第一节 《往生画卷》——众生皆可成佛 ………………………… 194
第二节 《尼提》——修得初果 …………………………………… 206
本章小结 ……………………………………………………………… 213

余 论 ……………………………………………………………………… 215
一 芥川佛教相关文学思想源泉 ………………………………… 215
二 芥川佛教相关文学再思考 …………………………………… 237

附　录 ·· 249
　　一、芥川龙之介佛教相关作品图谱·············· 249
　　二、芥川龙之介文库佛教相关作品列表·········· 251
　　三、芥川龙之介年谱··························· 252

参考文献 ·· 260

索　引 ·· 273

后　记 ·· 279

▼第一章

初涉佛教:《青年与死》《罗生门》《鼻子》论

芥川于1914年在《新思潮》发表《青年与死》，探讨"生与死"的主题，作品引自与佛教相关的作品《龙树菩萨传》。芥川在文坛初露头角，其作品就涉及佛教，颇具深意。

事实上，芥川在走上文坛前，其文学就带有诸多佛教色彩，其中最有代表性的是四篇未发表作品《释迦》《菩提树——三年间的回顾》《弘法大师御利生记》《战遮与佛陀》。这四篇作品与《青年与死》《罗生门》《鼻子》一起构成了芥川早期佛教相关文学体系。

芥川于1914年5月发表处女作《老年》，《弘法大师御利生记》创作于同年8月，随后9月发表蕴含佛教思想的《青年与死》。据1997年版《芥川龙之介全集》第二十二卷"后记"，在芥川所发表的《青年与死》的九月号《新思潮》的"Spreading the News"中有关于该作品的记述，"虽当时的编辑翘首以盼其戏曲《弘法大师御利生记》，但最终未盼到"。①

《弘法大师御利生记》以剧本的形式，描述了深山老林中一户贫穷的五口之家与一位行脚僧的故事。在一个大雪天，这一家五口给一位前来化缘的僧人予以供养，供以粟米饭，让僧人用热水泡脚。家中失明的老人表示如能见到空海②大师，也许他能复明。空海表露了自己的身份，于是众人顶礼膜拜，失明老人亦重见光明。空海离去后，为报答这家人的善心，使他家里的汤变成甘露，锅里的粟米饭亦变成了白米饭。从祖孙几人的对话以及他们与僧人的对话可以看出这户人家对佛教的尊崇，表

---

① （日）芥川龍之介，《芥川龍之介全集》（第二十二卷），東京：岩波書店，1997，p.599。
② 空海：774—835，日本佛教真言宗创始人，俗名佐伯，谥号弘法大师，日本赞岐国（今香川县）人。曾至中国学习唐密，806年携带佛典经疏、法物等回国，撰《请来目录》。816年于纪伊（今和歌山县）开创高野山，号金刚峰寺。

现了普通农户对佛教的信念与信仰。作品包含了诸多佛教思想,尤其是僧人的话语充满佛理。

《战遮与佛陀》的创作时间不详。据岩波书店1997年版《芥川龙之介全集》第二十二卷"后记"所述,"在《未定稿集》中,推测是'柳川隆之介那前后之作'"。① 关于芥川雅号"柳川龙之介"的使用时间,《芥川龙之介事典》进行过多次记述,称他大正四年(1915)以前使用该笔名。由此可以推断《战遮与佛陀》应作于1915年之前。

芥川未定稿集中有《战遮》(片段),二者基本一致。作品以剧本形式描述了战遮与四个女人在刺绣时的对话。对话围绕信仰问题展开,文中出现了对婆罗门教与佛教信仰的论争,即关于"所爱的那个人"是婆罗门还是佛陀。作品在最后描述了战遮与释迦牟尼在一起,即战遮皈依了释迦,他所爱的是佛陀。

"第一高等学校时代"总题下之《菩提树——三年间的回顾》,抒发了作者对菩提树的真挚感情,他在文中回忆起多次在菩提树下探讨的情形:"仰望傍晚朦胧的星空,谈论起沙门悉达多的寂静的涅槃教"。② 该文写于大正二年,即1913年,芥川于该年7月毕业于第一高等学校,葛卷义敏在"编者注"中注释该文是芥川在一高时的"作文"。虽为"习作",但作者所流露出的真情实感却是深切的,其对佛教的探讨亦是可以得到印证的。芥川在遗书《给一个老友的手记》中亦提及"菩提树下"之事,"你大概还记得,二十年前,我们曾在那棵巨大的菩提树下,谈论意大利的'埃特纳火山③'和古希腊哲学家恩培多克勒④时的情景吧。那时候,我倒是想把自己当作神的。"⑤可见"菩提树下"之事,给芥川留下了颇深的印象。另外,芥川在未定稿集《释迦》一文中,对释迦牟尼进行了较为详细

---

① (日)芥川龍之介,《芥川龍之介全集》(第二十二卷),東京:岩波書店,1997,p.606。
② (日)葛卷義敏編,《芥川龍之介未定稿集》,東京:岩波書店,1968,p.451。
③ 埃特纳火山:位于意大利西西里岛东岸,海拔3200米以上,是欧洲海拔最高的活火山。
④ 恩培多克勒:(约前483—约前435),古希腊哲学家,著有《论自然》《洗心篇》。据说他在考察埃特纳火山时罹难。
⑤ (日)芥川龍之介,《芥川龍之介全集》(第十六卷),東京:岩波書店,1997,p.8。

的描述:

> 迦毘罗的帝王家有一男子,长大成人。幼年时期能文善武。父王称赞其神勇,母后称赞其才能。拥有众多绝色美女。在拥挤的紫云三百的高楼旁边,簇拥着香烟三千的侍女的旁边,在荣华中诞生的他又淹没在荣华之中。然而他不求如此。他将富贵看作浮尘,将荣华看作浮云。在他的心中一直在思考着怎样逃离生老病死这样的大问题。
>
> 在月亮清澈明亮的夜晚,苦思于人生之道的他孤身一人骑着心爱的马匹逃离了王城。他历经六年,或在雪山高云处,或在恒河流经处,苦心参悟。他在跋提河①畔的沙罗双树②下打坐时,天上正觉③忽然像一道明光使他觉悟。于是开始实现了他的夙愿。他深知婆罗门一派苦修的弊端。④

在这篇短文中,芥川详尽地描述了释迦牟尼的成佛之路。他不仅对释迦牟尼的生平,亦对其抛弃荣华富贵寻求真理的过程进行了描述,从字里行间不难看出他对释迦牟尼的修行之路充满敬意。这也许就是芥川对释迦牟尼最初最深刻的印象,毕竟这是芥川早年的习作,其中应该蕴含了较多的本质性感受。关于这一描述,芥川亦在其后的文学中多次涉及,内容基本类似。

此后,芥川相继发表了《青年与死》《罗生门》《鼻子》等,开始在日本

---

① 跋提河:位于古代拘尸那揭罗国境内,为"阿利罗跋提河"(《大唐西域记》作"阿恃多伐底河")的略称,后亦借指印度。
② 沙罗双树:沙罗树二株成对生长者。正名为娑罗双树,又名桫椤,因读音而被通译作"沙罗双树"。释迦牟尼当年在拘尸那城娑罗双树之间入灭。
③ 正觉:意指真正之觉悟。又作正解、等觉、等正觉、正等正觉、正等觉、正尽觉。梵语sambodhi之意译,音译三菩提。谓证悟一切诸法之真正觉智,即如来之实智,故成佛又称"成正觉"。
④ (日)葛卷義敏编,《芥川龍之介未定稿集》,東京:岩波書店,1968,pp.482—483。

文坛崭露头角。《罗生门》《鼻子》作为其代表作,充分显露了芥川的文学才能。两书虽并未从正面触及佛教,但其中却蕴含着深刻的佛教思想。《佛教文学的周边》第三部分"近代文学与佛教"收录了渡边贞麿《〈罗生门〉鉴赏——芥川的哭与笑》《〈鼻子〉鉴赏——自我丧失者的可笑与可悲》两篇论文,在一定程度上说明日本学者已开始意识到《罗生门》《鼻子》中所隐含的佛教元素。

第一节 《青年与死》——生与死

"生与死"作为人生重大现实问题之一,亦是文学作品经常探讨的主题。对"生与死"的思考,不仅充满哲学意蕴,亦具有宗教学意义。释迦牟尼在创立佛教时,正是从对人生"生与死"的思考开始的。芥川一直以来对人的"生与死"充满困惑,以致最终走向自杀的深渊,给世人留下了无限的思索。他在《侏儒警语》"星"中对"生死"进行过较精辟的论述,如"死总是孕育着生""生死依照惯性运动定律循环不息"[①]等。不仅如此,芥川在其剧本《青年与死》中更是直面"生死"问题,表现了较深刻的佛教生死观意识。

《青年与死》是戏曲剧本,初次登载于《新思潮》(1914年9月)杂志,以"戏曲习作"的方式,署名"柳川隆之介"发表。这是芥川唯一一篇公开发表的剧本,其他几篇剧本均为未定稿,如《晓》《尼和地藏》等,甚至有几篇为未完成作品,如《发掘》《织田信长与侍童》等,可见《青年与死》在芥川戏曲题材作品中占有较独特的地位。但这些作品均为短篇,具有尝试短篇小说的性质。

剧本讲述青年A、B两人以前经常探讨生死问题,如今怀着对所有思

---

① (日)芥川龍之介,《芥川龍之介全集》(第十三卷),東京:岩波書店,1996,pp.27—28。

想、哲学的怀疑,打破所有欺罔,过着快乐的生活。两人在这一年间,每晚带着隐身斗篷出入后宫,使嫔妃们怀孕。此事引起了后宫的不安。某夜,太监们在宫廷中撒满细沙,对他们进行诱捕。两人在逃跑过程中遇到了象征死亡的男子,忘记了死而沉湎于快乐中的 B 向男子恳求道:"让我活吧",遭拒绝而被杀。而时常思考"不预想死亡的快乐是无意义"的 A,即直面死亡的 A 却和象征死亡的男子一起在"黎明的曙光"中走向"无限的大千世界"。

对《青年与死》的评价,学者们关注不多,主要集中于对其出典进行考证以及关于作品的地位与主题等方面。在这些研究中,较引人注目的要数森崎光子与海老井英次的成果。森崎光子在《芥川龙之介与戏曲》(《论究日本文学》,1984 年 5 月)一文中,认为作者在文中否定了"欺罔的快乐",将"死"变成了"生",并引导主人公走向黎明,这样的结尾从侧面表现了芥川的理想主义;海老井英次在《芥川龙之介论考——从自我觉醒到解体》(日本,樱枫社,1988)一书则认为展现在"青年 A"面前的大千世界,与平常积累的人生不同,是以"死"为动力的飞跃的人生。此外,神田由美子则认为"青年"与"死"是表现作家芥川的关键词,可见该文对了解芥川的人生态度十分重要,值得深入思考。

一、《青年与死》与《龙树菩萨传》

关于作品的原型,学者们进行过广泛的探讨。吉田精一认为其出自《今昔物语集》的《龙树俗时作"隐形药"语第二四》(《芥川龙之介》,日本,三省堂,1942)。现在最有力的证据证明出自《帝国文库》之《佛教各宗高僧实传》(日本,博文馆,1896)所收录的《三国七高僧传图会》之《龙树菩萨传》。[①] 吉田俊彦认为《青年与死》中的"AB 对照式的人物设计"、"结尾

[①] (日)久保忠夫,《芥川龍之介の〈青年と死と〉の材源》,载《東北学院大学論集》,1986 年 3 月,pp.411—434。

部分的心象风景的形象"受到了俄国作家阿尔志跋绥(1878—1927)短篇小说《死》的影响。① 无论是《龙树俗时作"隐形药"语第二四》，还是《龙树菩萨传》，均与佛教有关。尤其作者在文末特意标注"改编自《龙树菩萨俗传》②"，可见作者本人也表明材料来源来自佛教相关的文献。下文为《龙树菩萨传》的相关记载：

龙树菩萨者。出南天竺梵志种也。天聪奇悟事不再告。在乳铺之中。闻诸梵志诵四围陀典各四万偈。偈有三十二字。皆讽其文而领其义。弱冠驰名独步诸国。天文地理图纬秘谶。及诸道术无不悉综。契友三人亦是一时之杰。相与议曰。天下理义可以开神明悟幽旨者。吾等尽之矣。复欲何以自娱。骋情极欲最是一生之乐。然诸梵志道士势。非王公何由得之。唯有隐身之术斯乐可办。四人(着重号为笔者所加，下文亦同)相视莫逆于心。俱至术家求隐身法。术师念曰。此四梵志擅名一世草芥群生。今以术故屈辱就我。此诸梵志才明绝世。所不知者唯此贱法。我若授之。得必弃我不可复屈。且与其药使用。而不知药尽必来永当师我。各与青药一丸告之曰。汝在静处以水磨之。用涂眼睑汝形当隐。无人见者。龙树磨此药时闻其气即皆识之。分数多少锱铢无失。还告药师向所得药有七十种分数。多少皆如其方。药师问曰汝何由知之。答曰。药自有气何以不知。师即叹伏。若斯人者闻之犹难。而况相遇。我之贱术何足惜耶。即具授之。四人得术纵意自在。常入王宫。宫中美人皆被侵凌。百余日后宫中人有怀妊者。懅以白王庶免罪咎。王大不悦。此何不祥为怪乃尔。召诸智臣以谋此事。有旧老者言。凡如此事应有二种。或是鬼魅或是方术。可以

---

① （日）吉田俊彦，《〈青年と死〉論覚え書》，载《岡大国文論稿》，1981年。
② 芥川原文注明"改编自《龙树菩萨俗传》"，但经笔者查阅，尚未找到有关《龙树菩萨俗传》资料，仅有《龙树菩萨传》，日本学者久保忠夫亦认为该篇材源为《龙树菩萨传》，故沿用该说法。

细土置诸门中。令有司守之断诸行者。若是术人其迹自现。可以兵除。若是鬼魅入而无迹。可以术灭。即敕门者备法试之。见四人迹骤以闻王。王将力士数百人入宫。悉闭诸门。令诸力士挥刀空斩三人即死。唯有龙树敛身屏气依王头侧。王头侧七尺刀所不至。是时始悟欲为苦本众祸之根。败德危身皆由此起。即自誓曰。我若得脱当诣沙门受出家法。既出入山诣一佛塔出家受戒。九十日中诵三藏尽。更求异经都无得处。遂入雪山山中有塔。①

上文讲述的是龙树菩萨皈依佛门的一个小故事。从故事情节来看，与芥川的《青年与死》具有相同之处，但后者亦有芥川的创新。《龙树菩萨传》中的人物是包括龙树在内的四人，《青年与死》变成了 A、B 两人，隐身之术的药丸变成了隐身斗篷等，但基本情节没有多少变化。其变化最大的是有关"生与死"的问题。《龙树菩萨传》并未直接探讨"生与死"，但龙树菩萨由于逃过一劫才立誓皈依佛门，从另一侧面涉及了该问题。"是时始悟欲为苦本众祸之根"，龙树菩萨的悟道之言，本身就对"人生"充满了思考。可见，芥川在《青年与死》中对"生与死"的思考是对《龙树菩萨传》深刻理解基础上的升华。

二、《青年与死》与佛教"生死观"

"生与死"是人类必须面对的问题，也是佛教探讨的一个最基本的问题。释迦牟尼最初就是因为对人类的生、老、病、死问题产生疑惑而开始思考解脱之道，最终得以在菩提树下悟道成佛。佛经对"生与死"问题进行过广泛的探讨，并有诸多相关记载。《楞严经》卷三有："生死死生、生生死死，如旋火轮，未有休息。"②

---

① 姚秦三藏鸠摩罗什译，《龙树菩萨传》，大正藏第五十卷，第 184 页(上、中)。
② (唐)天竺沙门般剌蜜帝译，《大佛顶如来密因修证了义诸菩萨万行首楞严经》，大正藏第十九卷，第 115 页(中)。

生死，又作轮回。谓依业因而于天、人、阿修罗、饿鬼、畜生、地狱等六道迷界中生死相续，永无穷尽之意，与"涅槃（菩提）"相对。又作生死无尽，以海为喻，故称为生死海。生死乃苦恼之世界，故亦称生死苦海；渡越生死苦海，而到达涅槃之彼岸，此事极为困难，故又称难渡海。[1] 佛教关于"生死"，有多种说法，佛经中有两种[2]、四种[3]、七种生死[4]之说。芥川在《青年与死》中探讨了人应该怎样面对"生与死"这一重大问题。通过如上记述，我们不难发现芥川文学中所蕴含的与佛教"生与死"有关的人生观与世界观。

（一）横死

实际上，青年A、B中B的死亡，是佛经中所载的横死之一，不是一般所言的寿终正寝。玄奘所译《药师本愿功德经》中列举了九种横死：

尔时，阿难问救脱菩萨言："善男子！云何已尽之命而可增益？"救脱菩萨言："大德！汝岂不闻如来说有九横死耶？是故劝造续命幡灯，修诸福德，以修福故，尽其寿命不经苦患。"阿难问言："九横云何？"救脱菩萨言："若诸有情，得病虽轻，然无医药及看病者，设复遇医，授以非药，实不应死而便横死。又信世间邪魔、外道妖孽之师妄说祸福，便生恐动，心不自正，卜问觅祸，杀种种众生，解奏神明，呼诸魍魉，请乞福祐，欲冀延年，终不能得。愚痴迷惑，信邪倒见，遂令横死入于地狱，无有出期，是名初横。二者，横被王法之所诛戮。三者，畋猎嬉戏，耽淫嗜酒，放逸无度，横为非人夺其精气。四者，横为火焚。五者，横为水溺。六者，横为种种恶兽所啖。七者，横堕山

---

[1] 参见宽忍，《佛学辞典》，北京：中国国际广播出版社、香港华文国际出版社，1993年，第349—350页。

[2] 两种生死：指众生于六道迷界中之轮回流转大别为分段、变易等两种生死之说。

[3] 四种生死：指众生于界外之四种生死，即方便、因缘、有有、无有。

[4] 七种生死：指分段生死、流入生死、反出生死、变易生死、因缘生死、有后生死、无后生死七种。

崖。八者,横为毒药、厌祷、咒诅、起尸鬼等之所中害。九者、饥渴所困,不得饮食而便横死。是为如来略说横死,有此九种,其余复有无量诸横,难可具说!"①

从上述经文可知,青年B之死属于第二、第三种情况。青年B由于荒淫无度,违反王法,最终招致被戮,其死亡之状惨不忍睹。这其中亦体现了深刻的因果报应思想:青年B的淫欲为因,被戮杀为果。芥川自杀时,在遗书中亦交代了"死法",他思索再三,最终选择服用过量安眠药自杀而亡。芥川的自杀虽亦属于"横死",但他没有选择甚为明显的横死法,是否因其理会佛教的"横死"之故,这是值得回味的问题。

(二) "人生苦短,及时行乐"的生死态度

青年A、B并非从未思考过"生与死"的问题,相反,他们甚至可以说曾进行过深刻的思考,只是思考结果各不相同。青年B曾经反复思考过"生与死"的问题,由于思考未果而完全放弃,从一个极端走向另一个极端。从B(与A)的对话中,我们可以看到如此变化:

"那时,我常对生死问题认真地进行过思考。"

"是啊。从那以来,我竟从未思考过死的问题。"

"可是,去思考那些苦思冥想亦不得解的问题岂不是很愚蠢吗?!"

"一两年内还死不了。"

"也许明天就会死去也未尝可知。老是担心那事的话,好事儿便通通体验不到。"

"我才不管有没有意义,不管怎么样,没有必要去预想死亡。"②

---

① 大唐三藏法师玄奘奉诏译,《药师琉璃光如来本愿功德经》,大正藏第十四卷,第407下,408上。

② (日)芥川龍之介,《芥川龍之介全集》(第一卷),東京:岩波書店,1995,pp.65—68。

从上文B的语言中,我们不难看出,青年B对"人生苦短,及时行乐"的思想产生了误解。

"人生苦短",虽没有具体出处,但佛经中所述的人生多苦难,就是这种思想的体现。而"及时行乐"语出《新刊大宋宣和遗事》:"人生如白驹过隙,倘不及时行乐,则老大徒伤悲也。"[①]"人生苦短"揭示了人生之苦,这是不可回避的现实;而"及时行乐"则昭示着一种积极、乐观的态度。"人生苦短,及时行乐"本身蕴含着丰富的人生哲理,但青年B却误解了其含义,将"及时行乐"理解成荒淫挥霍度日,这与积极的人生态度背道而驰。

从青年B的话语"那可不是我一个人的错。所有人不都是这样的命运吗?一出生即背负着死亡的重负"中,我们可以看出他对人生的"生苦"产生了思考,但其思考结果是任由欲望膨胀。人生离不开生老病死的过程,佛教所倡导的是通过修行达到"不生不灭、不死"的涅槃状态。这种"修行"是一种积极的乐观态度。正因为人生苦短,才应该努力生活,积极修行,广泛布施,最终达到彼岸,而不是青年B所理解的消极态度。从芥川在其短短的人生旅程中笔耕不辍,创造出如此多的优秀作品看,他对青年B的"及时行乐"人生观持批评态度。

(三)"生死轮回"的生死观

要论述佛教"生与死"的问题,必须论述其"生死轮回"观。"生死轮回"作为佛教的重要观念,对世人,尤其对中、日等东亚及东南亚国家和人民影响深远,佛经对此论述颇多。上文已提到,"生死轮回",谓依业因而于天、人、阿修罗、饿鬼、畜生、地狱等六道迷界中生死相续,永无穷尽之意。此观念在《青年与死》中究竟如何?下文通过考察文中作为主人公之一的"死"之所述,体味其中所蕴含的"生死轮回"观。

佛教强调"生死轮回",是要人们努力修行,多施仁善,以达到不生不

---

① 《新刊大宋宣和遗事》,上海:中国古典文学出版社,1954年,第47页。

第一章 初涉佛教:《青年与死》《罗生门》《鼻子》论

死的涅槃状态。从《楞严经》卷三之"生死死生、生生死死,如旋火轮,未有休息"可以看出,生死就像"旋火轮",不断轮回。文中主人公"死"的话语,"不要大惊小怪。我过去存在,如今存在,将来也存在。说起来,能够称作'存在'者,舍我其谁?"①文中的"过去存在,如今存在,将来也存在",与上文《楞严经》的"生生死死,如旋火轮,未有休息"具有共通性。再看《青年与死》中的如下引文:

"我说的不是这个意思。在今日之前,想必你已忘记了我吧。你没有听到我的呼吸吧。你真不知道吗?你的初衷原本是要打破所有的欺蒙,获得快乐。然而,你所获得的快乐不过是另一形式的欺蒙。在你忘却我的日子里,你的灵魂处于饥饿的状态。饥饿的灵魂总在寻找着我。显然你想远离我,相反却将我招到了身边。"

"我并非在毁灭一切。而是在孕育一切。你将万物之母的我忘记了。忘记了我,也就忘记了生。忘记了生的人,只有死路一条。"②

佛教倡导人们通过修行达到涅槃状态,这其实是人生的另一种永恒幸福的状态。主人公"死"的"你的初衷原本是要打破所有的欺蒙,获得快乐。然而,你所获得的快乐不过是另一形式的欺蒙"之言,虽然道出了青年A、B追求幸福的目的,但对他们所追求的方式进行了否定。因为佛教所倡导的涅槃只有通过修行,才能达到超脱生死的境地。此外,《青年与死》的结尾部分亦耐人寻味:

第三者的声音:不得胡言!好好看着我的面孔。拯救你性命者,乃是你没有忘记我。然而,我未曾说过你的行为统统正确。好好看着我的面孔。你明白你的错误了吗?从今往后,你能否活着,

---

① (日)芥川龍之介,《芥川龍之介全集》(第一卷),東京:岩波書店,1995,p.71。
② (日)芥川龍之介,《芥川龍之介全集》(第一卷),東京:岩波書店,1995,p.72。

全靠你自己的努力。

(静寂之中)天已放亮。和我一同到无限的世界里来吧。①

上文通过"他者"的声音,再次暗示了人生"生与死"的依存关系,暗示了人生"生与死"之苦的深重。尤其"无限的世界"之言点出了世间一切事物的无限性,契合了"佛法无边""永恒涅槃"等的无限性。

三、《青年与死》与芥川的生死观

《青年与死》作为芥川探讨"生与死"的重要作品,从一定意义上说,亦是芥川生死观的真实流露。不仅如此,我们亦可通过《青年与死》透视日本人的生死观。铃木大拙在论述日本人的生死观时,将其归结为日本人所拥有的"清明心"。他在论述"清明心"时写道:

日本人一般所拥有的清明心最初只是相对于"生"而言,相对于"朝阳中飘香的樱花"而言。对于"死",佛教传入后,特别是禅传入后,对于"死"的清明心就是"大道坦然"、"一道清风"。……禅的生死观就是日本人的生死观。②

从铃木先生的论述可知,佛教的生死观,尤其是禅宗的生死观对日本人产生了深刻影响。事实上,芥川对"生与死"的思考贯穿其整个文学。除《青年与死》,《仙人》(1915)等作品亦探讨了这一问题。此外,芥川还在其文学作品中多次表露其生死观。

芥川在1909年3月6日致广濑雄的书简中就初次提及"生与死"的问题,其文写道:

---

① (日)芥川龍之介,《芥川龍之介全集》(第一卷),東京:岩波書店,1995,p.73。
② (日)铃木大拙,《铃木大拙全集》(第三十二卷),東京:岩波書店,2002,pp.318—319。

第一章　初涉佛教:《青年与死》《罗生门》《鼻子》论

提起 Rosmersholm(《罗斯莫庄》1886),窃以为此篇最深切地表现出梅列日科夫斯基①所说"死之苦痛即生之苦痛"。虽不能以此一册英译本以易卜生②通自诩,但还是感受到了《约翰·盖勃吕尔·博克曼》(1896)的懊恼、《群鬼》(1881)的主人公的死、《玩偶之家》(1879)的女主人公的决心、《海上夫人》(1888)的女主人公的再生。虽然这些人此时都想发出新生命诞生的第一声啼哭,但都没有描写得如同 Rosmersholm 的男主人公和女主人公那般栩栩如生。③

在这封书简中,17岁的芥川提及"生与死"的问题,说明芥川对如上引文所涉及作品中的生死问题产生了一定的共鸣。

1911年(月未详)11日芥川致山本喜誉司书简写道:

干什么都一样,最后都面临同样命运,因为任何人都会遭遇同样命运,全然不明白活着是为什么。神也渐渐与我疏离。为传宗接代而生存,为生养子孙而生存——我甚至认为大约这便是真理。弥补外面生活缺陷的欢乐也许让我忘记这种痛苦,可是空虚感又怎么能够去掉呢! 为传宗接代而生存,这一说法岂不含带伤感意味? 归根结底唯有一死,却又觉得总有办法可想,觉得不死也未尝不可。怯懦! 优柔寡断! 没有不能死的理由,我不能死,而家庭拖累之锤更使这怯懦变得顽强,尽管在日记中几次写下死字。

(前略)不知何去何从,只能苦笑着活下去。那样一来,迟早上年纪会死掉。即使不死,思想也将与现在截然不同。总有一天"忘却"的悲哀将我淹没。④

---

① 梅列日科夫斯基:1865—1941,俄国诗人、小说家、批评家和思想家。著有《死与复活》《托尔斯泰与陀思妥耶夫斯基》等。
② 易卜生:1828—1906,挪威戏剧家,现代散文剧的创始人。著有诗剧《彼尔·京特》(1867),社会悲剧《玩偶之家》(1879)、《群鬼》(1881)等。
③ (日)芥川龍之介,《芥川龍之介全集》(第十七卷),東京:岩波書店,1997,p.9。
④ (日)芥川龍之介,《芥川龍之介全集》(第十七卷),東京:岩波書店,1997,pp.68—69。

这封书简是芥川关于人生"生与死"的真情流露。从中可以看出芥川对人生的价值产生了疑惑。芥川在《侏儒警语》"星"中亦对"生与死"进行过如下论述：

> 据天文学家的说法，海格力斯星群发出的光抵达我们地球需三万六千年之久。可是海格力斯星群也不可能永远发光不止，迟早将如冷灰一样失去美丽的光芒。而死总是孕育着生。失去光芒的海格力斯星群在茫茫宇宙中徘徊时间里，只要遇到合适机会，便有可能化为一团星云，不断分娩出新的星体。①

芥川表面上在论述海格力斯星群及其光芒，实际上在论述宇宙的真理，其中所含的佛教思想色彩是不言而喻的，他道出了佛教的生死观，即"生与死"是在生生灭灭中不断循环轮回的。关于"生与死"，他继续论述道：

> 较之宇宙之大，太阳也不外乎一点磷火，何况我们地球！然而，遥远的宇宙终极和银河之畔所发生的一切，其实同我们这泥团上的并无二致。生死依照惯性运动定律循环不息。每念及此，不由对天上散在的无数星斗多少寄予同情。不对，那闪烁的星光仿佛在表达与我们同样的感情。诗人已率先就此引吭高歌赞美永恒的真理：细砂无数，当有一星，星辰无数，发光予吾？但星辰的流转正如人世的沧桑，未必尽是赏心乐事。②

其中"生死依照惯性运动定律循环不息""星辰的流转正如人世的沧桑，未必尽是赏心乐事"正道出了人生的无常与无奈。

---

① （日）芥川龍之介，《芥川龍之介全集》（第十三卷），東京：岩波書店，1996，p.27。
② （日）芥川龍之介，《芥川龍之介全集》（第十三卷），東京：岩波書店，1996，pp.27—28。

芥川的佛教生死轮回观在其1919年的作品《尾生之信》中亦有涉及：

此后星移斗转数千年，那魂魄历经无数颠沛流离，又不得不托生于人世之间，栖宿于我的体内。因此，虽然我转生于现代却一事无成，过着昼夜不分、梦里梦外的日子，痴情苦等似将到来的神妙尤物。正如尾生在薄暮中的桥栏下，痴等那永不到来的恋人一样。①

尾生的魂魄斗转星移数千年不得不托生于人世，及"我转生于现代却一事无成"的说法，是佛教生死轮回观的体现。芥川在其晚期的另一篇作品《我期望的两件事——假如我有来生》（1925）中亦写道：

倘若我能原封不动地带着自己今生的个性转生，首先还是要转生为人。不过希望生得再聪明些，再壮实些，再男子汉一些。在出生场所方面，尽量转生在有钱人家，可以一辈子不为糊口而疲于奔命。听说如果出生在太过富有的人家，会因不受苦不奋斗而无法健全地成长。但只要我的个性不变，即无此忧。所以，仍是生在富豪人家最好。

此外，我还有个这样的想法。倘若真的能够转生，也可转生为低下于人的牛马，且做点儿坏事就死。这样，神佛或将我变成低下于牛马的麻雀或乌鸦。再做点儿坏事就死，于是将我变成鱼或蛇。再做点儿坏事就死，变成蝴蝶或蚯蚓。再做点儿坏事就死，变成松树或苔藓。再做点儿坏事就死，变成细菌。变成细菌做点儿坏事死后，神佛会把我变成什么呢？我觉得，会让我转生为牛马。再按前面的顺序做点儿坏事就死。②

---

① （日）芥川龍之介，《芥川龍之介全集》（第五卷），東京：岩波書店，1996，p.263。
② （日）芥川龍之介，《芥川龍之介全集》（第十二卷），東京：岩波書店，1996，p.124。

从以上引文可知,芥川对佛教的生死轮回观理解较深,不仅表述了转生到有钱人家或者转生为其他动物的佛教生死轮回观,而且还论述了轮回的原因为"做点儿坏事"等。虽然佛教的生死轮回是在六道中,芥川的说法超越了其范围,但从根本上与佛教的生死轮回思想一致。尤其他特意提及神佛,更说明了这一点。不难看出,此生死观与《青年与死》中生死观具有相承性,是佛教生死观的延伸与深化。

芥川虽在作品中多次探讨"生与死"的问题,但死亡意识终究占了上风,以至不得不走向自杀的深渊。晚年,芥川在《侏儒警语》(遗稿)"自杀"及"死"中对自杀、死进行了阐述,认为"实际上我们也因某种契机感受到死的魅力,结果不能容易地逃出那圈外,如绕着同心圆旋转一样一步步向死逼近。"[①]他在1925年2月21日致清水昌彦书简中写道:"活着并不觉得这世界多么有趣,死了也不觉得这世界多么有趣,我仅仅只是能够活着而活着。"[②]这预示着芥川对人生与生活的失望,表现了他对"生与死"的无奈。虽然芥川最后走向了佛教所不提倡的自杀的深渊,选择了横死,但我们不能以芥川最后的自杀身亡来否定芥川曾经对佛教生死观的探讨。

第二节 《罗生门》——善与恶

《罗生门》最初刊登在1915年5月的《帝国文学》上,后收录于单行本《罗生门》(日本,阿兰陀书房,1917)。

作品描述的是某个秋雨的傍晚,一个仆人在罗生门下避雨。当时的京都城,受地震、大火、狂风、饥饿等的影响,凋敝不堪,曾经作为王权象

---

① (日)芥川龍之介,《芥川龍之介全集》(第十六卷),東京:岩波書店,1997,p.77。
② (日)芥川龍之介,《芥川龍之介全集》(第二十卷),東京:岩波書店,1997,p.113。

征的罗生门也是一派荒凉破败的景象。仆人在四、五日前被主人解雇,无处容身。他想在罗生门上过一晚,于是登上了梯子。谁知在微暗的火光中发现了在尸骸中拔死人头发的老太婆。见此情景,仆人心中充满了对老太婆的憎恨。起初,仆人不知老太婆为何拔死人头发,但认为不能原谅其恶行。因此,仆人抓起老太婆,对其进行盘问。老太婆告诉他拔死人头发是为了做假发。老太婆说拔死人头发的行为固然可恶,但被拔的这个女人生前也并非善类,她为了生存将蛇切成小段当成干鱼贩卖给武士。因此,她并不认为现在所做之事是什么坏事,如果不这样做,她会饿死。仆人叫道:"那我要剥去你的衣服,你不会怪我吧?要不这样,我也会饿死呀!"①于是仆人剥下老太婆的衣服,将踉跄的老太婆一脚踢进死骸堆中,急匆匆地跨下梯子,消失在夜色中。

从故事情节可以看出,作品表现了人性的善恶及因果报应观念。善恶的因果报应观是佛教的核心思想之一。文中虽未明确说明与佛教相关,但从"据说许多佛像、佛具已被砸碎。涂着朱漆或镶有金箔银箔的木料亦堆积在路旁,当作柴火卖"②的表述可知,该作品具有一定的佛教元素。

一、出典及评价

关于《罗生门》的出典,一般认为出自《今昔物语集》中的两篇,即卷第二十九《罗城门登上层见死人盗人语第十八》及卷第三十一之《太刀带阵卖鱼妇语第卅一》。《今昔物语集》卷第二十九为"本朝恶行",即关于日本本国的恶行记载,《罗生门》故事整体情节与此大体类似,只是《罗城门登上层见死人盗人语第十八》故事的主人公为"从摄津国上京来作案的贼"而不是"无处安身"的仆人,老太婆拔头发的对象是其主人,亦没有

---

① (日)芥川龍之介,《芥川龍之介全集》(第一卷),東京:岩波書店,1995,p.153。
② (日)芥川龍之介,《芥川龍之介全集》(第一卷),東京:岩波書店,1995,p.145。

《罗生门》中所描述的生前拿蛇干当干鱼卖的恶行。[①]

《今昔物语集》卷第三十一为"本朝杂事",亦即关于日本本国的杂事记载。故事讲述一个经常在东宫侍卫班房门前卖鱼的老太婆将蛇肉做成蛇干卖给不知情的侍卫的故事。老太婆以蛇肉冒充鱼干的事,是侍卫们去捕猎小鸟时碰见老太婆拿大竹篓赶蛇,才偶然发现的。故事的结尾,"据说吃蛇是要中毒的,那么他们吃蛇怎么没有中毒呢?因此,听说这事的人纷纷议论说,人千万要注意,切不可漫不经心买那切成一段段冒充鱼的蛇肉吃。"[②]

从上面两篇出典可以看出,芥川以《罗城门登上层见死人盗人语第十八》为蓝本,再糅合卷第三十一之《太刀带阵卖鱼妇语第卅一》内容,在此基础上进行了再创造。关于《罗生门》的评价,虽然最初评价不高,但在芥川成名后作为其代表作却广受赞誉。国内外的相关研究文献众多,不胜枚举。对《罗生门》的研究与评价,具体体现在以下两方面:

第一,初期的评价。《罗生门》发表后不久,1915 年《新潮》12 月号上刊登了"青头巾"的评论:"一则有趣的短篇"。在芥川晚年的回忆中,认为与他关系密切的久米正雄、松冈让、成濑正一一致恶评《罗生门》,就连最早认可芥川才气的赤木桁平也对此表示沉默。芥川特别介意好友们的恶言,他甚至用英文写成"Defence for Rosho-mon"的文章送给成濑正一。《罗生门》成为名作缘于两年后的 1917 年被收入芥川第一作品集《罗生门》。作品集《罗生门》发行后不久,江口涣即在《芥川君的作品》(《东京日日新闻》,1917 年 6 月 28、29 日、7 月 1 日)一文中称赞:"在芥川所有的长处自然交错地体现出来这一点上,首推《罗生门》"。[③] 此后,《罗生门》被认为是作家芥川的代表作之一,对其的解读与研究亦蓬勃发展

---

① 北京编译社译,张龙妹校注,《今昔物语集》,北京:人民文学出版社,2008 年,第 1165 页。

② 北京编译社译,张龙妹校注,《今昔物语集》,北京:人民文学出版社,2008 年,第 1304 页。

③ (日)関口安義,庄司達也编,《芥川龍之介全作品事典》,東京:勉誠出版,2000,p.583。

起来。

第二,令人眼花缭乱的各式解读。关口安义《读〈罗生门〉》(日本,小泽书店,1999)的卷末附有331条相关文献记录,可见研究成果之丰富。吉田精一在《芥川龙之介》(日本,三省堂,1942)中指出该作品以仆人的心理推移为主题,挖掘了人们为了生存而不得不持有的利己主义。吉田精一的见解在第二次世界大战后的《罗生门》解读中占有引领地位,特别是"人性的利己主义"这样的思考,形成了认识的主流。另一方面,和田繁二郎的《芥川龙之介》(日本,创元社,1956)指出该文表现了寻求讽刺主题的趣味,驹尺喜美的《芥川龙之介的世界》(日本,法政大学出版局,1967)则认为作品真实地展现了作为善恶矛盾体的人及人性的现实。引领20世纪70年代芥川研究潮流的三好行雄在《芥川龙之介论》(日本,筑摩书房,1976)中发现了围绕生存的各种"恶"与"苦恼"的根源。三好行雄还用诸如"虚无""孕育阴郁世界的小说"等词语加以评价。关口安义在《芥川龙之介 实像与虚像》(日本,洋洋社,1988)中将作品解读为自我解放的呼喊。平冈敏夫的《芥川龙之介与现代》(日本,大修馆书店,1995)则认为该作注重魅力的异空间的存在,并在此基础上展开论述。渡边贞麿在其著作《佛教文学的周边》之《〈罗生门〉鉴赏——芥川的哭与笑》一文中,从宗教外围的角度论述了近代人的利己主义,对《罗生门》与佛教的关系进行了有益的探讨。松本修、宫坂觉等的论文则着眼于"门"的作用,立足于话语分析。[1] 由此可见《罗生门》所蕴含的丰富意象。我国学者邱紫华、陈欣《对〈罗生门〉的哲学解读》[2](《外国文学研究》,2008年第5期)一文亦关注了《罗生门》中的禅宗思想,从哲学的角度对其进行了解读。

由上述研究可知,无论是初期的评价,还是后来学者们的各种解读,

---

[1] 参见(日)関口安義,庄司達也编,《芥川龍之介全作品事典》,東京:勉誠出版,2000,pp.583—584。

[2] 参见邱紫华、陈欣,《对〈罗生门〉的哲学解读》,载《外国文学研究》,2008年第5期,第70—77页。

虽有三好行雄的"虚无""孕育阴郁世界的小说"等评价,但尚未有从佛教角度进行的深入解读。

二、"罗生门"意象

如上文所述,在解读《罗生门》的过程中,人们较多地将目光投入文中所表达的利己主义等主题思想方面,对"罗生门"这一重要的现实与文学意象却关注不多。

关于"罗生门",《广辞苑》(第六版)解释如下:

> 罗生门:(1)亦称罗城门。(2)并列在罗生门河岸旁的吉原游女的店。(3)能剧。观世信光作。源赖光的家臣渡边纲与住在罗生门的鬼神打斗,剁断了鬼神的一只手腕。(4)短篇小说。芥川龙之介作。1915年(大正四年)11月发表于《帝国文学》。取材于今昔物语,以王朝末期荒凉的首都为舞台,描写人类为了生存而行恶的利己主义。(5)电影名。黑泽明导演。1950年作,以芥川龙之介《竹林中》等4篇作品为题材,是一部描绘粗暴的人性及野心的作品,在威尼斯国际电影节上获金狮奖。①

依据《广辞苑》对"罗生门"的第一条解释,"罗生门"原名为"罗城门",依据该辞典"罗城门"条,则解释为:

> 平城京・平安京的正门。位于朱雀大道的南端,与北端的朱雀门遥遥相对。平城京的罗城门遗址在奈良县大和郡山市来生,平安京的在东寺西边,为两层瓦屋构造,屋上有鱼尾形脊瓦装饰。南北

---

① (日)新村出编,《広辞苑》(第6版),東京:岩波書店,2008,p.2926。

各五级石阶。①

可见罗城门是日本京都朱雀大道南端的一个城门,出了罗城门就到城郊。平安末期,日本皇家势力衰弱,内战频繁,罗城门也年久失修,颓败荒凉,许多无名尸体被丢弃在这里,于是在人们心目中,这里成了阴森恐怖之地。②

"罗生门"一词,起源于日本,后传至亚洲各国。今天我们广泛使用的"罗生门"一词在汉语中是"各说各话,真相不明,事实扑朔迷离"的代名词,这应该是源于黑泽明所导演的电影《罗生门》的影响,但在芥川的《罗生门》中却有完全不同的意象。

"罗生门"原为"罗城门",其最原始的意义指设在"罗城(城的外郭,即外城)的门",即"京城门"之意。③ 由于日本平安末年常年战乱,尸横遍野,许多无名死尸被拖到城楼丢弃,城楼亦年久失修,继而显出荒凉阴森,在人们心中产生了阴森恐怖、鬼魅聚居的印象,故而有"罗生门"是通向地狱之门的说法,因而"罗生门"一词有"生死徘徊"的意味。"罗生门"在芥川小说中不仅是一座年久失修的城门,亦是一处上演人性善恶的"修罗场",代表"人间地狱"。

作者以"罗生门"为标题,并非偶然,首先从作者对"罗生门"破败景象的描写即可看出。读者透过没落的罗生门的景象,不难想象出它曾经的繁荣。罗生门上如此破败,连死人尸体亦弃之不顾,确实令人心寒,是否从另一角度映衬了佛教在当时的衰落,以致人们失去了对死者的尊重?作者在文章开篇处便交代了故事发生的背景:"据说许多佛像、佛具已被砸碎。涂着朱漆或镶有金箔银箔的木料亦堆积在路旁,当作柴火卖"。当时在佛教逐渐衰败的情况下,罗生门城楼上出现丢弃尸骸的情

---

① (日)新村出编,《広辞苑》(第6版),東京:岩波書店,2008,p.2926。
② 参见仲冲,《三重"罗生门"——简析"罗生门"的历史发展过程及差异》,山东师范大学硕士学位论文,2010年,第6页。
③ 参见张婷,《〈罗生门〉中的"罗生门"》,载《时代文学》,2011年第8期,第129—130页。

形也可以理解。

三、《罗生门》中的善与恶

《罗生门》中对"善恶"的描述十分深刻,集中表现了人性的"恶"。事实上,文中描述了与"善恶"相关的三个故事。其一,被拔头发的女人在生前"什么坏事儿没干过?"尤其恶劣的是她将蛇杀死,切成四寸一段,当成干鱼卖给武士。"将蛇杀死"是"十恶"中的杀生之恶,"将蛇肉晒干当成干鱼卖给武士"是妄语之恶。其二,老太婆拔死人头发做假发的行为是"偷盗"之行。佛教讲究"生死事大①",对死者是颇为尊重的,这种玷污死者身体的行为是不能容忍之恶。其三,仆人剥夺老太婆身上的衣物走上强盗之路,亦属于"盗"行。

早在春秋战国时期,孟子就提出了"性善论",随后,荀子提出了与孟子"性善论"相对的"性恶论",开启了对人性"善与恶"探讨的先河。实际上,对人性"善恶"问题的探讨,亦是宗教学所热衷的课题。基督教认为人生来就是"罪恶"的,具有原罪意识。佛教则把善、恶归结为身(行为)、口(语言)、意(思想)的十恶业和十善业。十恶即身三(杀、盗、淫),口四(恶口、两舌、妄语、绮语),意三(贪、嗔、痴)。持而不犯以上十恶为善,即一不杀生。二不偷盗。三不邪淫。四不妄言。五不绮语。六不两舌。七不恶口。八不悭贪。九不嗔恚。十不邪见。② 佛经中对善恶的论述较多,佛教认为人性的善恶所造的业因,是生死轮回之因。《无量寿经》卷下云:"天地之间,五道分明,恢廓窈冥浩浩茫茫,善恶报应,祸福相承。"③《法苑珠林》卷七十《恶报部第十一》云:"夫有形则影现。有声则响应。

---

① 杨帆译注,《金刚经 六祖坛经》,合肥:安徽人民出版社,1997 年,第 151 页。"生死事大,无常迅速"。

② 宽忍,《佛学辞典》,北京:中国国际广播出版社、香港华文国际出版社,1993 年,第 34 页。

③ 曹魏天竺三藏康僧铠译,《佛说无量寿经卷下》,大正藏第十二卷,第 277 页(上)。

未见形存而影亡。声续而响乖。善恶相报理路皎然。"①

在《罗生门》中,各人对善恶的理解不一。仆人、老太婆虽然都对"恶"表现出嫌恶之情,但由于所处的位置不一,因而出现了偏差,且看如下引文:

> 看见老妪一根根地揪拔头发的模样,仆人心中的恐惧竟也渐渐地消失了。与此同时,仆人心中对于老妪的强烈憎恶却一点点涌动起来——不对,说是憎恶老妪或为一种语误。毋宁说,那是一种与时俱增的、对于所有邪恶的强烈反感。仆人伫立门下时苦思冥想的,是饿死、为盗二者择其一。然而此时再要提及那般选择,仆人将毫无迟疑地选择饿死。仆人憎恨邪恶的心情,就像老妪插在地板上的松枝,熊熊地燃烧起来。
>
> 仆人并不知晓老妪为何要揪拔死尸头发,自然也无法合理地辨其善恶。仆人只是觉得,风雨之夜的罗生门上,揪拔女人头发肯定是无法容忍的一种邪恶。当然,仆人早已忘记,自己也曾打算去做强盗的。②

上文集中描述了仆人对善恶的理解。在第一段中,主要描述了仆人面对老太婆拔死者头发行为时的心理活动。仆人站在正义者的立场,具有"与时俱增的、对于所有邪恶的强烈反感",应说是仆人作为普通人的正常思维。在第二段中,作者继续前一段对仆人心理描述:"风雨之夜的罗生门上,揪拔女人头发肯定是无法容忍的一种邪恶",加深了仆人对善恶的判断。但作者在后面却有"仆人早已忘记,自己也曾打算去做强盗的"这样的议论,说明仆人的人性亦在善恶之间徘徊。

---

① 西明寺沙门释道世撰,《法苑珠林》,大正藏第五十三卷,第815页(中)。
② (日)芥川龍之介,《芥川龍之介全集》(第一卷),東京:岩波書店,1995,p.150。

"当然啦,揪死人头发也许是作恶。但是这里的死人,什么坏事儿没干过?就像刚才被我揪下头发的那个女人,她将死蛇切成四寸一段,晒干之后说是干鱼,竟然卖到了武士阵前。要不是得了瘟疫送命,如今还在干那营生。都说那女人卖的干鱼味道鲜美,成了武士们不可缺少的食材。我并不认为那女人做的营生有什么不好。那也是没有办法呀。总比饿死了好吧。我也不觉得自己做了什么坏事。我不这样,也就只有等着饿死。我想那个女人非常清楚我这样做全是出于无奈,所以她会原谅我的。"①

上文是老太婆在受到仆人逼问时的自我辩解。在此,她承认"揪死人头发也许是作恶",但认为揪罗生门上死人的头发没什么,因为罗生门上的死人都做过坏事,罪有应得。另一方面,她对该女人将蛇肉晒干当干鱼卖之事又十分理解,在她的眼里,那是没办法之事,因为她们都出于无奈。

《罗生门》所要说明的是人在生存第一的状况下,会忘记"善"的一面,而表现出"恶"的一面。仆人在流落到破败的罗生门下时,已无容身之所,作者说"与其是躲雨,倒不如是说无处安身"。在此种情形下,仆人对"走当强盗的路"还犹豫不决,但在老太婆的刺激下,最终走上了强盗之路。

《罗生门》表现了人性"恶"的一面,但通过对"恶"的描述,更衬托出"善"的可贵。正如佛经对十恶(十戒)描述较多,不犯十恶即为十善一样。同样,佛教的善恶与因果报应常常是联系在一起的。人因善恶业因,才有善恶业果,《罗生门》亦集中体现了这种善恶的因果报应观。

《涅槃经》卷三十一《狮子吼·菩萨品》第十一之五云:"世尊,经中复说,若人重心造善恶业,必得果报,若现世受,若次生受,若后世受。纯陀

---

① (日)芥川龍之介,《芥川龍之介全集》(第一卷),東京:岩波書店,1995,pp.152—153。

善业,殷重心作,当知是业必定受报。"①故事中被拔头发的女人,由于生前做过诸多恶事,尤其是将蛇肉当成干鱼卖,因此死后被抛尸罗生门,甚至连头发也被老太婆拔去卖;而拔死人头发的老太婆,在拔头发时被仆人掀翻在地,甚至连衣服都被剥去。她们造"恶",所以受到了"现报"。至于仆人所造的"恶"及其业报,作者并未说明,只以"仆人的去向无人所知"结尾,留下了诸多遐想。善有善报,恶有恶报,《罗生门》无疑隐含了"善恶有报"的佛教因果观。

不过,作者在描述善恶时,突出了这些人物所造之恶皆是迫于无奈。真的别无选择了吗?也许这只是作恶之人的辩解而已,也许作者并未思考这一问题,毕竟当时的芥川才大学三年级,年仅 23 岁,但他提出的问题无疑包含了诸多值得思考的内容。

第三节 《鼻子》——"我执"

《鼻子》最初刊登在 1916 年 2 月《新思潮》上,后收录于《罗生门》(日本,阿兰陀书房,1917)、《鼻子》(日本,春阳堂,1918)等单行本。故事的主人公是一个叫禅智内供的僧人。说起内供的鼻子,生活在池尾一带的人无人不知,无人不晓。其鼻子长五六寸,状如香肠,从上唇一直耷拉到下巴。年过五旬的内供虽在表面上装作若无其事,但内心却始终在意这个鼻子。甚至有人说他就是因这个鼻子才出家。与众不同的鼻子,给内供的日常生活带来了诸多不便,故内供为此做了诸多努力,他查阅典籍想找到与其相同鼻子的人,服药想缩短鼻子,但都无济于事。某年秋天,上京的弟子打听到缩短鼻子的秘方,即把鼻子用热水烫,用脚踏,再用镊子拔,将油脂去掉。内供虽表面上很不情愿,但还是按照弟子说的方法

---

① 北凉天竺三藏昙无谶译,《大般涅槃经》,大正藏第十二卷,第 549 页(下)。

做了,效果非常好。内供摸着变短的鼻子,脸上露出了多年不见的轻松、愉快的笑容。可人们对他嘲笑得更厉害了,并且常带有敌意。甚至还用曾托过他鼻子吃饭的木板边打狗边说,"不打鼻子,嘿,不打鼻子!"好不容易缩短了鼻子,却仍遭人嘲笑,为此内供天天闷闷不乐。一天,内供的鼻子恢复了原样,但他的心情却变得愉快起来,心想这样就没人再嘲笑他了。

这是一篇以僧人为主人公的作品。作品描述了一名僧人的日常生活状况。故事的结尾,禅智内供回归本原,暂时摆脱了内心的魔障,但并未达到升华的境界。

一、出典及评价

关于《鼻子》的出典,主要有两种说法,一是认为出自《今昔物语集》之《卷第十八 池尾禅珍内供鼻语第廿》;另一说法为《宇治拾遗物语》之《卷第二七 长鼻僧的故事》。芥川自身也曾做过相关说明。他在《新思潮》刊登的《鼻子》末尾记述道:"禅智内供也叫禅珍内供。出处为今昔(宇治拾遗中也有),但此篇小说中所述事实并非完全照抄该出处"。他还在《那时节我自己的事(删除部分)》中回想道:"当时写的小说有《罗生门》和《鼻子》两篇。由于半年之前开始受到任性的恋爱问题的影响,独自一人的时候就静下心来,反而能尽可能地脱离现状,尽可能地想写愉快的小说。因此,姑且从《今昔物语集》中取材,创作了这两部短篇。虽说写完了,但发表了的也仅只有《罗生门》,《鼻子》这一篇半途而止,暂时没有整理"。[①] 按照芥川本人的说法,《鼻子》出典《应取自《今昔物语集》,这是较有说服力的证据。长野尝一在《古典与近代作家——芥川龙之介》(日本,有朋堂,1967)中亦认为《鼻子》在描写手法,特别是戏剧性手法上,受到《今昔物语集》的恩惠不少。

[①] (日)芥川龍之介,《芥川龍之介全集》(第四卷),東京:岩波書店,1996,p.146。

第一章 初涉佛教:《青年与死》《罗生门》《鼻子》论

《鼻子》作为芥川的成名作,一直以来广受好评。关于《鼻子》的研究与评价亦未曾间断过。芥川在《新思潮》的《编辑后》中自信地写道:"我打算今后使用与本月相同的材料进行创作。只是不得不把那当成历史小说的人伙人。当然,并不认为这次的作品是什么了不起之作。但那其中稍微有些内容总算可以吧"。① 芥川曾在其《杂记本》上写道:"一月二十日。《鼻子》写作完成"。② 据《那时节我自己的事》中记述,芥川去久米正雄住处,在久米问到创作状况时,他回答道:"终于把《鼻子》写到一半了"。③ 这是芥川关于该作的自我评价,从中可以看出,芥川对于该作品充满自信。

《鼻子》发表后不久,"青头巾"评价:"读过了",感觉《鼻子》很有趣,但是不及《罗生门》。该评论者还认为该作品不过是一篇"寓言"。尤其值得指出的是,夏目漱石在给芥川的书信中给予了极高的评价:"你的那篇作品非常有趣。结局也具有自然可爱的极品趣味。材料非常新,文章得要领,非常佩服。那样的文章今后再写个二三十篇,一定会成为文坛上耀眼的明星。"④江口焕在《芥川君的作品》(《东京日日新闻》,1917年6月28、29日、7月1日)中认为:"在内容和形式浑然一体这点上,我认为《鼻子》做到了。"⑤室生犀星在《芥川龙之介的人和作品》(上卷)(日本,三笠书房,1934)中认为:"在当时选取这样的材料,就已经暗示了该作者不平凡的未来。"⑥三好行雄在《芥川龙之介论》(日本,筑摩书房,1976)中从主题方面进行了评价,他认为作者在文中所表明的"旁观者的利己主义"这样的说明打消了对主题的深入,留下了遗憾。

石割透的《芥川龙之介——初期作品的展开》(日本,有精堂,1985)指出,《鼻子》反映了芥川的现实生活,有些"阴暗的想法"。清水孝纯《作

---

① (日)芥川龍之介,《芥川龍之介全集》(第一卷),東京:岩波書店,1995,p.169。
② (日)芥川龍之介,《芥川龍之介全集》(第二十三卷),東京:岩波書店,1998,p.259。
③ (日)芥川龍之介,《芥川龍之介全集》(第四卷),東京:岩波書店,1996,p.123。
④ (日)関口安義,庄司達也編,《芥川龍之介全作品事典》,東京:勉誠出版 2000,p.449。
⑤ 同上。
⑥ 同上。

品论 芥川龙之介》(日本,双文社出版,1990)指出,《鼻子》《山药粥》在构造、内容上类似,并认为《鼻子》是从败于异常的集合体的自我意识膨胀的异空间中被解放出来的故事。海老井英次在《芥川龙之介论考——从自我觉醒到解体》(日本,樱枫社,1988)中,将其与果戈理的《鼻子》进行比较,认为该作是一篇以《今昔物语集》所收录的滑稽的说话为素材,巧妙地表现孕育现代人的"自我"意识的非喜剧。今野哲《〈鼻子〉论》(《二松》,二松学舍大学大学院文学研究科,1992年3月)在与《罗生门》进行比较的同时,解说了《鼻子》中所体现的旁观者的利己主义。笠井秋生《芥川龙之介作品研究》(日本,双文社出版,1993)认为对于内供而言的鼻子,犹如对于芥川而言的小说一样,自我意识过重的内供的形象,是在作品的社会评论中有点神经质的芥川被讽刺化的形象。渡边贞麿《〈鼻子〉鉴赏——自我丧失者的可笑与可悲》(《佛教文学的周缘》,日本,和泉书院,1994)从宗教外围的角度论述了近代人的利己主义。此外,山崎甲一《芥川龙之介的言语空间》(日本,笠间书院,1999)关注了该作品的语言、心理、描写手法等。另外,亦出现了以芥川的《鼻子》为素材的画册,如小幡坚的《芥川龙之介——鼻子》(私家版,1977),这也可以说是对《鼻子》的另一种解读。①

　　从以上研究可以看出,对于芥川成名作《鼻子》的解读,涉及出典、主题、思想、文体等方面,但鲜有从佛教角度的思考,渡边贞麿《〈鼻子〉鉴赏——自我丧失者的可笑与可悲》亦仅从佛教文学的周边进行了启发式的探讨。

二、《鼻子》中的佛教思想痕迹

　　《鼻子》描述了禅智内供这位僧人的日常生活,其中包含了诸多佛教

---

① 参见(日)関口安義、庄司達也编,《芥川龍之介全作品事典》,東京:勉誠出版,2000,pp.448—451。

思想内涵。如前所述,其原典《今昔物语集》《宇治拾遗物语》亦是佛教文学说话集。

>　　内供已经年过半百。从当小和尚开始,一直到升任内道场供奉的今天,这个鼻子始终是一块心病。当然,表面上还要装出一副若无其事的样子。这倒不仅仅因为觉得自己应该是一个一心向往来世净土的僧侣,不能把鼻子的事情放在心上,其实是不愿意别人知道自己一天到晚对鼻子耿耿于怀。平时谈话,他最怕提"鼻子"二字。①

在开头的这段文字中,作者交代了主人公的身份,内供不是一个普通的佛教僧人,而是从小和尚一直做到现在"内道场供奉"的具有一定地位的高僧。据《芥川龙之介全集》(第一卷)注解,"内道场供奉",为在宫廷内道场内侍奉,在御斋会时担任读经师等工作的僧人。另据《广辞苑》解释,"内道场"为宫中举行佛事的修行场所,于834年受空海的请求,仿照中国设真言院,作为内道场。② 担任此职位的僧人为学德兼备的僧人,全国仅有10名,故有"兼职十禅师"之称。由此可知内供的地位及其名望之高。以这样一位名望极高的僧人作为主人公,更具有典型意义。"这倒不仅仅因为觉得自己应该是一个一心向往来世净土的僧侣,不能把鼻子的事情放在心上,其实是不愿意别人知道自己一天到晚对鼻子耿耿于怀"一句,不仅交代了内供表面上不在乎鼻子的虚伪,亦说明了佛教僧人修行之目的——"向往来世净土"。事实上,"向往来世净土"也并非佛教僧人修行的唯一目的。修行的根本目的就是自度度人,度就是到达生死彼岸,超越六道生死轮回。

---

① (日)芥川龍之介,《芥川龍之介全集》(第一卷),東京:岩波書店,1995,p.158。
② (日)新村出編,《広辞苑》(第六版),東京:岩波書店,2008,p.2065。

内供甚至想从佛经以及其他书籍里寻找出一个长着和自己一样鼻子的人物,也好排遣一下心头的苦闷。可是没有一部经典记载目犍连和舍利弗是长鼻子。当然,龙树、马鸣这两尊菩萨的鼻子也与常人没有差别。内供听别人讲中国的故事,听到蜀国的刘备耳朵很长,心想要是鼻子的话,自己的心情将会得到多大的宽慰啊。①

　　上文提及众多的佛教人物,如目犍连②、舍利弗③、龙树④、马鸣⑤,可见芥川具有颇为丰富的佛学知识。目犍连、舍利弗均为释迦牟尼的著名弟子,而龙树、马鸣则为大乘佛教的代表性人物。

　　不仅如此,文中亦提及《观音经》《法华经》等相关佛教经典。如"每当这个时候,内供就把镜子放回匣子里,无奈地叹口气,不情愿地回到桌旁,开始诵读观音经"⑥,"内供的心情就像花费几年工夫终于抄写《法华经》大功告成那样的舒畅高兴"⑦。此外,文中亦有"每当这个时候,这位可爱的内供总是呆呆地凝视着挂在一旁的普贤菩萨画像"⑧等描述。《观音经》是观音信仰中的一部重要经典,经文内容为《妙法莲华经》之《观世音菩萨普门品》,由后秦鸠摩罗什于406年所译,由于广受弘传,于是另行单本流通。《法华经》全称为《妙法莲华经》,为大乘佛教初期经典之一,七卷,或八卷,以后秦鸠摩罗什所译流传最广。由于圣德太子求取、宣讲、注疏《法华经》并大力传扬法华思想,使《法华经》在日本广为传播,甚至出现"每县各建立僧尼国分寺一座、佛塔一座,每塔分置十部《法华经》"⑨的情景。

---

①　(日)芥川龍之介,《芥川龍之介全集》(第一卷),東京:岩波書店,1995,p.160。
②　目犍连:佛陀十大弟子之一。在佛教中被喻为神通第一。
③　舍利弗:佛陀十大弟子之一。以智慧第一著称。
④　龙树:又称龙猛、龙胜。印度大乘佛教中观学派创始人。
⑤　马鸣:佛灭后六百年间出世的大乘论师。佛教诗人。
⑥　(日)芥川龍之介,《芥川龍之介全集》(第一卷),東京:岩波書店,1995,p.160。
⑦　(日)芥川龍之介,《芥川龍之介全集》(第一卷),東京:岩波書店,1995,p.164。
⑧　(日)芥川龍之介,《芥川龍之介全集》(第一卷),東京:岩波書店,1995,p.165。
⑨　曾其海,《天台宗与日本文化》,北京:中国国际广播出版社,1995年,第51页。

文中还涉及了"报应""无常"等佛教思想。故事描述禅智内供用偏方缩短鼻子后,虽然有过短暂的快乐,但在受到嘲笑后,脾气变得一天比一天坏,弟子甚至在背地里议论"内供将来要遭刻薄罪报应的。"①

"以前可没笑得这么露骨啊,"内供停下读经,歪着秃顶的脑袋,常常这样自言自语道。每当这个时候,这位可爱的内供总是呆呆地凝视着挂在一旁的普贤菩萨画像。回想起四五天前还是长鼻子的情形,颇有"今朝冷清叹沦落,昔日荣华空相忆"之感,心情郁闷。遗憾的是内供没有足够的智慧可以解开这个疑团。②

禅智内供发出的"今朝冷清叹沦落,昔日荣华空相忆"的哀叹,亦是他对"无常"的感叹吧。

三、"我执"之念

《鼻子》的主人公禅智内供一生执着于与生俱来的长鼻子,可以说,为鼻子变短而生,为鼻子变短而活。虽然从小就成了和尚,并一直做到了德高望重的内道场供奉亦如此。禅智内供一切烦恼皆因其与众不同的鼻子而起,即涉及佛教的"我执"问题。因禅智内供的"僧人"身份,在论述该人物的个性时,"我执"问题无法避免。据《佛学辞典》"我执"条:

我执,又作人执、生执。执着实我之意。因众生之体,原为五蕴的假和合,若妄执具有主宰作用之实体个我之存在,而产生"我"与"我所"等之妄想分别,即称我执。我执有五种之失,即:(1)起我见及有情见,堕于恶见趣。(2)同于诸外道。(3)犹如越路而行。

---

① (日)芥川龍之介,《芥川龍之介全集》(第一卷),東京:岩波書店,1995,p.166。
② (日)芥川龍之介,《芥川龍之介全集》(第一卷),東京:岩波書店,1995,p.165。

(4)于空性中,心不悟入,不能净信,不能安住,不得解脱。(5)圣法于彼不能清净。小乘将我执视为万恶之本,为一切谬误与烦恼之根源。《成唯识论述记》卷一本亦载,烦恼障之品类众多,以我执为根,生起诸烦恼;若不执我,则无烦恼。

依《成唯识论》卷一载,我执可分为两种:(1)俱生我执,即先天性之我执,由无始以来虚妄熏习内因力之故,恒与身俱,不待邪教及邪分别,任运而转,故谓俱生。(2)分别我执,即后天所起之我执,乃由现在外缘力之故,非与身俱,须待邪教及邪分别然后方起,故谓分别我执。分别起之我执,能生"发业"之用;俱生起之我执,能起"润生"之用,皆能扰恼众生的身心,而令其轮回生死。(见《俱舍论》卷三十"破执我品")①

从上述论述可知,"我执"为众生烦恼的原因,小乘佛教甚至视为一切谬误与烦恼的根源。可见对于佛教信仰者而言,破除"我执"之念是何等重要。在《鼻子》中,主人公禅智内供的"我执"十分突出,且看如下引文:

内供首先思考的是使这个鼻子显得比实际小一点的方法。于是在没人的时候,就对着镜子,从各个不同角度反复照看,细心琢磨。有时觉得光是变换脸的位置还不够理想,便一会儿支着腮帮,一会儿托着下巴,不厌其烦地照镜子。但不论怎么摆弄,鼻子看上去一次没有短到让他满意的程度。甚至有时还觉得,越是煞费苦心,鼻子看上去反而显得越长。每当这个时候,内供就把镜子放回匣子里,更加无奈地叹气,不情愿地回到桌旁,开始诵读观音经。②

---

① 宽忍,《佛学辞典》,北京:中国国际广播出版社、香港华文国际出版社,1993年,第628—629页。
② (日)芥川龍之介,《芥川龍之介全集》(第一卷),東京:岩波書店,1995,pp.159—160。

内供十分在意自己的鼻子,在无人时经常照镜子,但鼻子不会因为其反复照镜子而缩短,甚至在内心上认为反而显得更长。照镜子的结果只能使得内供"无奈地叹口气,不情愿地回到桌旁"。作者对内供讨厌鼻子的原因归结为两点:一是长鼻子给生活带来不便,吃饭时需要弟子用木板托着;二是自尊心受到伤害。正如作者所言,内供讨厌鼻子的真正原因在于自尊心受到伤害。内供为了鼻子,过于执着,这一切皆成为其烦恼的原因。

> 之后,内供还不断注意别人的鼻子。池尾寺是僧侣经常讲经的地方。寺院里僧房鳞次栉比,僧人每天都在澡堂里烧水。所以到这里来的僧人和俗人形形色色,什么人都有。内供耐心地观察他们的脸,要是发现有一个人也长着和自己一样的鼻子,心里也能稍微得到安慰。在他的眼里,根本就没有什么深蓝色绸衣或者白麻单衣,至于平时看惯的橘黄色帽子和深灰色袈裟更是视而不见。内供不看人的模样,只看鼻子。可是他看来看去,鹰钩鼻子倒是有,像他这样的鼻子一个也没有发现。每次都没有发现,心里不由得逐渐气恼起来。正因为心头不痛快,他一边和人说话,一边不由自主地捏着垂下的鼻头,没有出息地满脸涨红起来。①

上文表明禅智内供对"鼻子"的执着达到了无以复加的地步。他观察人,不观察人的长相、衣着,而是专注于鼻子,其结果只能换来无尽的痛苦。

> 内供一方面这样费尽心机地采取消极的方法,不言而喻,同时也采取积极的方法,在此没有必要特意说明。他试图缩短鼻子,几乎试过所有的方法。他喝过王瓜汤,还往鼻子上抹过耗子尿,却统

---

① (日)芥川龍之介,《芥川龍之介全集》(第一卷),東京:岩波書店,1995,p.160。

统都不管用，那个五六寸长的鼻子依然故我，照样耷拉在他的嘴唇上面。①

为了鼻子，禅智内供可谓费尽了苦心。如前所述，他在现实中未能找到一样的长鼻者，就试图从佛经中寻找答案，但亦未从佛经中发现长鼻子菩萨。他听说三国时期蜀国刘备一双长耳垂肩，但却不是长鼻子，因而十分失落。他在寻找无果的情况下，又想尽一切办法缩短鼻子。内供的此番探寻并无实际意义，他也只是想"排遣一下心头的苦闷"，"心情将会得到多大的宽慰"而已。据此，也许有人说内供是虚荣心作怪，但终究是其过于"执着"。

内供在鼻子恢复原样后，心情反而变得舒畅起来，这正说明对鼻子的"执着"是他产生痛苦的原因。下文为内供鼻子变短后的描述：

第二天早晨，内供照样醒得很早，只见寺院里的银杏、麻栎树一夜之间树叶落尽，庭院里像铺了一层黄金般明亮耀眼。大概塔顶已有薄霜，在淡淡的朝阳映照下，塔刹闪闪发光。禅智内供站在打开板窗的檐廊上，深深吸了一口气。

就在这时，内供鼻子上又出现几乎快要忘记的那种感觉。

内供急忙伸手摸鼻子。他摸到的不是昨天晚上的那个短鼻子，而是从嘴唇上方一直耷拉到下巴的原先那个五六寸的长鼻子。他明白自己的鼻子在一夜之间恢复了原样。与此同时，与鼻子变短时同样的心情不知不觉从何处回归了。

内供在早晨的秋风里摇晃着长鼻子，自言自语："这样一来，再也没有人笑话我了。"②

---

① （日）芥川龍之介，《芥川龍之介全集》（第一卷），東京：岩波書店，1995，p.161。
② （日）芥川龍之介，《芥川龍之介全集》（第一卷），東京：岩波書店，1995，pp.167—168。

作者在描述内供鼻子变短后,花了较多的篇幅描述寺院的美丽情形,与内供愉快的心情相呼应,烘托了内供经过鼻子的"长—短—长"变化后的内心世界。

《鼻子》为芥川成名之作,创作于1916年,曾受恩师夏目漱石的大力称赞。该作描述一名僧人禅智内供执着于与生俱来的大鼻子而发生的诸多故事。作品反映了一个僧人的日常生活,真实记述了其内心变化,是一篇典型的有关佛教问题的力作。消除"我执"是僧人的修行目标之一。去除"我执",才可以将潜在的智慧显现出来,成为具有大智慧者。芥川在《鼻子》中通过对内供鼻子变化前后的行为及心理活动的描述,说明破除"我执"对于一个佛教信仰者成长精进的重要性。作品所含浓郁的佛教元素显示了芥川所拥有的深厚的佛学修养。

本章小结

本章论述了芥川前期具有代表性的三篇作品中的佛教元素。芥川早期的这三篇作品均不同程度地涉及佛教,可以视为芥川早期对佛教的关注。三篇作品虽未直接涉及佛教,但从其蕴含丰富的佛教元素来看,佛教因子是芥川文学的起点,它丰富了芥川文学素材,亦丰富了芥川文学想象。正如《芥川龙之介全集》二十四卷本编者之一的石割透在《我所注意到的关于芥川龙之介二三事》一文中所提及的那样,青年时代的芥川对佛教充满了强烈的关注。其未定稿《释迦》《菩提树——三年间的回顾》《弘法大师御利生记》等可以看作他对佛教相关文学的先期探索,但《青年与死》《罗生门》《鼻子》三篇作品的正式发表,则标志着青年芥川对佛教的关注。

▼
第二章

对佛教思想的认同:《孤独地狱》《俊宽》《六宫公主》论

在发表《鼻子》受到大文豪夏目漱石的褒奖登上文坛后,芥川又相继发表了系列作品,巩固了他在文坛作为新晋作家的地位。在这一系列作品中,他继承其代表作的一贯表现,继续表现佛教相关内容。《孤独地狱》借一个曾堕落的僧人"禅超"之口,描述了佛教的"苦",认为从某种意义上说,他也是在孤独地狱里受苦受难的人;《俊宽》围绕"有王"与"俊宽"的对话展开,展现了"无常""净土"等佛教思想;《六宫公主》中"六宫公主"临终前念佛之事引人注目,从正面表现了作者对佛教的态度。

第一节 《孤独地狱》——人生之苦

《孤独地狱》最初发表于1916年4月《新思潮》上,在"绀珠十篇"栏目下以"一 孤独地狱"的题记刊载,在目录中以"孤独地狱(小品)"的形式出现。后收录于单行本《罗生门》(日本,阿兰陀书房,1917)及《鼻子》(日本,春阳堂,1918)中,草稿收录于全集第二十一卷中。

作品在初次发表时,末尾附记写道:"总想在写小说之余,抽空写些许这样的小品。打算数量达到几篇后才发表。如今,将其中之一剥离开来发表,完全是因为刚好契合版面字数而已。"但在单行本《罗生门》中将该附记删除,代之以"五年二月"的日期。[1]

小说描写了"我"从母亲(养母)那里听到的,而母亲又是从其舅父那

---

[1] (日)関口安義,庄司達也編,《芥川龍之介全作品事典》,東京:勉誠出版,2000,p.188。

里听说的一个有关津藤(芥川舅祖父本人)的故事。主要讲述一位名为"禅超"的僧人，由于精神空虚，沉湎于酒色，以医生身份混迹于玉楼(妓院)。他不断从一个境界转换到另一个境界，以寻求精神的解脱，最终幡然悔悟，把《金刚经》遗忘在妓女锦木那里以后，就再也没有出现过。作者写道："母亲大概是出于对'地狱'一词的兴趣，才记住这故事"，而"我"也常通过"孤独地狱"这个词倾注对他们生活的同情。该作品至少代表了芥川的一种感悟，即对"人生之苦"的认同。

一、评价及展望

关于《孤独地狱》的评价，主要表现在两个方面：一是对文中出现的"自己"是否是芥川自身的解读，二是对《孤独地狱》中所体现的佛教内容的解读。

正宗白鸟在《评芥川氏的文学》(《中央公论》，1917年2月)一文中，对该作评价较高，认为是一篇绚烂而又凄惨的名作。他认为在芥川的人生中，再也没有全身心地吸收活用如此材料的体验了。与正宗白鸟的评价相反，石割透在《芥川龙之介——初期作品的展开》(日本，有精堂，1985)中认为芥川的人生和艺术风格在处理家庭及艺术创造上均取得了成功，因此，这是艺术很可能导致家庭破裂的警惕之作。如石割透一样，至今已有众多学者发表过探讨作者态度的相关论文。对于芥川来说，细木香以[①]是其真实存在的舅祖父，正因为作品近乎随笔，说话者"自身"在文末"通过'孤独地狱'一词倾注对他们生活的同情"，"在某种意义上，我也是孤独地狱里受苦受难的一人"这种对孤独感的理解格外引人注目。关于细木香以，芥川还留有相关内容的笔记，收录于《芥川龙之介资料集》(日本，山梨县立文学馆，1993)中。另外，森欧外在《细木香以》(《东

---

① 细木香以：1822—1870，细木藤次郎，号香以。津藤是"摄津国屋藤次郎"的简称。出生于豪商之家，常游走于花街巷柳、戏院之间荡尽家产。热衷于俳句，常结交狂歌、歌舞伎、曲艺之士。

京日日新闻》《大阪每日新闻》,1917年9月19—10月13日)中亦对其进行过描述。

关于芥川对佛教世界观理解不足的问题,镰田茂雄在《芥川的佛教理解》(《芥川龙之介全集月报21》,1997年10月)和吉原浩人在《与佛教世界观的差距和地狱形象 蜘蛛之丝》(《国文学》,1996年4月)中进行过论述。稻田智慧子认为所谓佛教意义上的"孤独",正如镰田茂雄所论述的那样,不是沉浸在孤独感中,而是在孤独中找到真实的"生",并非受孤独折磨而困苦不堪。诚然,芥川所举出的问题与佛教所言生死、孤独等问题存有偏差,但将现代人的孤独与寂寥感假托于佛教进行解说,是芥川作品的独特之处。①

二、主人公"禅超"与佛教

作品主人公"禅超"以一名僧人的身份登场,而行为举止却处处与其身份、地位不相称。这样独特的设计,体现了作者对佛教的深刻理解。

首先,从主人公"禅超"的身份看,他不是一个普通的僧人,而是"本乡某禅院的住持"。作为一个寺院的住持,按理应是有身份、有地位者,或是德高望重的高僧,而他不仅不以高僧身份严格要求自己,反而成了"嫖客",还是名妓"锦木"的常客。更有甚者,在当时"禁止和尚吃荤娶妻","连"娶妻"都不被允许,更何况嫖妓。从作者对其描述可知,禅超不遵守佛门的清规戒律,犯了"色戒"。其次,禅超为了达到能进出妓院的目的,改头换面,"身穿黄地褐色条纹丝绸和服,外套印有家徽的双面织仿绸黑礼服","全身上下都显示不出是出家人",并"自称医生",摇身一变,成了一名能出入妓院的富翁。佛教讲究平淡、清心寡欲,从禅超华丽的服装,自称医生的诳语来看,犯了佛门"不妄语"之戒。就是这样一名

---

① 参见(日)关口安义、庄司達也编,《芥川龍之介全作品事典》,東京:勉誠出版,2000,p.189。

僧人，成了故事的主人公，颇耐人寻味。

佛教对于戒律较为明确，尤其是佛弟子，不可能不熟悉此番戒律。《涅槃经》卷十七《梵行品第八之三》明确指出："受持是经而毁戒者，则是众生恶知识也，非我弟子，是魔眷属。"①该经亦清楚地表明，佛弟子与魔眷属的区别，与是否持戒有很大的关联。

佛家所述五戒：一不杀生，二不偷盗，三不邪淫，四不妄语，五不饮酒。这五戒，是佛门四众弟子的基本戒，不论出家、在家皆应遵守。《杂阿含经》卷三十三载："云何名优婆塞戒具足。佛告摩诃男。优婆塞离杀生不与取邪淫妄语饮酒不乐作。摩诃男。是名优婆塞戒具足。"②可见五戒是在家信佛、行佛道并受了三皈依的男女（优婆塞、优婆夷）应持守的戒律。

对主人公"禅超"来说，他作为出家人，不守清规戒律，沉迷于酒色，并改头换面"自称医生"，犯了佛教五戒中的不邪淫、不饮酒、不妄语三戒。

芥川在文中有意对禅超的形象进行了丑化，可见作者的态度。禅超貌不惊人，甚至可以说相貌丑陋。"剃着光头，个子略显瘦小"，"额头宽广，眉间却窄得可怕，大概因为脸颊消瘦，眼睛显得很大"，"在朦胧的月光下也能清晰见他左边脸颊上长着一颗大大的黑痣，而且颧骨很高"，这样的长相实在有点寒酸，以至于津藤见了都"大吃一惊"，"惊慌失措"。津藤与禅超的最后一次相见更突显了禅超的丑陋，"他的气色本来就不好，今天更加难看，眼睛充血，嘴角松弛的皮肤不时地颤抖"，"比平时更加沉默寡言，还经常忘记话题"。

更为重要的是，芥川将僧人"禅超"与普通百姓"津藤"对照描写，究竟要说明什么问题？笔者认为这至少表明作者对佛教信仰者如此行为的否定态度。"津藤滴酒不沾，而禅超却是海量"，"相比之下，禅超的衣

---

① 北凉天竺三藏昙无谶译，《大般涅槃经》，大正藏第十二卷，第467页(中)。
② 宋天竺三藏求那跋陀罗译，《杂阿含经》，大正藏第二卷，第236页(中)。

着用品更加穷奢极侈,而且最后沉湎女色也比津藤有过之而无不及",甚至"津藤曾经感叹说,不明白到底谁是出家人"。

三、人生之苦

芥川在《孤独地狱》中,虽以"孤独地狱"为标题,但着重强调的应是人生之"苦"。《孤独地狱》是以作者母亲(养母)口述故事为题材进行的创作。主人公禅超称自己已在两三年前就坠入了"孤独地狱",随时随地都会陷入痛苦之中而无法解脱。芥川通过主人公禅超的感悟谈及地狱,其文写道:

> 据佛经说法,地狱也有各种各样,但好像大致分为三种:根本地狱、近边地狱、孤独地狱。从"南瞻部洲下过五百踰缮那乃有其狱"这句话来看,地狱大概自古就在地下。唯有孤独地狱会突然出现在山间、旷野、树下、空中等任何地方。就是说在当前的境界下,眼前立刻会出现地狱的苦难。我从两三年前就已经堕入地狱。对一切事情都失去了永恒持续的兴趣。所以总是从一个境界变换到另一个境界地生活着,当然还是不能从地狱中逃脱出来。即使那样说,如果我不变换境界,就会更加痛苦。所以只好这样每天不停地变换着境界生活,以便忘记痛苦。但是,如果这样最终还是苦不堪言的话,那就只有死去别无他法。以前虽然痛苦,但讨厌死。现在……①

上文不仅提及三种地狱:根本地狱、近边地狱、孤独地狱,亦对地狱所处的方位为"南瞻部洲下过五百踰缮那"进行了描述,并特别指出禅超之所以堕落的原因:"我从两三年前就已经堕入地狱。对一切事情都失去了永恒持续的兴趣。所以人生总是一个又一个地变换着境界,当然还

---

① (日)芥川龍之介,《芥川龍之介全集》(第一卷),東京:岩波書店,1995,p.173。

是不能从地狱中逃脱出来。如果我不变换境界,那就更加痛苦。所以只好这样每天不停地变换着境界生活,以便忘记痛苦。"禅超感到人生之苦犹如孤独地狱,随时随地皆会出现。芥川将作品命名为《孤独地狱》,有其深意。他继续写道:

> 我每天大部分时间都待在书房中,从生活上来说,我所居住的世界与叔祖父、禅僧毫无关系。即使从兴趣上来说,我对德川时代的通俗小说、浮世绘没有特殊的兴趣。但我心灵深处的某种情绪,却会经常通过"孤独地狱"这个词倾注对他们生活的同情。我不想否认这一点。要说缘由的话,因为从某种意义上说,我也是在孤独地狱里受苦受难的一个人。①

正如芥川所言,他之所以对"孤独地狱"感兴趣,是因为他会经常通过"孤独地狱"一词倾注对禅超等人生活的同情,不仅如此,芥川认为"从某种意义上说,我也是在孤独地狱里受苦受难的一个人"。他还写道:"母亲大概是出于对'地狱'一词的兴趣,才记住了这件事。"可见芥川对"地狱"的关注。

关于"孤独地狱",据《佛学辞典》:

> 指依各人之罪业所招感,孤散于虚空或旷野之地狱,非如八寒②、八热地狱③之有定处。又作孤地狱、独地狱、边地狱。孤地狱有多种差别,处所不定,或近江河、山边、旷野等地。盖古来多以温泉涌出,或喷火山之地为孤地狱,如印度王舍城之热汤地狱、吐蕃之镬

---

① (日)芥川龍之介,《芥川龍之介全集》(第一卷),東京:岩波書店,1995,p.174。
② 八寒地狱:八种寒冷冰冻之地狱,即頞浮陀、尼罗浮陀、阿吒吒、阿婆婆、侯侯、沤波罗、波头摩、摩诃波头摩。
③ 八热地狱:又名八炎火地狱,即等活、黑绳、众合、叫唤、大叫唤、炎热、众热、无间。

第二章 对佛教思想的认同:《孤独地狱》《俊宽》《六宫公主》论 047

汤地狱等。(见《瑜伽师地论》卷四)①

在前文中,稻田智惠子曾评论道:"所谓佛教的孤独,正如镰田茂雄所论'不是沉浸在孤独感中,而是在孤独中找到真实的生',受孤独折磨而困苦不堪的事情是没有的。的确,芥川所举出的问题与佛教所说的生死、孤独问题存有偏差"。笔者认为这样的评论并未触及芥川的内心。芥川在文中并未表现出稻田智惠子所述的"孤独",更未表现出"孤独的苦"。他只是写道"我也是在孤独地狱里受苦受难的一个人",此处的"孤独",是指"孤独地狱"。因此,稻田智惠子的评论应是对芥川文本的一种误读。

芥川在文学中多次表现了对人生之苦的感叹,不仅有此处的"从某种意义上说,我也是在孤独地狱里受苦受难的一个人",还有《侏儒警语》中的"人生比地狱还要地狱"②之言。这都涉及了芥川对人生之苦的理解。在佛教中,"苦"是其重要内容之一。

佛教术语之"苦",指人类遭遇的痛苦、不安、焦虑、压力等情绪及其带来的影响。苦是三界世间不变的真理,一切事物的本质皆苦,所有有情皆不离苦,能知此苦,才是苦圣谛。《中阿含经》卷第七:"如是诸贤!无量善法彼一切法。皆四圣谛所摄。来入四圣谛中。谓四圣谛于一切法最为第一。云何为四。谓苦圣谛。苦集苦灭苦灭道圣谛。"③苦在佛教中有许多不同的分类,分三苦④、八苦⑤等。

"苦"是佛教四圣谛中的第一圣谛。"苦圣谛"是说人们在三界六道中轮回时,在三界六道是有苦的,且处处皆苦。"苦集圣谛"要探讨苦的

---

① 宽忍,《佛学辞典》,北京:中国国际广播出版社、香港华文国际出版社,1993年,第731页。
② (日)芥川龙之介,《芥川龙之介全集》(第十三卷),东京:岩波书店,1996,p.52。
③ 东晋罽宾三藏瞿昙僧伽提婆译,《中阿含经》,大正藏第一卷,第464页(中)。
④ 三苦:即苦苦、坏苦、行苦。苦苦,由苦事之成而生苦恼者;坏苦,由乐事之去而生苦恼者;行苦,行者迁流之义,由一切法之迁流无常而生苦恼者。欲界有三苦。色界有坏苦行苦。无色界有行苦。
⑤ 八苦:生苦、老苦、病苦、死苦、爱别离苦、怨憎会苦、求不得苦、五阴炽盛苦等八种苦恼。

根源是什么？"苦集灭道圣谛"，则是要消灭苦所产生的根源，即贪爱。由于贪爱不存，众生不再贪恋于五阴①，故死后如来藏②不再帮众生出生五阴；故五阴于未来世不再出生。"苦集灭道圣谛"就是灭苦的方法，要依八正道的道理，来过所谓"中道"的生活，最后能够解脱生死流转。佛陀的教法是在教人如何"离苦得乐"。

芥川在《孤独地狱》中表现了对"苦"的深刻理解。他感受到了人生之苦。从芥川"苦难"的一生看，他确实经历了不一样的艰难人生。芥川出生八个月后，由于母亲精神失常，而未能享受过母爱，母亲的精神疾病给芥川留下了巨大的阴影，甚至可以说在很大程度上影响了他的人生观与世界观。芥川在《点鬼簿》(1926)中写道："我母亲是个疯子。我在母亲那里，从没感受过母亲般的慈爱"，"我也从来没有得到过母亲的照顾"。③ 在芥川的印象中，母亲只是个喜欢抽烟的安静的疯子。在芥川的内心中，也许其出生就是一个错误，这就是佛教所述的"生苦"。在后来的变故中，母亲的发疯及在他十岁时的离世，使其深受打击，不得不过继给舅舅，当了养子，这是一般常人所无法理解的痛苦。更有其喜欢的恋人不得不在家人的干预下分手等，这其中包含了"爱别离苦、怨憎会苦、求不得苦"等各种苦痛。芥川消瘦的身躯，时常受到各种病痛的折磨，尤其在后期，更受肠胃病、神经衰弱、痔疮等的折磨，再加上一系列家庭变故，二姐家失火、姐夫西川丰的自杀等，都给芥川以沉重的打击。他不仅要承受"病苦"，还要承受来自家庭等各方面的压力。这些痛苦，即使对于一个体魄健壮者而言，也是难以应付的，对于神经质的芥川而言，更是苦不堪言。芥川由于没有能解决这人生之苦，因此不得不带着对"未来的不安"而选择自杀。

在《孤独地狱》中，芥川虽然意识到了人生之苦，亦对禅超等人寄予了深厚的同情，但只停留在对"苦"的表层理解上；虽然他苦苦寻求过解

---

① 五阴：新译五蕴。构成众生的五个要素，谓色、受、想、行、识。
② 如来藏：指于一切众生之烦恼身中，所隐藏之本来清净（即自性清净）的如来法身。
③ （日）芥川龍之介，《芥川龍之介全集》(第十三卷)，東京：岩波書店，1996，p.234。

脱之道,但由于他的怀疑主义,他不信奉任何宗教,对佛教亦没有进行更为深入的认识,因此未能找到任何解脱之道。

第二节 《俊宽》——"无常"

《俊宽》初次刊登在 1922 年 1 月《中央公论》上,单行本未收录。出典《源平盛衰记》波卷第三至留卷第十一;《平家物语》卷第二至三;近松门左卫门的《平家女护岛》第二等。小说围绕俊宽与其侍从有王[①]之间的对话展开,不仅交代了俊宽被流放"鬼界岛"的前因后果,而且对俊宽在岛上的生活情形进行了生动描述,刻画了一个善良、尊崇佛法的僧人俊宽的形象。《俊宽》集中体现了芥川"净土""无常"等佛教思想,可以说该作是芥川文学佛教思想的大杂烩。

一、出典及评价

《源平盛衰记》为记述平清盛的荣华以及源平之战的四十八卷军纪物语。《平家物语》主要叙述以平清盛为首的平氏家族的故事。前六卷主要描述平氏家族的荣华和骄奢,后七卷主要描述源平之战的经过,渲染平氏家族终被灭亡的悲惨遭遇。平家灭亡后,平清盛之妻平时子抱着外孙安德天皇与三神器[②]一同跳海,不禁让人产生盛者必衰之感。这种"盛极必衰"的"无常"观,也是作者要表达的重要观念之一。

芥川的《俊宽》在具体细节上与典据设定一致。如文中"对鹤前(人

[①] 有王:俊宽僧都的仆人。从小侍奉主人,后赴鬼界岛与被流放的俊宽见面,俊宽去世后,将其遗骨收敛回高野山后出家。

[②] 三神器:源于日本的神话传说,日本皇室信物。即天丛云剑(草薙剑)、八尺琼勾玉、八咫镜。

名)爱慕的故事"出自《源平盛衰记》卷第三《成亲谋反之事》;"'高太平'的故事"出自卷第五《成亲已下召逮捕之事》;"实方的故事"出自卷第七《笠岛道祖神之事》;"康赖将灵牌放入海中时所吟唱的言辞"出自卷第七《康赖造灵牌之事》等。在遵循典据的同时,颠覆俊宽形象是芥川的目标。从前述的出典看,芥川的《俊宽》综合了各篇典据内容,重新捏合出一个新的俊宽形象。

在芥川的《俊宽》发表前,出现过两部同样标题的作品:仓田百三的戏曲《俊宽》(《新小说》,1920年2月)、菊池宽的《俊宽》(《改造》,1921年10月)。芥川在《澄江堂杂记》(《新潮》,1922年4月)之"俊宽"中分别对二者的"俊宽"形象进行了评价,他认为仓田百三的"俊宽"是"受苦的俊宽",菊池宽的"俊宽"是"苦味杂陈的俊宽",并认为自己的《俊宽》追寻菊池宽的俊宽之踪迹,忠实于《源平盛衰记》的情节。[①] 长野尝一《古典与近代作家——芥川龙之介》(日本,有朋堂,1967)列举了芥川《俊宽》与出典异同的细微之处,他在与仓田、菊池作品比较的基础上,指出该作仅为断断续续提示一些理性的新解释的单调之作。清水茂《〈俊宽〉像的源流》(《批评与研究 芥川龙之介》,日本,芳贺书店,1972)一文在详细分析俊宽形象差距与典据的基础上,发现芥川的"俊宽"具有"思想家"俊宽、"凡人"俊宽的形象,并从中读出了芥川的人格愿望以及他作为知识分子的梦想。浅井清的《三个俊宽像》(《解释与鉴赏》,1970年4月)认为芥川的《俊宽》开头部分在指出琵琶法师的谎言等传言的同时,根据有王一个人的话语来描述俊宽形象的手法,可信度与《竹林中》一样值得商榷,显示了作者怀疑的人生观。

二、《俊宽》中的佛教思想表现

《俊宽》中的几位主要人物皆与佛教有甚深渊源。首先,主人公俊宽

---

① (日)芥川龍之介,《芥川龍之介全集》(第九卷),東京:岩波書店,1996,pp.97—99。

本身就是僧人，且拥有仅次于僧正①的僧都②一类的僧位；其次，俊宽的侍从有王后来亦出家，而康赖后来编有佛教说话集《宝物集》③，且看下文：

> 俊宽，平安末期僧人，法胜寺④执行⑤。之后，作为白河院的近臣而活跃。由于鹿谷事件⑥和藤原成经、平康赖被流放到鬼界岛。成经、康赖被大赦召回都城后不久，他独自转移至白石岛，后死于该地。
>
> 有王，俊宽僧都的仆人。从幼年时期开始侍奉俊宽，俊宽被流放到鬼界岛后，为了与其见面特意前往该岛，俊宽死后，他将其遗骨供奉于高野山后出家。
>
> 康赖，平康赖，平安镰仓时代武士。因鹿谷事件被流放到鬼界岛。第二年被赦免回京，编有佛教说话集《宝物集》。⑦

上述作品中的人物都具有佛教背景，《俊宽》中可见诸多佛教思想。可以说，《俊宽》是芥川佛教知识或佛教思想的融合之作，且看如下引文：

> "无论什么东西，都决不轻易动筷子，以为只要光喝稀粥，或许就能超度生死之苦，这种想法是沙门中常有的误解。就连世尊在成道之时，不是也还接受了牧羊人难陀婆罗之女用乳汁做的稀粥——

---

① 僧正：日本僧官的最高级别。后分为大僧正、僧正、权僧正。现为各宗僧阶之一。
② 僧都：仅次于僧正的僧官。后分为大僧都、权大僧都、少僧都、权少僧都。现为各宗僧阶之一。
③ 《宝物集》：日本镰仓初期佛教说话集。平康赖撰。通过问答说法形式，以佛法为最大的宝物解说法理，劝导人们欣求净土。
④ 法胜寺：位于京都市左京区冈崎，为日本白和天皇所建立的寺院。六胜寺之一。俊宽墓地位于其中。
⑤ 执行：为寺院总务一类的僧职。
⑥ 鹿谷事件：1177年，俊宽僧都、藤原成经等人在京都市左京区大文字山西麓的鹿谷会合，商讨灭亡平家的计划，后被告密，参加者受到了镇压，多人被流放。
⑦ 由笔者汇编。

'乳糜'吗？倘若当时的他饥肠辘辘地就坐到了毕波罗树下，那么，第六天的魔王①波旬或许就不会派遣三个魔女去诱惑他，而是将六牙象王的酱腌食品、天龙八部的酒糟腌菜，还有天竺的山珍海味放在他面前来诱惑他了吧。不过，酒足饭饱思淫欲，乃是我们这些凡夫俗子的习性，所以，波旬才会把三个魔女派遣到喝过乳糜的世尊面前。由此可见，波旬也是一个令人敬仰的才子。然而，魔王的愚蠢就在于忘记了一点，即供奉出乳糜的乃是一个女人。牧羊人难陀婆罗之女向世尊奉献乳糜，这对于世尊进入无上之道而言，甚至比雪山上的六年苦行都更加意义重大。'取彼乳糜如意饱食，悉皆净尽'——即使在《佛本行经》七卷里，像如此精彩的地方亦并不多见吧。——'尔时菩萨食糜已讫从坐而起。安庠渐渐向菩提树。'怎么样？'安庠渐渐向菩提树'就此，世尊那一边看着女人，一边喝足乳糜之后的端严身影，难道不是栩栩如生地浮现在了我们眼前吗？"②

这是俊宽劝迟迟不动筷子的有王进食时的话语，他甚至举出世尊在成道时，接受牧羊人难陀婆罗用乳汁做成乳糜的故事进行说明。在此段文字中，出现了六牙象王③、天龙八部④、《佛本行经》⑤等与佛教有关的物事。尤其对佛教典故的阐释，具有高明之处，"世尊那一边看着女人，一边喝足乳糜之后的端严身影，难道不是栩栩如生地浮现在了我们眼前

---

① 第六天的魔王：欲界六天（四王天、忉利天、夜摩天、兜率天、乐变化天、他化自在天）中最上层的天。他化自在天王多具眷属，为佛道之障碍，故称为第六天之魔王。
② （日）芥川龍之介，《芥川龍之介全集》（第八卷），東京：岩波書店，1996，p.137。
③ 六牙象王：源自佛教故事，普贤菩萨座骑，六牙白象。
④ 天龙八部：又称八部众。即天、龙、夜叉、阿修罗（梵文 Asura）、迦楼罗、乾达婆、紧那罗、摩呼罗迦。古代印度的邪神，后被释迦牟尼教化，护持佛法。天众与神龙为八部众之首，故称天龙八部。
⑤ 《佛本行经》：佛教经典。又称《佛所行赞》。古印度马鸣著，南朝宋宝云译（7卷）。另有北凉昙无谶译（5卷）。以诗体叙述从释迦牟尼诞生至八分舍利为止佛陀行迹并宣说佛教义理。

吗"的描述则具有戏谑性。

下文为俊宽对有王所说的关于"这尘世间,有着无以数计的悲惨之事"的一番话,以此来安慰有王。

> 内人死了。爱儿也死了。连爱女也很可能一生都难以谋面。房屋和山庄,也都不再属于我了。我只有孑然一身地在这个孤岛上等待着老死。——这就是我眼前的境遇。不过,忍受这种痛苦的,并不仅仅只有我一个人。认为唯有自己个人被淹没在了苦海里,这是与佛陀弟子极不相称的"增上慢"。"增上骄慢、尚非世俗白衣所宜。"自诩承受了太多的困苦,这种心理也当数邪恶的罪孽。一旦驱逐了此等邪念,也就不难明白:即使在这粟散边土之中,和我承受同等苦难的人也远远多于恒河沙数。不,只要是降生在人界,那么,即便不是被流放到这样的荒岛,也必定和我一样,喟然长叹着孤独之苦。作为村上御门第七之王子、二品中务亲王六代之后胤、仁和寺法印宽雅之子、京极源大纳言雅俊卿之孙子而出生的,诚然只有我俊宽一人,但天底下却有一千个俊宽、一万个俊宽、十万个俊宽、上百亿个俊宽正在遭到流放……①

上文涉及三方面的问题,一是人生之苦,二是增上慢,三是"无常"。首先,主人公俊宽提到了人生之苦,如"孤独之苦"等。关于人生之苦,芥川在《孤独地狱》中曾进行过探讨。正如"和我承受同等苦难的人也远远多于恒河沙数。不,只要是降生在人界,那么,即便不是被流放到这样的荒岛,也必定和我一样,喟然长叹着孤独之苦"所述,俊宽在此感叹人生之苦多于恒河沙数,感觉到"降生在人界"的人们所承受的各种人生之苦。其次,提到了与佛陀弟子极不相称的"增上慢"。"增上慢"为七慢:慢、过慢、慢过慢、我慢、增上慢、卑慢、邪慢中的第五,以自己证得卓越法

---

① (日)芥川龍之介,《芥川龍之介全集》(第八卷),東京:岩波書店,1996,p.140.

门等而起慢心，认为自己胜过他人。《佛学大辞典》有言：

> 言我得增上之法而起慢心也。如未得圣道，谓为已得是也。七慢之一。《俱舍论》第十九卷云："于未证得殊胜德中，谓已证得，名增上慢"。《法华经》方便品曰："此辈罪根深重，及增上慢，未得谓得，未证谓证，有如是失。"①

不仅如此，文中所引内容"增上骄慢、尚非世俗白衣所宜"一句，在《佛遗教经》中有记载：

> 汝等比丘，当自摩头，已舍饰好，著坏色衣，执持应器，以乞自活。自见如是，若起骄慢，当疾灭之。增长骄慢，尚非世俗白衣所宜，何况出家入道之人，为解脱故，自降其身而行乞耶。②

再次，"作为村上御门第七之王子……诚然只有我俊宽一人，但天底下却有一千个俊宽、一万个俊宽、十万个俊宽、上百亿个俊宽正在遭到流放"，这里的"一千个俊宽，一万个俊宽……"的描述，不只说明与俊宽同样遭遇者人数之多，亦说明世事无常，成千上万的俊宽遭受流放之苦。

在发表了上述对人生、对世界等的感叹后，俊宽继续说道：

> "在一条和二条两条大路的交叉口上，如果只是徘徊着一个盲人，这或许是一幅悲悯至极的景象吧。但如果看见偌大的京城里充斥着不计其数的盲人——有王，请问你会作何感想？如果是我，恐怕会立刻捧腹大笑吧。而我被流放到孤岛上这件事，也可作如是观。遍布于四面八方的无数俊宽，无不痛哭流涕，每个人都认为，只

---

① 丁福保编纂，《佛学大辞典》，北京：文物出版社，1984年，第1304页。
② 释证严讲述，《佛教遗经》，上海：复旦大学出版社，2013年，第6页。

第二章　对佛教思想的认同：《孤独地狱》《俊宽》《六宫公主》论

有自己一个人遭到了流放。一想到这儿，又怎能不噙着泪水暗自发笑呢？有王，既然知道三界一心，那首先就要学会微笑。为了学会微笑，首先就得摈弃'增上慢'。世尊之所以来到这个世间，乃是为了教会我们微笑。即便在大般涅盘的时刻，摩诃伽叶不是也露出了微笑吗？"①

上文不仅再次提及前文所言"增上慢"，亦提及"三界一心""大般涅槃的时刻""摩诃伽叶"等。

"三界一心"，谓欲、色、无色等三界中，一切诸法皆由一心所变现。又名三界唯一心、三界一心等。《大乘入楞伽经》卷二云："大慧！云何观察自心所现？谓观三界唯是自心，离我我所，无动作无来去。"②《华严经》(六十卷)卷二十五《十地品》云："三界虚妄，但是心作。十二缘分，是皆依心。"③"大般涅盘的时刻"指释迦牟尼入灭之时。"摩诃迦叶"为佛陀十大弟子之一，生于王舍城近郊之婆罗门家。于佛成道后第三年为佛弟子，八日后即证入阿罗汉境地，为佛陀弟子中最无执着之念者，释迦牟尼入灭后，率领教团，将经典集大成。

此外，"大般涅盘"指大灭度、大圆寂，为佛完全解脱之境地。《涅槃经》卷二十六："菩萨摩诃萨修大涅盘。于一切法悉无所见。若有见者不见佛性。不能修习般若波罗蜜。不得入于大般涅盘。"④

俊宽与有王谈及天下情势，当有王提及要是俊宽治理天下，则天下太平时，俊宽说道："归根结底，人界要想变成净土，就只有静等佛陀来料理天下了。因为我一直抱着这样的想法，所以，从来就不曾萌生过觊觎天下的念头。"但有王在问及俊宽常去中御门高仓的大纳言府上的原委

---

① （日）芥川龍之介，《芥川龍之介全集》（第八卷），東京：岩波書店，1996，pp.140—141。
② 大周于闐国三藏法师实叉难陀奉敕译，《大乘入楞伽经》，大正藏第十六卷，第599页（下）。
③ 东晋天竺三藏佛驮跋陀罗译，《大方广佛华严经》，大正藏第九卷，第558页（下）。
④ 北凉天竺三藏昙无谶译，《大般涅槃经》，大正藏第十二卷，第521页（中）。

时,俊宽坦言他迷恋大纳言府一个名叫鹤前的侍女,但他又为自己的行为进行辩解道:

> "在大施幻术的摩登伽女面前,就连阿难尊者也被迷惑住了。而据说龙树菩萨在出家之前,也曾为了劫持王宫的美人而修炼隐形方术。可是,无论天竺、震旦,还是本朝,都还从未听说哪个圣者成为谋反之人的。想来,从未听说过有那样的圣者,也没什么不可思议的。因女人而生喜怒哀乐,不舍释放五根之欲。可为了策划谋反,却不得不具备贪嗔痴这三毒。圣者即使释放五欲,也绝不接受三毒之害。由此看来,尽管我的智慧之光因五欲而变得黯淡了,但却并没有彻底消失。——这些都暂且不说了吧。总之,在我刚刚被流放到这个岛上时,的确是每天都郁郁不乐呢。"①

俊宽为自己沉迷美色行为辩解时,特引述佛教典故为佐证。他甚至列举了阿难尊者②被大施幻术的摩登伽女③迷惑、龙树菩萨出家前修炼隐身术等,并指出"五根④之欲"、"贪嗔痴⑤"之害,认为自己慧根尚存。有关龙树菩萨出家前修炼隐身术的故事,芥川在《青年与死》中曾进行过演绎。

俊宽在谈及他与康赖的关系时,对康赖的信仰进行了批判,且看如下引文:

---

① (日)芥川龍之介,《芥川龍之介全集》(第八卷),東京:岩波書店,1996,pp.144—145。
② 阿难尊者:亦称阿难陀,释迦牟尼佛的十大弟子之一,被称为"多闻第一"。释迦牟尼涅槃后,大迦叶尊者成为"初祖",统领广大佛家弟子。大迦叶圆寂后,阿难尊者继承迦叶率领徒众弘扬佛法,被后世尊为"二祖"。
③ 摩登伽女:人名,首陀罗种姓(奴隶阶级)的年轻女子。见阿难尊者而生淫心,请之于母,母诵神咒蛊惑阿难。阿难将行乐,为佛所救,后淫女出家,证得初果。
④ 五根:又作五色根。即眼根、耳根、鼻根、舌根、身根五根。亦即视觉、听觉、嗅觉、味觉、触觉之五官及其机能。
⑤ 贪嗔痴:又名三毒、三火、三垢、三不善根。即贪欲、嗔恚、愚痴等三种烦恼。

第二章 对佛教思想的认同:《孤独地狱》《俊宽》《六宫公主》论

不过,这反倒让人为难呐。康赖认为,只要许愿,天地之神和诸佛菩萨全都会按照他的意志,赐福于他。总之,在康赖眼里,神和佛就等同于商人,只是不像商人那样用金钱来沽售冥佑而已。所以他念诵祭文,供奉香火。在这后山上,原本栽种着很多造型漂亮的松树,但都被康赖砍伐一光了。原以为他砍来派什么用场呢,结果他做成了上千块舍利塔形状的灵牌,在上面一一写上和歌,然后一起扔到了大海中。我还从没有看见过像康赖那样贪图现世报的男人。①

俊宽对康赖的信佛动机提出质疑,并批评了康赖所认为的"只要许愿,佛菩萨就会按照他的意志赐福于他"的这种与佛菩萨做交易的思想。俊宽指出,"我还从没有看见过像康赖那样贪图现世报的男人"。这种许愿,像交易一样的佛教信仰问题,芥川在《运气》中亦曾涉及。事实上,芥川的笔触是颇为犀利的,亦显示了他丰富的佛学素养。

作品中另一重要内容是佛教的"净土"思想。芥川在文中对"净土"进行过诸多论述。不仅有前文所述"人界要想变成净土,就只有静等佛陀来料理天下"的说法,亦有俊宽在奚落康赖信仰神灵时惹康赖大怒,俊宽为此评论道:"瞧他恼羞成怒的样子,别说什么现世的神佑了,就连是否能够往生净土也令人担忧。"

在文章的结尾,有王问俊宽,他因成经的妻子不能登船而动怒后是否有什么特别感叹的事情时,俊宽说道:

感叹又有何用呢?而且,随着时间的流逝,寂寞之情也逐渐消退了。如今除了想谒见真正的佛陀,我的心中已不再有任何欲望。如果抱着'自土即净土'的想法,那么,欢快的笑声就必然如同火山

---

① (日)芥川龍之介,《芥川龍之介全集》(第八卷),東京:岩波書店,1996,pp.145—146。

喷发的火焰一般,自然地奔泻而出。我永远都是一个依靠自我的信徒。①

在这段文字中,俊宽坚持自己的佛教信仰,只想"谒见真正的佛陀",并认为如果抱有"自土即净土"的思想则会拥有"欢快的笑声"。在他心中,他"永远都是一个依靠自我的信徒"。

此外,作品还涉及梵天②、帝释③、八万法藏十二部经④、诸佛诸菩萨诸明王⑤等佛教相关内容。有王初到鬼界岛见到俊宽的形象与外界流传的形象不一致,谈及地狱图、饿鬼等,如"特别是说他脖子细长,腹部外凸,这分明是受到所谓地狱图的影响而凭空捏造的吧。换言之,是从鬼界岛这个地名联想到了饿鬼的形象吧。"⑥见面后,俊宽安慰有王道:"别哭,别哭。即便只是今天重逢,也理应看作佛陀和菩萨的慈悲吧。"⑦从"佛陀和菩萨的慈悲"可以读出俊宽和有王对佛教的尊崇。有王还对俊宽所居房间进行了描述:"在那个橱柜上放着一本经文,还有一尊阿弥陀如来像。只见它端然而立,散发出璀璨的金光。我记得主人说,这是康赖大人返回京城时留下的纪念品。"⑧

---

① (日)芥川龍之介,《芥川龍之介全集》(第八卷),東京:岩波書店,1996,p.155。
② 梵天:色界之初禅天名。因此天无欲界的淫欲,寂静清净,故名梵天。此天共有三天,即梵众天、梵辅天、大梵天,通常所说的梵天是指大梵天王。
③ 帝释:即"帝释天"。欲界第二重天界之主。亦称"忉利天",位于须弥山顶"喜见城"内,统领四大天王所属三十二天,故又称"三十三天"。佛教的重要护法神之一。
④ 八万法藏十二部经:指佛所说之全部教法。众生有八万四千烦恼之病,佛为退治之,说八万四千之经典。法华经宝塔品曰:"持八万四千法藏十二部经,为人演说。"
⑤ 诸佛诸菩萨诸明王:指佛教所有佛、菩萨、护法神等。
⑥ (日)芥川龍之介,《芥川龍之介全集》(第八卷),東京:岩波書店,1996,p.130。
⑦ (日)芥川龍之介,《芥川龍之介全集》(第八卷),東京:岩波書店,1996,p.131。
⑧ (日)芥川龍之介,《芥川龍之介全集》(第八卷),東京:岩波書店,1996,p.136。

三、无常

"无常"是《俊宽》所体现的重要佛教思想之一,笔者在前文中未曾涉及。为突出该思想在《俊宽》中的重要地位,并着重论述芥川及其文学的佛教"无常"思想,故单独列出,在本标题下进行详细论述。

芥川在《俊宽》中引用《源平盛衰记》两段作为小说的开篇,颇具深意。

> 俊宽曰:世上别无神明,只系于吾人之一念。……唯有修炼佛法,方能超度生死。——《源平盛衰记》
> (俊宽)思虑良久,更是感触弥深:"愿吾有友人,尽览海边之茅庵。"——《源平盛衰记》①

第一段内容系芥川引用《源平盛衰记》理卷第九之《宰相申预丹波少将事》之内容,第二段系引用《源平盛衰记》理卷第九之《康赖熊野参拜附祝愿词之事》末尾之内容。在这两段中,芥川所要表达的意思非常明确,一是表达对佛法的尊崇,二是对世事无常的感叹。关于俊宽对佛法的尊崇,前文已进行过诸多论述,在该小节中将着重论述有关"无常"的问题。

"无常"为佛教的重要思想之一,是三法印"诸行无常、诸法无我、涅槃寂静"之一。《金刚经》对"无常"的描述,亦广为人知:"一切有为法,如梦幻泡影,如露亦如电,应作如是观。"②芥川在《俊宽》中对该问题进行了较为深入的描述。

小说在论及京城与岛上的美人标准时,俊宽的言论中就初显佛教"无常"思想。

---

① (日)芥川龍之介,《芥川龍之介全集》(第八卷),東京:岩波書店,1996,p.128。
② 姚秦天竺三藏鸠摩罗什译,《金刚般若波罗蜜经》,大正藏第八卷,第752页(中)。

"不，并不是这个岛上的土著人不知道何为美丽，而只是审美观各自有别罢了。但所谓的审美观，也没法保证亘古不变。作为佐证，只要瞧瞧各个寺庙的佛像就知道了。看看三界六道的教主、十方最胜、光明无量、三学无碍、引导亿亿众生的能化、南无大慈大悲的释迦牟尼如来吧。其三十二相八十种姿势，每个时代无不有所变化。就连佛像尚且如此，那么，所谓美人的标准不也理应在每个时代都有所变化吗？时隔五百年或者一千年，当美人的标准变化之后，别说这个岛上的土著女人，甚至像南蛮北狄的女人那种可怕的面孔，也很可能在京城风靡一时，成为时尚呐。"①

为了说明审美观的变迁，引用佛相的变化加以佐证。作者对释迦牟尼加了诸多的修饰语，如"三界六道②的教主、十方最胜③、光明无量④、三学⑤无碍、引导亿亿众生平等⑥的能化、南无大慈大悲"，可谓评价极高，且他对佛教术语熟练运用，可见其深厚的佛学素养。俊宽以佛像的"三十二相八十种"来说明世事无常，无不处于变易之中。看似关于审美观的探讨，实际上是对"无常"的生动演绎。

另外，俊宽爱女在写给俊宽的书信中，亦透露出"无常"之感。

……世事沧桑多变，令人抑郁黯然……三人同时流放孤岛，为何父亲被独自留下？……而今之京城，众叛亲离，如草木皆枯……女儿寄身于奈良姑母篱下……尽管差强人意，但生活之清寒，想必

---

① （日）芥川龍之介，《芥川龍之介全集》(第八卷)，東京：岩波書店，1996，p.134。
② 三界六道：三界，指一切众生生死轮回的三种迷惑世界，即欲界、色界、无色界。六道指十界中六种迷惑世界，即地狱、饿鬼、畜生、阿修罗、人、天，此六者皆是众生轮回的道途，故称六道。
③ 十方最胜：指全世界最美妙。
④ 光明无量：阿弥陀佛四十八愿中第十二愿名。无量寿经上曰："设我得佛，光明有能限量，下至不照百千亿那由他诸佛国者，不取正觉。"
⑤ 三学：戒学、定学、慧学。
⑥ 引导亿亿众生：指将迷惑世界中的所有众生教化，引入佛道。

第二章　对佛教思想的认同：《孤独地狱》《俊宽》《六宫公主》论

也不难推想。……近三年来，您是何等坚强，隐忍负重啊！……唯盼火速回京。啊，女儿思念父亲心切，可谓朝思暮想。……女儿敬具。……①

女儿在信中感叹世事的无常。"世事沧桑多变，令人抑郁黯然"的描述，既是女儿对世事变化的感叹，亦是现实的真实写照：好好的俊宽被流放，而同时被流放的三人中，其他人获赦免召回，而独独父亲不回。"而今之京城，众叛亲离，如草木皆枯"，不仅描述了京城的变故，亦描述了情势的变化。

此外，前文所述俊宽在论述其被流放时的话语亦透露出了"无常"之感，"天底下却有一千个俊宽、一万个俊宽、十万个俊宽、上百亿个俊宽正在遭到流放"中"一千个俊宽，一万个俊宽……"的描述，既说明了与俊宽一样遭遇的人数之多，亦说明了世事无常，成千上万的俊宽遭受流放之社会现实。

事实上，芥川文学对"无常"的探讨，并非局限于《俊宽》一作。提到芥川文学的"无常"观，人们首先想到的应是芥川的未定稿《无常》，其文看似是对"无常"的专门论述，实际上却是对佐藤春夫作品《〈风流〉论》的评述。芥川认为佐藤作品中"神秘的东西是什么？"一语所体现的"无常感"应称作"情调"或"感觉"。② 这是芥川专门以"无常"作为标题进行的探讨，虽并未完全涉及具体的"无常"思想，但至少表达了作者对"无常"的一种理解。在《孤独地狱》禅超所留下的《金刚经》封面背后的俳句："堇花原野惊寒露，不觉人生四十年。"③亦道出了世事无常，人生短暂。

芥川还在他的其他作品中多次提及"无常"，这些关于"无常"的探讨，构筑了芥川及其文学的无常观。

---

① （日）芥川龍之介，《芥川龍之介全集》（第八卷），東京：岩波書店，1996，p.139。
② （日）芥川龍之介，《芥川龍之介全集》（第二十二卷），東京：岩波書店，1997，pp.512—514。
③ （日）芥川龍之介，《芥川龍之介全集》（第一卷），東京：岩波書店，1995，p.173。

《竹林中》(1921)在描述推官审讯行脚僧时,行脚僧在供词中发出"做梦也想不到,那男子会有如此结局。真可谓人生如朝露,性命似电光"①这样的人生感叹,这与《金刚经》中的"一切有为法,如梦幻泡影,如露亦如电,应作如是观"具有相似之处。

芥川在《芭蕉杂记(草稿)》中论述了芭蕉的"无常"观,由此可见他本人的"无常"观。

> 当然,芭蕉感觉人生无常是确实的。至少,经常在他人面前谈起人生无常是确实的。人生的确是无常的。可一而再、再而三"无常无常"地鼓吹,即便是芭焦庵桃青之语,如同说是教僧的口吻,也只能说太缺乏见识。不过,假如暂且为芭蕉执辩护之劳的话,芭蕉在世的期间正是所谓的元禄黄金时代。想必这一时期的奢侈之风,自然地加剧了芭蕉的厌世思想;而且,就芭蕉自身而言,由于有着前半生喜爱谈林风格的俳谐经历,就更加深了他那人生如梦幻或泡影的感触。考虑到这些情况,芭蕉之所以极力强调无常,其一或许……也未可知。然而,若给芭蕉的气质打上忧郁的烙印,这一点则未必能够成为什么证据。
>
> 最后要说的是,芭蕉经常在他的作品中谈到无常……②

在上文中,芥川对一代俳谐大师松尾芭蕉(1644—1694)的"无常"观进行了论述,芥川在此认同了芭蕉对"无常"的述说,认为"人生的确是无常的",但亦对芭蕉反复强调"无常"表示了厌恶。但经过深思后,他对芭蕉极力强调"无常"表示了理解。从芥川对芭蕉"无常"观的论述看,芥川对"人生如梦幻或泡影"是认同的。

《病中杂记》如题名所言,是芥川卧病所记,按照文末所注时间,为

---

① (日)芥川龍之介,《芥川龍之介全集》(第八卷),東京:岩波書店,1996,p.114。
② (日)芥川龍之介,《芥川龍之介全集》(第二十一卷),東京:岩波書店,1997,p.399。

第二章　对佛教思想的认同:《孤独地狱》《俊宽》《六宫公主》论

1926年2月至3月,是他晚期的作品,他在该文中再次论述了"无常":

> 十一、我昨晚做梦进了古董店,看见了镶嵌着青贝的砚盒。古董店老板说:"这件古董是安土城时代之物。"我问:"盒盖内侧怎么写有洋文?"老板答:"洋文意为'洋地黄次甙'。"我读过《安土之春》,因而对安土城的诞生历史有所了解。毋宁说,我的梦真是滑稽,梦里竟然出现药名。我油然生出些许虚幻无常之感。①

芥川以梦境为出发点,以梦境中出现的历史述及"无常",历史的沧桑变化给芥川以"无常"之感。芥川选取最能体现"无常"感的时间与历史论述其"无常",足见他对"无常"感受之深。

芥川在《侏儒警语》之"星"中对"无常"进行过如下论述:

> 据天文学家的说法,海格力斯星群发出的光抵达我们地球需三万六千年之久。可是海格力斯星群也不可能永远发光不止,迟早将如冷灰失去美丽的光芒。而死总是孕育着生。失去光芒的海格力斯星群也是如此,它在茫茫宇宙中徘徊时间里,只要遇到合适机会,便有可能化为一团星云,不断分娩出新的星体。②

芥川表面上在论述海格力斯星群及其光,实际上他在论述宇宙之真理,即"无常"。"死总是孕育着生","海格力斯星群会在合适的时期化为一团星云,不断分娩出新的星体"之语即表现了宇宙的无常。

此外,芥川一直认为自身作为"东方之人",其本身蕴含着"虚无"的遗传基因。他对自身的这种认识,在其文学中多次进行了表述。

芥川在《点心》(1921)"冷酷魔"一节中,论述自己性格的"冷酷"时,

---

① (日)芥川龍之介,《芥川龍之介全集》(第十三卷),東京:岩波書店,1996,p.193。
② (日)芥川龍之介,《芥川龍之介全集》(第十三卷),東京:岩波書店,1996,p.27。

就以这种"虚无"进行解释。

> 我也感到我心中有着冷酷的自我。我自身无力驱除这个冷酷魔,就像我的面孔无法改变一样。如果冷酷魔的魔力随年龄的增长而增长,我也会像梅里美一样,厌倦这样的作品开篇,如"我的一位朋友给我讲了这样一个故事"云云。尤其是我这个有着虚无的遗传基因的东方人,或恐容易发生如上变化。①

不仅如此,芥川在随笔《杂笔》(1920)之"今夜"篇中,再次进行了相同的论述:"我没读过道家的书,也没读过佛家的书,可我的心底总像潜藏着一种虚无的遗传基因。正似西方人无论怎样挣扎最终还得返回天主教信仰那样,我上了年岁后,或许也希望过隐居生活。"②

综上,芥川对"无常"的理解在《俊宽》中得到了集中体现,其在文学中所显露的"无常"思想,亦是他本人"无常"思想的重要体现。其一系列文学作品中对"无常"的理解,构成了芥川的"无常"观,即世事沧桑无常。

第三节 《六宫公主》——念佛往生

《六宫公主》初次刊登在1922年8月《表现》上,作品描述了具有高贵血统的六宫公主,在其父母离世后,迫于生计,成了丹波国前国司之妻,整天过着无喜亦无悲的生活,直到有一天其夫要随其调任陆奥的父亲离京。离京前男子许下五年任期后回京,叫公主等他返回的诺言。五年后,前往陆奥的男子终究没有回来,而公主虽为生活所迫,但以"活也

---

① (日)芥川龍之介,《芥川龍之介全集》(第七卷),東京:岩波書店,1996,p.257。
② (日)芥川龍之介,《芥川龍之介全集》(第七卷),東京:岩波書店,1996,p.126。

罢,死也罢,反正都一样"拒绝了奶娘所提再婚的建议。分别九年后,从陆奥返回京城的男子在朱雀门找到了形容枯槁、浮现死相的公主。乞丐法师劝慰公主要自己念佛才能往生,但公主已不能念佛,眼前"唯有黑暗中风在吹",倒在男子怀里停止了呼吸。把六宫公主说成"那是个没有出息的女人,既不知天堂亦不知地狱"的乞丐法师,实为内记上人[①]。

关于《六宫公主》,历来评价较低,作为芥川最后的王朝故事,甚至被认为缺乏与原典的独立性,预示着芥川创作力的衰退。海老井英次《〈六宫公主〉的独立性》(《芥川龙之介论考》,日本,樱枫社,1988)十分关注原典中作为"刹那的感动"型人物的公主的变化,创造了再评价的契机。菅聪子在《〈六宫公主〉小论》(《女子圣学院短期大学纪要》,1995年3月)中论述了讲述者巧妙地运用转折的接续词对原典中所没有的公主的"内心"进行分析的事实。篠崎美生子《〈六宫公主〉论》(《文学》,1996年1月)认为正因为看不到公主的"内心",因此才看到了文本的特征,显示了只不过是对"内心"所造成结果的"解释"作用。果真如学者们所言,该作品缺乏与原典的独立性吗?是否真的喻示了芥川创作力的衰退呢?我国译者楼适夷在《芥川龙之介小说十一篇》的"书后"认为,可怜的贵族公主只能作寄生之草,最后落入路倒尸的结局,表达了对六宫公主既哀婉又无可奈何的心情。[②] 笔者认为他看到了六宫公主落魄的表象,但并未找到她落魄的真正根源。

一、《六宫公主》与出典

《六宫公主》典据为《今昔物语集》之卷第九《六宫姬夫君出家语第五》、卷第五《造恶业人最后唱念佛往生语第四十七》、卷第十六《东下者

[①] 内记上人:即庆滋保胤(933?—1002),平安中期文人。出家后的法号为"寂心"。著有《日本往生极乐记》等。

[②] 参见(日)芥川龙之介著,楼适夷译《芥川龙之介小说十一篇》,长沙:湖南人民出版社,1980年,第170页。

宿人家值产语第十九》；《发心集》之《某妇人临终见变魔事》。但一般认为《六宫公主》故事来源主要是《今昔物语集》的两篇，芥川对其进行了改编与组合。芥川这样组合与改编的初衷我们不得而知，通过分析《六宫公主》与原典的关系，或许能窥出少许端倪。下文将对芥川《六宫公主》与《今昔物语集》卷九"本朝佛法"中的《六宫姬夫君出家语第五》、卷第五《造恶业人最后唱念佛往生语第四十七》这两篇原典进行比较。

首先，从标题看，芥川的《六宫公主》与《六宫姬夫君出家》基本一致，所不同的是芥川的《六宫公主》没有指出具体事项"夫君出家"。其次，从内容与情节看，芥川基本继承了《六宫姬夫君出家》的内容与情节，仅进行了少许的改编。再次，故事中的乳娘在《六宫姬夫君出家》中没有获得六宫公主本人及其家人的绝对信任。如文中有"乳娘终究不能信托，又没有兄弟可以照看。父母为此忧虑万分，只有哭泣叹息，别无他法"、"蹉跎之间，不觉孝服期满，姑娘由于父母在世时，经常叮念女儿将来无人可靠，使她对乳母也不能推心置腹"[1]之言。但《六宫公主》却用相反的笔墨描述了其乳母，"说来，一向娇生惯养的公主，除了一位乳母，便再也没有可依靠的人了"、"乳母倒是忠心耿耿，为了公主，不辞辛苦，始终拼命操劳"[2]等。另外，《六宫姬夫君出家》并未明确说明最后陪伴公主的老尼姑就是她的乳母，而在《六宫公主》中就进行了明确说明。如"尼姑——那位忠实的乳母，同跑进屋的男子一起，慌忙抱起公主"、"乳母发疯似的跑去找叫花子和尚。请他不管怎样，给公主临终念卷经。"[3]从"乳母"这一人物形象看，芥川对其进行了升华。此外，《六宫公主》不仅对公主的心理活动进行了细致的刻画，亦增加了有关宿命论的故事。如"我什么也不要。活也罢，死也罢，反正都一样……"，更有"寿当八岁，命当自刎"的故事及公主"万事只能认命啊"的感叹等。

---

[1] 张龙妹校注，北京编译社译，《今昔物语集》，北京：人民文学出版社，2008年，第531页。
[2] （日）芥川龍之介，《芥川龍之介全集》（第九卷），東京：岩波書店，1996，p.174。
[3] （日）芥川龍之介，《芥川龍之介全集》（第九卷），東京：岩波書店，1996，p.182。

第二章　对佛教思想的认同:《孤独地狱》《俊宽》《六宫公主》论

　　从《今昔物语集》之《临终念佛的作孽人往生极乐》篇来看,芥川亦进行了改造。《今昔物语集》之《造恶业人最后唱念佛往生语》与《六宫公主》内容最相似之处是出现了地狱来接死者的"风火车",并出现了佛教的圣物"莲花"。

　　《造恶业人最后唱念佛往生语》描述了一位无恶不作的造孽人不信"造孽之人,必将坠入地狱"之言,肆无忌惮地杀生与放荡,直至身染重病,看见了"风火车"才相信他人的劝诫,后悔不已。最后在高僧的指点下念诵千遍阿弥陀佛号祈求往生极乐,终于如愿以偿地"风火车消失,眼前出现金色的大莲花"而去世。《六宫公主》亦同样出现了"风火车"及"莲花",所不同之处在于二者行文的差异。《六宫公主》中乳母请求叫花子和尚替临终的公主念经,而和尚则要求公主自己诚心念唱阿弥陀佛。公主念佛不能专心,她眼前的景象亦由"风火车变成了金色的莲花",最后变成了"漆黑的天空和冷飕飕的风"。

　　另外,《六宫公主》增加了一节有关叫花子和尚的故事。叫花子和尚在与武士的对话中仍在劝人念佛,他把武士所描述的朱雀门附近常听见女人哭泣的传言归结为人们念佛不诚心。作者在最后指出叫花子和尚的真实身份为空也上人[①]的弟子内记上人,是一位最德高望重的沙门。

　　可见,芥川的《六宫公主》在故事情节与内容上与原典基本相似,未对原典进行过多改编,但并不能否认芥川在增强人物形象、升华思想感情方面所下的功夫。芥川将几个关于佛教的故事糅合成一个短篇,其本身就具有独特的意义,体现了作者对故事本身的深刻理解。尤其重点在于,芥川所增加的后半部分内容中与佛教相关的内容十分引人注目。内记上人作为德高望重的僧人,对六宫公主死后的现象进行了佛教式的解读——"那是个没有出息的女魂,既不知天堂亦不知地狱。念佛吧!"此言颇有深意,该句点出了六宫公主既未能升入天堂亦未坠入地狱而成了

---

① 空也上人:903?—972,日本平安中期之净土教念佛僧。又称弘也。天性好游访,曾参诣诸国灵迹,四处开路,架设桥梁,开凿井池,修建寺宇,刻造佛像,书写经文,并收山野之尸骸予以火葬,常唱弥陀名号以劝化民众,故时人称师为阿弥陀圣、市圣、市上人。

孤魂野鬼在飘荡的现实,唯有"念佛"才是最佳的解决途径。作者运用"念佛吧"这样一句劝慰性的语言,是否暗示其内心亦想皈依佛教呢?

二、宿命论与佛教

长期以来,由于佛教的"因果轮回""因果报应"思想与宿命论表面上有相似之处,故人们在对佛教的认识上存在偏见,即将佛教与宿命论等同对待,认为佛教就是宿命论。

芥川在《六宫公主》中亦涉及了该问题。在《六宫公主》中,芥川在前半部分中加入了对宿命论的描述,在后半部分对佛教往生进行了论述,亦使人产生宿命论与佛教有关联的误解,但芥川并未将二者混淆。事实上,六宫公主之所以落得如此衰败的境地,与其所持的宿命论有关。

宿命论,通俗地说就是人的一生的吉凶祸福,都是前生所注定的,不是人力所能改变的。相信"宿命论"者,就是"听天由命"的意思,以为一切都是命中注定的。且看《六宫公主》中有关宿命论的描述:

> 有一夜,阵雨初霁,男子和公主对酌,讲了丹波国一个怕人的故事。有个到出云去的旅客,在大江山下的客店投宿。刚好那夜,客店老板娘平安生下一个女婴。旅客忽然看见产房里跑出一个怪汉,嘴上念叨"寿当八岁,命该自刎",说完便没影了。九年以后,那个旅客进京路过,又上那家客店投宿,想探个究竟。果然,女孩已在八岁那年横死。是从树上掉下来,偏巧喉咙扎到镰刀上。——故事大致如此。公主听了,感到人各有命,没法儿违抗。自己能靠上这个男人活着,比起那个女孩来,算是有福气的了。"万事只能认命啊。"——公主心里这样想着,脸上装出了笑容。①

---

① (日)芥川龍之介,《芥川龍之介全集》(第九卷),東京:岩波書店,1996,pp.175—176。

第二章　对佛教思想的认同:《孤独地狱》《俊宽》《六宫公主》论

男子以宿命论的故事笼络公主,使其相信与男子相处的宿命,让她感到"人各有命,没法儿违抗",以致后来公主原本有机会改嫁以改变自身命运,但却未采取任何行动。

> 于是,那年秋天的一个月夜,乳母走到公主面前,想了又想,说道:"官人恐怕是不会回来的了。公主就忘了他吧,好不好?前两天,有位典药之助,说要见见公主,一直催着呢……"
> 公主一边听,一边想起六年前的事来。六年前,自己曾伤心得哭个没完。而今,已经身心交瘁。"只求静静地等死"……此外别无所想。听完乳母的话,公主憔悴的面庞望着苍白的月亮,心灰意懒地摇了摇头,说:"我什么也不要。活也罢,死也罢,反正都一样……"①

面对奶娘的忠心劝说,公主却想起六年前之事,认为一切皆是命运,只想无奈地接受命运的安排,"只求静静地等死",并发出"活也罢,死也罢,反正都一样"的感叹。公主固执地相信宿命,不做任何改变。这也使得她落得家道中落,失去容身之所,最终形容枯槁地死去。可以说,真正害死公主的是这宿命论思想。

小说的后半部分,奶娘请叫花子和尚在公主临终时,无论如何念卷经,以使这位苦命公主往生极乐。但叫花子和尚所言"往生净土,不能借助他力。须自己念佛不息,快念阿弥陀佛吧",以及"那是个没有出息的女魂,既不知天堂亦不知地狱。念佛吧!"亦点出了芥川的态度,由此可见芥川对宿命论的不认同态度。

芥川文学中还有此类故事,如芥川在1913年8月19日致广濑雄的书简中写道:

---

① (日)芥川龍之介,《芥川龍之介全集》(第九卷),東京:岩波書店,1996,p.178。

另外,同村某农户数年来家里病人不断,遂请易者卜卦。易者谓其家地下二丈五尺深处有甲胄刀剑,致使家人罹病。于是速掘其地,果于二丈五尺深处得甲胄一具大刀一把。村人皆赞易者料事如神。小生宁愿佩服笃信易者之断,立即掘地二丈五尺之农家主人的纯朴。①

在此书简中芥川明确表达了其看法"小生宁愿佩服笃信易者之断,立即掘地二丈五尺之农家主人的纯朴",并不相信宿命。

正如刘先和在《佛教并非宿命论》中所论:"宿命论是悲观地对待人生,被动地接受命运的主宰,消极一世。而佛教则是积极地对待人生,相信自己的心力,鼓励人们精进向上,并劝导人们珍惜来之不易的今生今世,要求人们勤学修持,改造自己,不'令一生空过无所得也'(《佛遗教经》)。否则,'汲汲度一生,到头还自懊'(《六祖坛经》)。"②佛教的"因果报应"思想,皆是由其自身业力所致。自身的命运由自己主宰,因此佛教倡导努力修持佛法,多行善,多布施,自己把握自己的命运。六宫公主的遭遇虽然值得同情,但她深受宿命论所累,这是她最终不能往生极乐的根源。

关于宿命,芥川曾在《侏儒警语》之"自由意志与宿命"一节中进行过论述:"若相信宿命,罪恶便不复存在",在回答到底该信自由意志还是宿命,他又这样写道:"我想这样回答:应该半信自由意志半信宿命。或应半疑自由意志半疑宿命"。③芥川的这一回答,正呼应了他在该作品中的态度。

不仅如此,芥川还在《侏儒警语(遗稿)》中的"宿命"条中写道:"宿命也许是后悔之子,或后悔是宿命之子亦未可知"。④作者在此将"宿命"与

---

① (日)芥川龍之介,《芥川龍之介全集》(第十七卷),東京:岩波書店,1997,pp.127—128。
② 刘先和,《佛教并非宿命论》,载《佛教文化》,1995年02期,第47页。
③ (日)芥川龍之介,《芥川龍之介全集》(第十三卷),東京:岩波書店,1996,p.36。
④ (日)芥川龍之介,《芥川龍之介全集》(第十六卷),東京:岩波書店,1997,p.71。

"后悔"相联系,继续表明了他对"宿命论"的不认同态度。

从以上论述可知,芥川在作品中多次涉及"宿命论",并表明他对宿命论并非认同。从芥川对宿命论所持的态度可以看出,芥川在人们容易混淆的"将宿命论等同于佛教的因果报应思想"上有所区分,足见其佛学素养。

三、念佛往生

《六宫公主》后半部分最引人注目的是公主临终时的念佛。在叫花子和尚强调自己念佛才能往生极乐的劝告下,公主开始念佛,但最终未能进入极乐世界,而成了飘荡的女魂。

据《佛教文化百科》"往生"条的解释,"往生"的内涵如下:

> 往生,为佛教用语。佛教净土宗认为,具足信、愿、行,一心念佛,与阿弥陀佛的愿力感应,死后能往西方净土,化生于莲花中。《无量寿经》卷下:"诸有众生闻其名号,信心欢喜,乃至一念至心回向,愿生彼国,即得往生住不退转。"《观无量寿经》:"愿生彼国者,发三种心,即便往生。"《法华经·药草喻品》:"即往安乐世界阿弥陀佛大菩萨众围绕住处,生莲华,中宝座之上。"一说大彻大悟者,可以随意往生十方净土。唐韩愈《吊武侍御所画佛文》:"极西之方有佛焉,其土大乐,亲戚〔如〕(姑)能相为图是佛而礼之,愿其往生,莫不如意。"宋郭彖《睽车志》卷二:"焉为诵《法华经》回向,则可藉以往生。"明屠隆《昙花记·菩萨降凡》:"再休题必人在房栊,裙染胭脂,香薰罗绮,这些时,才有个往生的消息。"清钱谦益《黄子羽六十寿序》:"于此时息心克念,净信往生,东林西土,涌现几席。"[1]

---

[1] 陈聿东主编,《佛教文化百科》,天津:天津人民出版社,2005年第2版,第367—368页。

从上文对"往生"的解释可以看出，往生是佛教十分重要的观念之一，主要往生阿弥陀净土，且需一心念佛。《佛学辞典》对"念佛"亦有详细的解释：

> 念佛：即在心里称念法身佛（理念上之佛），观想具体存在之佛相，或佛陀之功德，乃至口中称念佛之名号，皆称为念佛，乃一般修行佛道之基本行法之一。其中，由理法念佛，称为法身念佛；于心思上浮现佛之功德及佛相，称为观想念佛；而口称佛名，则称为称名念佛、口称念佛。小乘之念佛偏重思念释迦牟尼佛，大乘主张三世十方有无数佛，故所念之佛亦为数众多，常见者有念阿閦佛、药师佛、弥勒佛、大日如来等。通常，念佛之对象，以阿弥陀佛为代表，故一提及念佛，一般皆以为念阿弥陀佛，且立即浮现佛之功德及其相好。
>
> 于阿含诸经中，念佛为三念、六念、十念之一。佛，即指对释尊表归敬、礼拜、赞叹、忆念之意。由念佛之功德，能使贪嗔痴不起，可生于天上，得入涅槃。
>
> 念佛三昧法，即：一心系念一佛之名号，且观想佛之三十二相好光明，及其于众中之说法，如此念念相续不断，则能于定中见佛，亦得以往生佛国。如净土宗以念阿弥陀佛为修行的法门，若行人愿往生佛国而至诚持念佛号，则于命终时，即能往生阿弥陀佛国（极乐世界），称为念佛往生。又阿弥陀佛的本愿，使念佛众生往生极乐世界，故信解其本愿念佛，称为本愿念佛；此乃由佛的智慧而起，故又称智慧念佛。日本净土真宗常引智慧念佛之说，又谓末法浊世的众生根机劣钝，不堪义解、持戒或观想等行，仅信称念弥陀名号以往生，此称愚钝念佛。至于不参杂其它行法，专心称名愿生净土者，称为专修念佛。若以自力精勤称名，则称自力念佛；反之，若以弥陀赐与之信心，自然促其念佛者，则称他力念佛。此外，称名念佛与观想念佛并行者，称为事理双修念佛。
>
> 日僧源信之《往生要集》卷下末，将念佛分为寻常、别时、临终三

种。(1) 寻常念佛,系指日常之念佛。(2) 别时念佛,系指于特定时间、场所之念佛。(3) 临终念佛,则指临命终时,等待佛陀来迎之念佛。其中,寻常念佛又可分为定业、散业、有相业、无相业等4种。①

从上文可知,"念佛"是往生极乐的一种修行方式。从"由理法念佛,称为法身念佛;于心思上浮现佛之功德及佛相,称为观想念佛;而口称佛名,则称为称名念佛、口称念佛"这三种念佛方式看,公主念佛属于第三种"称名念佛"或"口称念佛"。上文对念佛往生进行了具体的解释:"如净土宗以念阿弥陀佛为修行的法门,若行人愿往生佛国而至诚持念佛号,则于命终时,即能往生阿弥陀佛国(极乐世界),称为念佛往生。"依据日本僧人源信的《往生要集》的念佛分类,公主的念佛属于"寻常、别时、临终"中的"临终念佛"。

念佛与往生是联系在一起的。在上文两段对念佛与往生的解释中,均突出提到了念佛的诚心和专心。作为佛教信仰者或普通大众,都有其死后向往净土的美好愿望吧。《六宫公主》的主人公应该也怀有如此梦想。只是一心相信宿命论的公主并未诚心念佛,因此最终未能往生。

乳母发疯似的跑去找叫花子和尚。请他不管怎样,给公主临终念卷经。和尚顺应乳母的期望,走到公主枕边坐下。他没有念经,却对公主说:

"往生净土,不能借助他力。须自己念佛不怠,快念阿弥陀佛吧!"

公主由男子抱着,声音微弱地念起佛号来。忽然,眼睛定定然,恐惧地看着门口的顶棚:

"啊,那儿有辆燃烧的车子……"

---

① 宽忍编著,《佛学辞典》,北京:中国国际广播出版社、香港华文国际出版公司,1993年9月第1版,第745页。

"不要怕,只管念佛就可以!"

和尚稍微鼓励她说。于是公主念了一会儿,又梦魇一般嘟哝道:

"我看见金色的莲花了。莲花大得像华盖……"

和尚正要说话,公主抢在前头断断续续地说:

"莲花又不见了。剩下的是一片黑暗,只有风在吹。"

"要一心念佛!为什么不专心念佛?"

和尚叱责道。公主快断气了,只是重复同样的话:

"什……什么都不见了。一片黑暗,只有风……只有冷飕飕的风在吹。"

男子和乳母含着眼泪,口中不断念着佛号。和尚当然也双手合十,帮着公主念佛。雨声交织着佛号,躺在破席上的公主,脸上渐渐露出死相……①

上文是关于公主临终念佛的详细描述。公主在念佛过程中产生了不同的幻像,"那儿有辆车子,火在烧它"、"看见金色的莲花了。莲花大得像华盖"、"什么都不见了。一片黑暗,只有风……只有冷飕飕的风在吹"。由于公主念佛的不专心,使其灵魂经历了从"地狱—极乐—地狱"的转变。作者在此或是要说明诚心念佛的重要性吧。

那之后,过了几天的一个月夜,那个劝公主念佛的和尚穿着破僧袍,抱着膝盖,照旧坐在朱雀门前的曲殿里。这时,有个武士悠然自得地哼着小曲,在月光照彻的大路上走来。见了和尚,停下了穿草屐的脚步,随口问道:

"说是近来朱雀门一带,常听到女人的哭声,是吗?"

和尚蹲在石阶上,只说了一句:

---

① (日)芥川龍之介,《芥川龍之介全集》(第九卷),東京:岩波書店,1996,pp.182—183。

第二章　对佛教思想的认同:《孤独地狱》《俊宽》《六宫公主》论

"你听!"

武士侧起耳朵,但闻隐隐的虫鸣,此外别无声响。周遭只有松树的气息,飘荡在夜空中。武士正要张口,没等说话,突然不知从哪儿送来一声女人幽幽的叹息。

武士手按在刀上。声音在曲殿的上空,拖着长长的尾音,响了一阵,渐渐地又消失在远处。

"念佛吧!"和尚抬头迎着月光,说道,"那是个没出息的女魂,既不知天堂也不知地狱。念佛吧!"

武士没有回答,盯住和尚的面孔。大吃一惊,猛地两手伏地,跪在和尚面前:

"是内记上人吧?怎么会在这种地方⋯⋯"

俗名庆滋保胤,世称内记上人,在空也上人的弟子中,最是一位德高望重的沙门。①

上文是《六宫公主》与原典最不同之处,即芥川自己所增加的有关叫花子和尚的故事。可以说,该节是芥川对原典的发挥,亦是芥川对六宫公主最终未能往生极乐世界的解释与感想。"那是个没出息的女魂,既不知天堂也不知地狱。念佛吧。"应是《六宫公主》所要表达的思想核心。芥川在文中写道:"俗名庆滋保胤,世称内记上人,在空也上人的弟子中,最是一位德高望重的沙门"。这其中的内记上人,就是庆滋保胤,其著有《日本往生极乐记》,此书被认为是日本最早的往生传。

《六宫公主》是芥川中晚期作品,虽学者评价不高,甚至有学者认为预示着其创作力的衰退,但该作也并非那么糟糕。虽此后其取材于《今昔物语集》等古典之作明显减少,但芥川在《六宫公主》中对故事的糅合、驾驭能力却是显而易见的,尤其对宿命论的批驳以及对佛教念佛往生的描述,显示了其深厚的佛学素养,这是被学者们忽略之处。作品发表于

---

① (日)芥川龍之介,《芥川龍之介全集》(第九卷),東京:岩波書店,1996,pp.183—184。

1922年，芥川1921年中国之行后。芥川的中国之行，可以说是其人生的重要分水岭。在此之后，其身心颇为疲惫，尤其身体每况愈下。处于身心疲惫之时的芥川，对佛教的"念佛往生"产生了关注，不能不说不具深意，该作是否暗示他从此时开始又想寻求佛教的救赎？（晚期的《尼提》及自杀时遗书中所引用《阿含经》为自杀辩解应说明了这一点，有关内容将在后续章节进行论述，在此不再赘述。）

本章小结

本章选取芥川前、中期三篇作品《孤独地狱》《俊宽》《六宫公主》，着重论述芥川对佛教思想的认同与理解。芥川对佛教思想的认同与理解，抑或其对佛教的正面描述在其文学中有诸多表现，如对人生之苦、无常、净土、念佛往生等的描述。通过以上论述可知，该三篇作品在一定程度上代表了芥川对佛教思想的正面认识，体现了芥川颇为深厚的佛学素养。这三篇作品亦为我们更好地理解芥川及其佛教相关文学提供了较好的切入点。

▼
第三章

对佛教的怀疑:《运气》《道祖问答》论

芥川属于宗教怀疑主义者，随着其知识储备的不断丰富，他一改最初对佛教的些许期待，开始对佛教产生了怀疑。《运气》《道祖问答》即是这种宗教怀疑主义的反映。正如《运气》中年轻武士的疑惑："如果真能带来好运，我也会信仰观音菩萨，观音菩萨真会给人带来好运吗？"作者开始对这种交易式的世俗佛教信仰产生了怀疑。《道祖问答》则通过阿阇梨对道祖神的驳斥，论述了大、小乘佛教与佛教"本地垂迹"问题。芥川通过发表于1917年1月的《运气》《道祖问答》两篇文章，开启了他对佛教的怀疑之路。对宗教的怀疑，表明芥川开始面临人生与灵魂的挣扎。他既想寄希望于佛教，以寻求精神的安慰，但又不太信任佛教，尤其对"世俗的佛教信仰"和佛教戒律等产生了怀疑。芥川的这种矛盾心态，使其无法找到理想的"栖身之窝"[①]，只能以文学作品来回答自身的这种困惑，因此产生了一系列有关对宗教的怀疑之作。

第一节　《运气》——世俗的佛教信仰

《运气》初次刊登在《文章世界》（1917年1月）上，初刊本《罗生门》（日本，阿兰陀书房，1917）。有学者指出受高尔基作品 *Senzamani*（《センツァマニ》）（《鸥外选集　第十五卷》，日本，岩波书店，1980）的影响。

---

①　栖身之窝：芥川在《西方之人》之三十七"东方之人"再次回望佛教时写道："我们除了变成狐狸或飞鸟，很难再找到栖身之窝"。

故事发生在一个陶器作坊，由老年陶器师和年轻武士之间的对话展开。年轻武士看到络绎不绝前去参拜观音菩萨的人们时，感慨道："如果真能带来好运，我也会信奉观音菩萨，观音菩萨真会给人带来好运吗？"老年陶器师便向其讲述了西边市场上开麻纺线店铺的女子向观音菩萨祈愿灵验的故事。该女子年轻时，由于母亲过世后家贫而去清水寺宿寺参拜，向观音菩萨许愿，在结愿的那天晚上，她做了一个梦，梦中示其在归途中将有一个男人与其搭话，要她按照男人所说行事。结果在归途中果真发生了与梦境一样的事，女子以为那是观音菩萨的神谕，于是与那男子在塔中过了一夜，并相约结为夫妇。在塔中，女子见到了大量的宝石和金银，认为该男人为盗贼无疑，因此意欲逃走，却在争斗中将塔中值守的老尼姑杀死。后来那男子被官府抓走，而逃走后的女子如今却过着殷实的生活。老年陶器师说"观音菩萨说到做到"，观音菩萨在这一点上信守诺言。年轻武士听罢，认为女子十分幸运，而老人却说这样的"运气"他坚决不要。

一、出典及评价

关于《运气》的出典，学界一致认为出自《今昔物语集》卷第十六第三十三《贫女信奉清水观音遇盗得福》。但芥川对其进行了改编。《贫女信奉清水观音遇盗得福》讲述的是京城的一个年轻女子家贫无法度日，多年来一直朝拜清水寺，但始终未见任何灵验。后来她向观音祈求福泽，在睡梦中获得高僧指点。芥川的《运气》并未直接照搬《今昔物语集》，而是进行了加工与创造，通过老年陶器师之口描述了关于贫女获得好运的故事。芥川所增加的内容为：一是对贫女身世进行了交代。尤其她在寺院参拜三七二十一天后，在和尚念经中仿佛受到了观音菩萨神谕的描述，极大地加强了佛教的表现效果。二是贫女在八坂寺要逃走时与老尼姑周旋，并无意间致老尼姑死亡的事。三是加入了贫女将其中的一匹绸缎送给穷人朋友，那朋友为其烧水煮粥，安排妥当。四是增加了贫女在发现与其有过一夜之缘的男子被官府抓住时的心理描写。虽然原典《贫女信奉清水观音遇盗得福》与芥川的《运气》皆描述了姑娘泪水盈眶，但感情的流露却截然不同。在《贫女信奉清水观音遇盗得福》中，贫女并未表现出对盗贼的同情，而是担心自己要是此刻仍留在寺中前途就不堪设想，她的痛哭，是对观音菩萨感激的泪水，"想自己能得如此，全是观音的救助，不禁感激得痛哭起来"①。而在《运气》中，姑娘多少顾及盗贼的感情，"不知何故，姑娘不由得泪水盈眶。后来她本人亲口对我说，并不是自己爱上这个男人什么的，而是一见他被五花大绑的样子，自己一下子觉得痛苦万分，情不自禁地流下眼泪"②。

从《运气》与原典来看，二者在处理佛教故事上的手法有异。《今昔物语集》着重站在佛教灵验故事的立场上对事件进行描述，而芥川的《运气》却是在基本遵循佛教灵验事件的基础上，加上了对人性的解读。

学者们对《运气》的评价不多，主要集中在材料来源、对话体形式及人物的对立位置等方法论研究、对年轻武士与老年陶器师见解的分析三个方面。山崎甲一在《芥川龙之介的独立》（《鹤见大学纪要》，1985年3月）中则关注了文中对老年陶器师的称呼及他的"孤独"等。

二、观音信仰

《运气》引人注目之处是对"观音菩萨"的描述。可以说，芥川在文中对"观音菩萨"的描述充满了复杂的情感。如：

> 说起来是三四十年前的事了。那个女人当时还是个姑娘，去清水观音寺乞愿，希望自己平平安安地过一生。这个姑娘死了母亲，一个人每天过着十分艰辛的日子，所以向观音菩萨许这个愿，也是

---

① 张龙妹校注，北京编译社译，《今昔物语集》，北京：人民文学出版社，2008年，第428页。
② （日）芥川龍之介，《芥川龍之介全集》（第二卷），東京：岩波書店，1995，p.65。

很自然的。①

作品紧紧围绕一则佛教灵验故事展开,这其中,观音信仰起了引领作用。事件由一个观看街道上来往行人的年轻武士,突然心血来潮似的对陶器作坊主感叹"看来去参拜观音菩萨的人还是不少啊"开始,引出了年轻女子因为相信观音的神谕而得以灵验之事。

  姑娘在寺院里参拜三七二十一天,到结愿的那天晚上,突然做了一个梦。她觉得同样在大殿参拜的一个驼背和尚正唠唠叨叨地念着什么陀罗尼经。大概由于精神作用,尽管很困,迷迷糊糊地想睡觉,耳边却一直萦绕着念经的声音。接着,仿佛听见蚯蚓之类的在廊檐下鸣叫。一会儿,那声音不知不觉地变成人的声音,对她说道:"你回去的路上,有一个男人会和你说话,按照那男人说的去做就可以。"

  姑娘一下子从梦中惊醒过来,却听见和尚还在念陀罗尼经。她侧耳倾听,却不知道念的是什么。她不经意地朝那边看了一眼,只见昏暗的长明灯映照出观音菩萨的坐像,那表情依然如白天参拜那样的端庄神妙。但不可思议的是,仿佛有个人在她耳边低声说道:"按照那个男人说的做就可以",于是,姑娘一心认为这是观音菩萨的神谕。②

上文为年轻女子所做的梦,梦中的情形被女子误以为是观音菩萨的神谕。关于梦,有诸多说法,常有"日有所思,夜有所梦",不过是人的心像罢了。文中将梦中内容与现实联系起来,并描述了"端庄神妙"的观音形象。这说明作者对观音信仰了解甚多。

据《佛教哲学大词典》,"观音信仰",兴起于印度,之后由我国、日本

---

① (日)芥川龍之介,《芥川龍之介全集》(第二卷),東京:岩波書店,1995,p.57。
② (日)芥川龍之介,《芥川龍之介全集》(第二卷),東京:岩波書店,1995,pp.58—59。

等继承和发展,是一种崇奉观世音菩萨的信仰。据玄奘《大唐西域记》第三卷载,印度、西域各地皆立有观音像,观音信仰曾经繁盛一时。3世纪后,《法华经·普门品》中有观世音菩萨救济众生,施予利益的说法,因而在现世利益的标榜下,遂成为我国民间的普遍信仰。我国浙江普陀山为观音信仰圣地。日本的观音信仰始自飞鸟、白凤时代,因圣德太子尊崇观音而兴盛。以祈求死者的冥福为目的,但自奈良时代以后,却演变为标榜现世利益的信仰。平安时代,密教部的观音经典传入后,举行镇护国家为目的的观音修法。自平安末期起,才将纪伊熊野的那智山比拟为补陀落①山,奉为观音菩萨的住处,盛行参拜。②

从上文记述可知,观音信仰为佛教重要信仰之一,尤其在中日两国的佛教信仰者中有广泛的基础。芥川对"观音"的描述,并未局限在此篇中,其他作品中亦常涉及。

芥川在《国槐》一文中对观音菩萨进行过多次描述,首先是他在听京都"一中调"的净琉璃《石枕》时,对念白记忆颇深:"那句念白好像是观世音菩萨的'庭院里,经年久,槐树梢'"。然后在介绍《石枕》梗概时又有涉及,如"随后少年现身为观世音菩萨,示喻阿婆因果报应",并进一步描述了其对观音菩萨的印象:"我少时曾于国芳的浮世绘读及此文,所以比起《吉原八景》和《黑发》,《石枕》更令我兴趣盎然。此外我还记得,国芳浮世绘中所画观世音菩萨的衣纹,应用了西洋式画法","我后来看到国槐幼树时,感觉那图案化的枝叶确实与观世音菩萨现身相吻合"。③

在《疑惑》中,芥川描述了距今(1919年)十多年的某年春天,应邀去讲实践伦理学,在岐阜县的大垣镇,前后逗留了一个星期,住在镇上一户人家别墅中的情形。其描述了该别墅中的观音像:"身后的壁龛里,庄重地摆着一个没插花的铜瓶。上面挂了幅奇怪的杨柳观音,装裱在发了黑

---

① 补陀落:地名,普陀落。补陀落迦之略。译作光明山、海岛山、小花树山等。在印度之南海岸,为观音之住处。

② 参见(日)佛教哲学大辞典编纂委员会编,《佛教哲学大辞典》(第3版),创价学会,2000年11月。

③ (日)芥川龍之介,《芥川龍之介全集》(第十三卷),東京:岩波書店,1996,pp.253—254。

的织锦缎上,墨色模糊,难以辨认。有时看着书,偶尔抬起眼睛,回头望见那幅陈旧的佛像时,总觉得闻到一阵阵线香味儿,其实,压根儿就没点香。"①在该文中,芥川不仅描述了当时别墅中所供奉的观音的情景,亦描述了自身对佛像的感受:"偶尔抬起眼睛,回头望见那幅陈旧的佛像时,总觉得闻到一阵阵线香味儿"。这种感受说明芥川对观音菩萨,对佛教的感觉非同一般。

此外,在《山药粥》(1916)中,五位发现是被利仁带去敦贺时,胆战心惊,只得祈求观音菩萨的保佑,念诵观音经,如"他胆战心惊,东张西望,环顾周遭荒凉的原野,口中喃喃祷告,念诵依稀记得的几句观音经②。"③在《戏作三昧》中亦有马琴与孙子太郎之间的对话,在谈及要好好用功,好好忍耐时,太郎说:"是浅草寺的观音菩萨这么说的。"马琴感到不可思议,回应说:"是观音菩萨这么说的?用功吧!别发脾气!而且要好好儿忍耐!"④

芥川在文学中不仅描述了观音菩萨的不同容貌,而且对《观音经》等与观音信仰有关的物事亦描述得十分到位。从芥川对"观音菩萨"的描述可以看出,"观音信仰"对日本及日本人影响深远。

三、世俗的佛教信仰

人们对佛教的信仰,最初可能都是为了求得个人的功名与利禄,求得平安与福报。就像《运气》中所显示的那样,贫女之所以信奉佛教,是出于对未来的憧憬,寄希望于信奉观音能改变自己贫穷的命运。而文中的年轻武士也抱着这样的幻想,在他看来,信奉神佛,就像与神佛做一次交易一样:

---

① (日)芥川龍之介,《芥川龍之介全集》(第四卷),東京:岩波書店,1996,p.56。
② 观音经:法华经卷第八观世音菩萨普门品第二十五一品别行者,称为观音经。
③ (日)芥川龍之介,《芥川龍之介全集》(第一卷),東京:岩波書店,1995,p.236。
④ (日)芥川龍之介,《芥川龍之介全集》(第三卷),東京:岩波書店,1996,p.39。

"不是开玩笑,只要能得到好运,我也会很虔诚。每天参拜也好,宿寺参拜也好,没什么了不起的。换句话说,就像和神佛做一笔买卖吧。"①

"您是有虔诚之心,还是买卖之心?"老头挤着眼角皱纹笑起来,手里的泥土已经捏成壶的形状。心情变得开朗起来,"我就是把神佛的意图告诉您,像您这个年龄,也很难明白的。"②

从上文可以看出,无论是贫女也好,年轻武士亦罢,他们已经信奉或即将信奉观音的动机无非是求得自身的幸福,获得所谓的"好运"。这涉及佛教信仰的一个问题,即世俗化。佛教在传播过程中,其戒律、仪式等方面产生了世俗化。另一方面,对于信众来说,对佛教的信仰并不是寻求人生的解脱,达到涅槃的彼岸,而是掺杂着个人功名利禄方面的内容。在向普通民众宣扬其基本教义过程中,为了迎合人们的某些特殊心理需求,佛教中的某些教义、戒律等进行了改变,从而背离了佛教的精神实质,但它仍披着佛教的外衣。如日本僧人可以娶妻生子、喝酒吃肉;有些佛教信仰者甚至将佛教当成"求平安无病无灾""升官发财"的法门,这些都是佛教世俗化的表现。

从另一角度看,与佛教世俗化倾向相应的是大众佛教信仰的世俗化问题。就个人的理解,所谓佛教信仰的世俗化,是指佛教信仰者在信奉佛教、皈依佛教时所抱有的目的并非为虔诚地信仰佛教的教义与精神,而是打着佛教信仰的旗号,带有某种个人功利主义的信仰行为。《运气》中前去参拜观音菩萨的人络绎不绝,其中不乏像那女子一样的向观音菩萨祈求福报者。

关于佛教的世俗信仰问题,芥川在《俊宽》中亦有论述。在《俊宽》中,有康赖信奉神佛,与求得现世果报有关的描述:

---

① (日)芥川龍之介,《芥川龍之介全集》(第二卷),東京:岩波書店,1995,p.55。
② (日)芥川龍之介,《芥川龍之介全集》(第二卷),東京:岩波書店,1995,p.56。

> "不过,这反倒让人为难呐。康赖认为,只要许愿,天地之神和诸佛菩萨全都会按照他的意志,赐福于他。总之,在康赖眼里,神和佛就等同于商人,只是不像商人那样用金钱来沽售冥佑而已。……"①

在上文中,作者对佛教的世俗信仰的描述更为直接,文中的"神和佛就等同于商人"应是《运气》中"就像和神佛做一笔买卖"的延续。从文中对佛教信仰的描述看,作者应是持有批判性观点的。

在对待佛教的世俗化方面,人们持有不同的观点。佛教的世俗化,一方面能够让佛教更好地走向普通大众,更容易被世人理解和尊重;但另一方面亦会带来人们对佛教信仰的淡化,贪图享受等不利影响。

《运气》描述了以年轻武士与老年陶器师为代表的世人对世俗的佛教信仰的看法,年轻武士认为"这个女人还是幸福的",同时也立志要宿寺参拜,而老年陶器师却认为"这种运气我坚决不要"。作者并未对这两种看法表达他自身的意见,而是留待读者去做进一步的思考。虽然《运气》取材于《今昔物语集》,但芥川在作品中涉及了这一重要问题,也从另一侧面表达了芥川对世俗的佛教信仰不认同的态度。

第二节 《道祖问答》——"本地垂迹"与大小乘佛教

《道祖问答》最初发表在1917年1月29日的《大阪朝日新闻》夕刊上,后收录于《烟草与魔鬼》(日本,新潮社,1917)中。作品讲述了在和泉式部家过夜的天王寺住持阿阇梨,按照往常习惯在黎明前诵读《法华经》。随着灯芯变暗,出现一位自称"五条道祖神"的老翁,特为让其听经而前来致谢。虽然读经是经常之事,但道祖神现身却只限于今晚,道祖

---

① (日)芥川龍之介,《芥川龍之介全集》(第八卷),東京:岩波書店,1996,pp.145—146。

神以讽刺的口吻告之,清静读经的话,上至梵天帝释,以及诸菩萨都来听闻。由于今晚阿阇梨接触了女人的身体,念经不清净,由于忌讳于此,诸路神佛都不曾近前而来,所以他得以前来道谢。面对阿阇梨,道祖神告诫他要遵循身戒,专心念经。但阿梨说他是大乘佛教,不必遵循小乘佛教的戒律,并斥责他速速离去。于是,道祖神随着灯芯的熄灭而消失。一声鸡鸣传来,已是拂晓时分。

从文章内容可知,主人公阿阇梨习惯于黎明前诵读《法华经》,诵读佛经是佛教僧人早课习惯,一般于每日凌晨三点至六点之间诵读。"清静读经的话,上至梵天帝释,以及诸菩萨都来听闻"则表明了"清静读经"的重要性,《六祖坛经·行由品第一》曰"菩提自性,本来清静,但用此心,直了成佛"。① 作品涉及佛教戒律,尤其涉及佛教的两个比较核心的问题。一是大、小乘佛教问题;二是有关日本"神佛习合",或"本地垂迹"问题。

一、出典及评价

关于《道祖问答》的出典,较为肯定的说法是出自《宇治拾遗物语》卷第一《道命阿阇梨于和泉式部之许读经五条道祖神听闻事》。此外,《今昔物语集》第三十六篇《天王寺住持道命阿阇梨》中亦有相关记载。作品在初次发表时,有"(此故事)散见于《今昔》《宇治拾遗》《古事谈》《东齐随笔》《元亨释书》《东国高僧传》等。此文大体根据《宇治拾遗》写成"的说明。据日本学者友田悦生的研究,芥川《道祖问答》与原典《宇治拾遗物语》在"阿阇梨"故事方面所不同的是增加了"阿阇梨对道祖神劝诫的反驳、道祖神消失"的内容。

正如友田悦生所述,《道祖问答》与原典在情节方面基本一致,但芥川对原典进行了诸多阐发与升华。芥川将仅三百余字的原典写成了两千余字的小说,足见他对原典的领悟能力。如将原典中惠心高僧所云:

---

① 杨帆译注,《金刚经 六祖坛经》,合肥:安徽人民出版社,1997年,第61页。

"勿破念佛读经四威仪"①之句在《道祖问答》中扩充为:"惠心高僧亦云,勿破念佛读经四威仪,老翁之因果报应,即以为坠入地狱之恶道。将来……"等。② 此外,还加入了阿阇梨运用佛教观点对道祖神劝诫的反驳等内容。

学者们对《道祖问答》文本关注较少。长野尝一在《古典与近代作家——芥川龙之介》(日本,有朋堂,1967)一文中对该作品持负面评价,认为阿阇梨的反驳是诡辩,芥川的兴趣也不过是游戏而已。但友田悦生却持不同见解,他认为芥川的意图既然被看成是"游戏",那么包括文章末尾从《枕草子》的引用效果在内,有再讨论的余地。笔者认为,芥川在文中对原作的扩充是"游戏"也罢,不是"游戏"也罢,都充满着芥川对佛教戒律的理解,这应是不争的事实。

二、《道祖问答》中的佛教物事

(一)《法华经》意象

芥川在《道祖问答》中多处提及《法华经》,可见《法华经》在文中是一个重要意象,具有独特的意义,且看如下引文:

> 天王寺别当道命③阿阇梨④一个人悄悄从被窝里爬起来,慢慢膝行到经桌旁,在灯下翻开摆在桌上的《法华经》第八卷。……
> 阿阇梨坐在白锦镶边的稻草圆蒲团上,因为怕吵醒和泉式部,便轻声诵念《法华经》。……

---

① (日)三木紀人,《宇治拾遺物語》(古本説話集),東京:岩波書店,1990,p.54。
② (日)芥川龍之介,《芥川龍之介全集》(第二卷),東京:岩波書店,1995,p.70。
③ 道命:973?—1020,平安中期天台宗僧人。长和五年(1016)成为天王寺别当。以读经闻名。
④ 阿阇梨:指引导弟子等、作为模范的高僧。另外,亦指天台宗、真言宗的僧位。

但奇怪的是，他在此种生活的空闲时必定一个人诵念《法华经》。①

然而，还没听见鸡鸣头遍，他就轻手轻脚地爬起来，张开残留着酒气的嘴唇，诵念一切众生皆成佛道的经文。②

阿阇梨觉得蹊跷，皱起眉头，说道："道命诵读《法华经》，是常有的事，不限于今晚。"③

从上述引文可知，《法华经》作为佛教的重要经典，在文中具有特别的意义与作用。尤其"诵念一切众生皆成佛道的经文"一语，虽没有点出《法华经》之名，但却点出了该经文重要的内容与思想，可见芥川对《法华经》的深刻理解。

《法华经》全称《妙法莲华经》，"妙法"意为佛陀所说的教法微妙无上，"莲华"比喻经典的纯洁无瑕。《法华经》以大乘佛教般若理论为基础，集大乘思想之大成，蕴含着极为重要的佛学义理，主要有会通三乘方便入一乘思想、诸法性空的超越思想、众生皆可成佛的佛性论思想等。

芥川多次提及《法华经》，契合了主题。《法华经》倡导的佛性论思想，与故事主人公阿阇梨所理解与认同的佛教教义在表面上具有一致性，为后文阿阇梨斥责道祖神把佛教理解为小乘佛教，反驳道祖神埋下了伏笔，使全文更具合理性。此外，《法华经》全称《妙法莲华经》，其中的"莲华"比喻经典的纯洁无瑕，而阿阇梨却不持二戒，在这方面也加深了讽刺的意味。

（二）对"阿阇梨"行为的讽刺

作为故事主人公的"阿阇梨"，在文中具有不可替代的重要作用，芥

---

① （日）芥川龍之介，《芥川龍之介全集》（第二卷），東京：岩波書店，1995，p.67。
② （日）芥川龍之介，《芥川龍之介全集》（第二卷），東京：岩波書店，1995，p.68。
③ （日）芥川龍之介，《芥川龍之介全集》（第二卷），東京：岩波書店，1995，p.69。

川对其进行了深刻的讽刺。

首先,"天王寺别当道命阿阇梨"这样的称呼,可以看出其地位不一般。"别当",日本佛寺职位名称,为掌管一山寺务的长官,系自奈良朝以来所设的职官。另外,"他身为傅①大纳言②藤原道纲③之子,又是天台座主慈惠大僧正④的弟子",进一步印证了阿阇梨不是普通的佛教弟子,而是一位资深的僧人。按理他应比常人或普通佛教信众更理解佛教教义,深知佛教戒律,但却在寻花问柳后诵读《法华经》。

> 这是他长年养成的习惯。他身为傅大纳言藤原道纲之子,又是天台座主慈惠大僧正的弟子,却不修三业⑤,不持五戒⑥。不对,甚至过着那种寻花问柳、放荡不羁的dandy(颓废)生活。但奇怪的是,他空闲时必定一个人诵念《法华经》。而且本人好像并不觉得有丝毫的矛盾。
>
> 就说今天他来拜访和泉式部,当然不是以"修验者"的身份,而是作为这位美女的众多情人之一,为偷香窃玉,共度寂寞之春宵而来的。然而,还没听见鸡鸣头遍,他就轻手轻脚地爬起来,张开残留着酒气的嘴唇,诵念一切众生皆成佛道的经文。⑦

芥川用"而且本人好像并不觉得有丝毫的矛盾"、"张开残留着酒气

---

① 傅:掌管与日本皇太子相关的一切事物的职位。
② 大纳言:日本律令制度下朝廷的官位名。太政官次官,地位仅次于大臣,位于中纳言之上。与大臣一道参与政事,大臣不在时代理其职。
③ 藤原道纲:955—1020,藤原兼家的次子,平安中期公卿。其母亲为藤原伦宁之女,著有《蜻蛉日记》。
④ 慈惠大僧正:912—985,平安中期天台宗僧人。号良源。致力于延历寺的复兴,被尊为天台中兴之祖。
⑤ 三业:身业、口业、意业的总称。指身、口、意的行为,以及由此行为而延续的善恶结果。
⑥ 五戒:指应当遵守的五条戒律或行为准则。一不杀生,二不偷盗,三不邪淫,四不妄语,五不饮酒。
⑦ (日)芥川龍之介,《芥川龍之介全集》(第二卷),東京:岩波書店,1995,pp.67—68。

第三章 对佛教的怀疑:《运气》《道祖问答》论

的嘴唇"之言表达其对阿阇梨行为的厌恶。

其次,芥川有关阿阇梨对道祖神反驳的描写,亦有讽刺的意味。

> 阿阇梨大为恼火,尖声喝道:"你胡说什么?!"
> ……
> "住嘴!"阿阇梨摆弄着手腕上的水晶念珠,狠狠地瞪了老翁一眼,"道命虽不肖,也读过所有经文论释。各种戒行德目未曾不修。难道你以为我是对那些话一无所知的蠢人吗?"
> ……
> 阿阇梨言毕,正言厉色,挥动水晶念珠,厌恶地斥骂道:"业障,速速退去!"①

芥川用了"大为恼火,尖声喝道"、"目光凶狠地瞪了老翁一眼"、"正言厉色,挥动手腕,厌恶地斥骂道"这样的语言,表现了阿阇梨的粗俗、不饶人的态度,更突显了他卑劣的形象。最后,阿阇梨用一连串佛教用语反驳道祖神,更增加了其荒唐的艺术效果。

> "你好好听着:生死即涅槃也好,烦恼即菩提也好,都是说静观自身佛性之意。我的肉身等同于三身②即一之本觉如来③,烦恼业苦之三道④等同于法身⑤般若解脱之三德⑥,婆婆世界等同于常寂光

---

① (日)芥川龍之介,《芥川龍之介全集》(第二卷),東京:岩波書店,1995,pp.70—71。
② 三身:佛教各经说法不一,十地经论等诸经所说之三身为法身、报身、应身。
③ 本觉如来:以本来的姿态而悟觉的佛。"始觉如来"的相对词。表示一切众生。依诸法实相之理,则一切众生的当体为十界互具的妙法莲华经,心中的佛性是指具有成佛可能性的理性,即本觉如来。
④ 三道:又作三聚。指惑道、业道、苦道;此三者为生死流转之因果。
⑤ 法身:指佛所说之正法、佛所得之无漏法,及佛之自性真如如来藏。三身之一。
⑥ 三德:指大涅槃所具之三种德相,即:法身、般若、解脱三者。

土①。道命乃无戒之比丘,已深知三观②三谛③即一心之醍醐④。所以在道命眼中,和泉式部也即摩耶夫人。男女交欢乃万善功德。久远本地之诸法、无作法身之诸佛皆在我们之住所显灵。如此,道命之住所乃灵鹫宝土,并非尔等小乘臭粪的持戒之丑类妄自容足之佛国。"⑤

从阿阇梨的反驳看,其中不乏诸多佛教真理,但他认为的"所以在道命眼中,和泉式部也就是摩耶夫人。男女交欢乃万善功德。久远本地之诸法、无作法身之诸佛皆显灵于我们之住所。如此,道命之住所乃灵鹫宝土,并非尔等小乘持戒之丑类妄自容足之佛国"却有牵强之处。因佛教有俗家弟子,故佛教并不反对夫妻之间的男女之事,但对于"淫邪"之事却是不赞同的。文中阿阇梨"所以在道命眼中,和泉式部也即摩耶夫人。男女交欢乃万善功德"的反驳是站不住脚的。因为文中交代阿阇梨此行之目的,"就说今天他来拜访和泉式部,当然不是以'修验者'的身份,而是作为这位美女的众多情人之一,悄悄前来偷香窃玉,共度寂寞之春宵。"

文中通过对阿阇梨言行的讽刺,不仅突出表达了遵守戒律对僧人的重要性,亦表露了诸多佛教思想,如"生死即涅槃"、"烦恼即菩提"皆为大乘佛教主要思想特质。陈译《摄大乘论》卷下云:"生死即涅槃,二无此彼故。是故于生死,非舍非非舍。于涅槃亦尔,无得无不得。"⑥《思益梵天所问经》第一卷、解诸法品(四谛品)第四云:"如是烦恼中有菩提,菩提中

---

① 常寂光土:指诸佛如来法身所居之净土。为天台宗所说四土之一。此法身解脱般若三德,是诸佛的居处,故谓常寂光土。
② 三观:指三种观法,即空观、假观、中观。
③ 三谛:指三种真理。据天台宗,诸法实相之真理分为空、假、中三谛。
④ 醍醐:五味之一,指由牛乳精制而成最精纯之酥酪。经典中每以醍醐比喻涅槃、佛性、真实教。
⑤ (日)芥川龍之介,《芥川龍之介全集》(第二卷),東京:岩波書店,1995,pp.70—71。
⑥ 陈真谛译,《摄大乘论》,大正藏第三十一卷,第129页(中)。

有烦恼"。① 阿阇梨甚至将和泉式部比作释迦牟尼生母"摩耶夫人",为自己的邪淫之事作辩解。但我们亦不能否认阿阇梨所述"生死即涅槃,烦恼即菩提,都是说静观自身佛性之意。我的肉身等同于三身即一之本觉如来,烦恼业苦之三道等同于法身般若解脱之三德,婆娑世界等同于常寂光土"等佛教内涵。

三、本地垂迹②

文中道祖神之言"闻你念经,不胜欣喜,特来道谢"、"故此老翁亦能有空前来拜见,得便道谢闻经之礼"值得关注。道祖神作为日本神灵之一,何以喜欢听闻佛教经书?又何以能特为此而前来道谢?这触及佛教传播史的问题,即"本地垂迹"问题。且看下述关于道祖神的引文:

> 黑影声音含糊地回答说:"对不起。我是住在五条西洞院旁边的老翁。"
>
> 阿阇梨身子稍稍后退,定神凝视黑影。那老翁合拢白色"水干"衣袖,坐在经桌对面,似有什么心事。阿阇梨看过去,虽然朦胧不清,但黑漆礼帽带子长垂,从他的举止神态来看,不像狐狸精。尤其他手持一把黄纸扇,尽管灯火昏暗,依然显得气质高雅。
>
> ……
>
> "原来如此。"道祖神略一停顿,黄发稀疏的脑袋稍稍歪斜,依然用低声细语般的声音说道:"身心清净读经之时,上自梵天帝释,下至恒河沙粒之诸佛菩萨,悉能听闻。因此,老翁亦不觉下民之悲近

---

① 姚秦鸠摩罗什译,《思益梵天所问经》,大正藏第十五卷,第39页。
② 本地垂迹:原指谓佛、菩萨为方便摄化众生,由本地(佛菩萨之本身)变化诸多分身,垂世以度化有情。后指佛教在传播过程中所产生的佛菩萨与本地神灵相结合的现象,我国亦有本地垂迹说,但日本的本地垂迹说与我国的本地垂迹说有所差异,该内容将在文中进行说明,本节论述内容为日本的本地垂迹说。

在身旁。今夜……"说到这里，突然变成讽刺的语气，"今夜你未曾沐浴净身，而且与女人偷欢，此种念经，诸路神佛均嫌不净，未到此地显灵。故老翁亦能安心前来拜见，得便道谢闻经之礼。"

……

道祖神依然不动声色，继续说道："惠心①高僧亦云，勿破念佛读经四威仪，老翁之因果报应，即以为坠入地狱之恶道。将来……"

……

道祖神没有回答，蹲在矮矮的灯台后面，一动不动地低垂脑袋，似乎对阿阇梨的话充耳不闻。②

从以上引文可以看出，作为神灵的道祖神对佛充满敬意，并对佛教持有深刻的理解。据载，道祖神又称为塞神，古时为防止疫病、恶灵等入侵村庄而被人们信仰，由于常供奉在村庄的入口或者道路旁边，因而亦成了保护路人安全的守护神。在近代，被认为是能使夫妻和睦、子孙繁荣等各种信仰之神。与佛教思想关联较少，仅有与地藏信仰相结合的例子。③

"本地垂迹"为本地与垂迹之并称。又作本迹。谓佛菩萨为救度众生，由自己之实身变化诸多分身，垂世以度化众生；实身为本地，分身为垂迹。

神灵作为诸佛菩萨化身的本地垂迹说，是佛教在东传过程中与当地社会文化结合的特殊产物。佛教东传中国后，为了传播的方便，与本土神灵结合，产生了各种不同的本地垂迹说。道教依佛教的垂迹说，有老子八十一化之说。陈隋之际，天台宗兴起《法华经》本门、迹门二分说，垂迹说更加流行。此外，禅宗也有寒山、拾得、布袋等异僧故事，亦可视为

---

① 惠心：即源信(942—1017)，日本天台宗僧人，大和(奈良县)人。世称惠心僧都、横川僧都。
② (日)芥川龍之介，《芥川龍之介全集》(第二卷)，東京：岩波書店，1995，pp.68—70。
③ 参见(日)中村元[ほか]編，《岩波仏教辞典》(第2版)，東京：岩波書店，2002，p.757。

由垂迹观念演化而来的传说。

佛教传入日本后,原被视为外夷之教而遭排斥,到了圣德太子时期,才竭力兴隆三宝,认为尊崇佛菩萨并不违背神意。天台、净土真宗等诸宗皆主张以佛为本,以神为迹,每一神均有一佛、菩萨与之搭配。其神祇皆为佛、佛菩萨之垂迹,尤数称"八幡神"为"八幡大菩萨"最具代表性。如久远实成的本师释迦牟尼佛(本门),示现丈弊垢之劣应身(迹门),以度化众生。《观无量寿经》所说的阿阇世、提婆的兴恶与王后韦提希的愿生西方,以及观世音菩萨的分身摄化、地藏菩萨的现比丘形、住世罗汉的应化无方等事,都是为方便诱引末代凡夫而作的垂迹摄化。[①] 僧肇《注维摩诘经》卷第一并序云:"然幽关难启,圣应不同,非本无以垂迹,非迹无以显本,本迹虽殊,而不思议一也。"[②] 如此种种,皆是本地垂迹说的代表。明治维新时,由于"神佛分离令",神佛混合的本地垂迹说开始衰微。

文中道祖神所述"身心清净读经之时,上自梵天帝释,下至恒河沙粒之诸佛菩萨,悉能听闻","惠心高僧亦云,勿破念佛读经四威仪,老翁之因果报应,即以为坠入地狱之恶道"等,突出体现了日本神灵对佛教的深切理解以及与佛教的紧密联系,深刻体现了日本神佛的本地垂迹说。

通过以上分析,不难理解芥川文学中常将"神佛"混合一说。这是独特的"神佛习合",即"本地垂迹"影响的结果。在《道祖问答》中,就能理解道祖神为何会有如此表现,亦能理解神与佛之间的相互关系。

四、大、小乘佛教

作品的结尾处,阿阇梨的反驳"如此,道命之住所乃灵鹫宝土,并非尔等小乘持戒之丑类妄自容足之佛国"之语,点出了主人公阿阇梨与道祖神之争的实质,即大、小乘佛教的差异。

---

① 参见宽忍,《佛学辞典》,北京:中国国际广播出版社、香港华文国际出版社,1993年,第329页。
② 后秦释僧肇选,《注维摩诘经》,大正藏第三十八卷,第327页(中)。

大、小乘佛教为佛教的不同派别。"大乘佛教"谓之诸大菩萨众将无量无边众生从生、老、病、死的苦难中度化到西方极乐世界的教派。大乘佛教强调自利、利他,利益一切众生,提倡以"六度①"为主的修行"菩萨行②"。至于佛菩萨的大乘,则自觉之外还要觉他,觉他即救度一切众生,同登彼岸。"小乘佛教"又称上座部佛教,主张恪守戒律,严守原始上座部佛教的戒律,注重上座部比丘众的自身戒律修行。小乘的主义,是一种自觉主义,勘破了三界火宅的烦恼惑业,只求自己觉悟,脱离生死,并无济度众生的意思。虽则不生不死,却是有余涅槃,为尚有界外的尘沙、无明之二种惑在。佛因其发心不大,所以名为"小乘"。

从上文对大乘佛教、小乘佛教的理解,以及《道祖问答》中阿阇梨与道祖神的交锋可以看出,大乘佛教与小乘佛教的分歧主要体现在戒律方面。小乘佛教严守戒律,而大乘佛教并不拘泥于严格的戒律。即便如此,从文中亦可以看出,芥川对阿阇梨的反驳并不认同。

《大小兼受戒、单受菩萨戒与无戒之戒——中日佛教戒律观的评较考察》一文中这样论述大、小乘戒道:

> 分辨小乘戒(即声闻戒或比丘戒)与大乘戒(即菩萨戒)的几点显著差异。大体上说,小乘戒较具自利性格,故为了自求证果,严于律己;大乘戒重菩萨行,故较强调利他的社会伦理。小乘戒讲求一生受持,大乘戒则更主张永劫受持。前者纯系从他受戒,即以三师七证(僧伽代表)授戒;后者则以有智有力善语善义能诵能持的菩萨为中介,强调自誓受戒。前者偏重他律(僧团律法)、外戒(形式主义的有相戒)以及修戒(修道过程中随犯随戒);后者主张自律(戒法)、内戒(精神主义的无相戒)以及性戒(本性戒或即佛性戒)。前者以别解脱戒为主,故有二百五十戒(比丘)、三百四十八戒(比丘尼)等

---

① 六度:六种可以从生死苦恼此岸得度到涅槃安乐彼岸的法门,即布施、持戒、忍辱、精进、禅定、般若。

② 菩萨行:菩萨自利利他圆满佛果的大行,即布施等六度。

戒相,后者则以三聚净戒(或五支戒、十无尽戒等)为根本戒法。最后,小乘戒偏重出家主义,以僧团为主为优;大乘戒则有强调僧俗平等并重的倾向。①

从上文可以看出,大、小乘佛教的主要区别在于戒律。从上文亦知,无论是大乘佛教还是小乘佛教,皆有相应的戒律。但在《道祖问答》中为何又出现像阿阇梨这样完全不遵循戒律,反而痛斥告诫其应遵守戒律的道祖神呢?这亦与日本佛教传播史有关,即日本多次实行过戒律的革新。

> 承继南山律宗的鉴真和尚远赴日本传授中国本位的大小兼受戒。但在平安时代,传教大师最澄大胆进行僧团戒律改革,全然弃舍小乘戒律,首次建立纯大乘菩萨圆顿戒②,突破了中国佛教的大小兼受戒规格。自此戒律改革之后,日本佛教即与中国佛教分道扬镳。到了镰仓佛教,一方面有道元(曹洞宗)与日莲(日莲宗或即天台法华宗)分别开展的单受菩萨戒传统。
>
> 另一方面又有亲鸾(净土真宗)开始的"无戒之戒"传统,更进一步突破了最澄所创大乘圆顿戒的原有规格。自亲鸾直至战后日本的(佛教本位)新兴宗教,无戒之戒传统渐获肯定。于是源于印度佛教的戒律传统,已在日本荡然无存。③

从上文的论述可知,会出现《道祖问答》中完全不遵守戒律的阿阇梨斥责劝其遵守戒律的道祖神为小乘佛教徒的情形,是由于中日两国不同

---

① 傅伟勋,《大小兼受戒、单受菩萨戒与无戒之戒——中日佛教戒律观评较考察》,载《中华佛学学报》,1993年第6期,第73页。
② 圆顿戒:指天台宗的戒法,天台宗以圆融诸法顿速成佛为宗旨,故称圆顿戒。
③ 傅伟勋,《大小兼受戒、单受菩萨戒与无戒之戒——中日佛教戒律观评较考察》,载《中华佛学学报》,1993年第6期,第73—74页。

的社会历史差异，佛教在中日两国文化中有不同的表现。但笔者认为，作为一名虔诚的佛教信仰者，无论是小乘佛教信仰者也好，大乘佛教信仰者也罢，其最基本的戒律是需要遵循的。

《道祖问答》作为芥川创作的小品之一，仅从标题来看并不能说明其与佛教有所关联。但从其内容与情节看，却是一篇佛教相关作品。虽然芥川在字里行间并未表示出他对佛教的虔诚与信仰，但从另一个角度触及了日本佛教传播史上的"本地垂迹"以及关于日本佛教戒律改革的问题。从文章结尾以阿阇梨反驳道祖神，并斥责道祖神的劝诫为小乘佛教之行为的描述来看，芥川应不认同阿阇梨对佛教的理解。不仅如此，作品亦表明了芥川具有深厚的佛学修养。

本章小结

本章以芥川发表于1917年的作品《运气》与《道祖问答》论述其佛教怀疑精神。从芥川对佛教教义、戒律及大、小乘佛教等问题的探讨，可见他已远离佛教"信仰"角度，开始探求佛教到底是怎样的宗教等问题。

《运气》和《道祖问答》均发表于1917年，这一年芥川25岁，刚从东京帝国大学毕业半年。三年的大学生涯中，芥川选择了英文专业。英文专业的学习使芥川可以更多地接触西方文化，尤其是基督教文化。经过三年西方文化的熏陶，芥川对传统东方文化——佛教产生质疑，这亦是情理之中的事情。

第四章

对"信"的批判——《貉》《龙》论

"信"即"相信""信仰"。在谈及佛法时，人们常说"信则有，不信则无"。从现代科学来看，这是一个唯心主义的哲学命题。在唯物主义哲学看来，存在就存在，不在于是否"信与不信"。但在宗教领域，这却是一个无法回避的问题。《金刚经》所云"信心清净，则生实相"①就涉及有关"信"的问题。佛教所言"信"不是盲目的"信"，而是指"正信"。"正信"在佛学中叫作"信根"，信、精进、念、定、慧这五种修法是佛教修行的根本。关于"正信"，《金刚经第六品·正信希有分》须菩提白佛言："世尊！颇有众生，得闻如是言说章句，生实信不？"佛告须菩提："莫作是说。如来灭后，后五百岁，有持戒修福者，于此章句能生信心，以此为实，当知是人不于一佛二佛三四五佛而种善根，已于无量千万佛所种诸善根，闻是章句，乃至一念生净信者，须菩提！如来悉知悉见，是诸众生得如是无量福德。"②关于"不信"，《瑜伽师地论》卷六十二云："云何不信？谓于佛法僧，心不清净，于苦集灭道，生不顺解。"③《杂集论》卷一云："不信者，谓愚痴分，于诸善法，心不忍可，心不清净，心不希望为体，懈怠所依为业。"④佛教认为，内心存在净信者，容易入道；内心疑忌不信者，佛在眼前亦不识。芥川在文学中亦涉及佛教的"信"与"不信"问题，其中《貉》《龙》集中体现了其对"信"的批判。与前一章一样，该章亦是芥川宗教怀疑主义思想的延续，进一步体现了芥川在人生与灵魂方面的挣扎与困惑——既想寄希望于佛教以解决他人生的一系列问题，但又对"信"持批判态

---

① 姚秦天竺三藏鸠摩罗什译，《金刚般若波罗蜜经》，大正藏第八卷，第750页(中)。
② 姚秦天竺三藏鸠摩罗什译，《金刚般若波罗蜜经》，大正藏第八卷，第749页(上、中)。
③ 三藏法师玄奘奉诏译，《瑜伽师地论》，大正藏第三十卷，第644页(下)。
④ 大唐三藏法师玄奘奉诏译，《大乘阿毘达摩杂集论》，大正藏第三十一卷，第699页(中)。

度,以致他最终未能信奉任何宗教,带着对未来的"不安"而离世,留下了诸多的遗憾。

第一节 《貉》——"信"与"不信"

《貉》初次刊登在 1917 年 3 月 11 日的《读卖新闻》上,并附有《献给松冈》的献词,后收录于作品集《罗生门》。

作品从推测"貉变成人"传说的起源展开。据《日本书纪》记载,日本推古天皇时期在陆奥等地出现了貉变成人的现象。当时陆奥一个取海水的姑娘与同村一个烧海水的青年相恋。他们每天晚上都偷偷约会,感情甚笃。一天夜里,等待约会的男子为了消遣大声唱歌,歌声传到姑娘母亲的耳中,于是母亲询问女儿唱歌者是谁? 女儿不知如何回答,于是答道:"可能是貉"。第二天,母亲把听见貉唱歌之事告诉了附近编织草席的老太婆,老太婆又把这件事告诉了他人。一传十,十传百,听见过貉唱歌的人不断增加,甚至还有人说自己亲眼看见过貉。最后就连取海水的姑娘也看见门前的沙地上清晰地印出点点貉的脚印。这样的故事,不久就传遍了京畿地区,出现了各地的貉变成人的传说。芥川在文末发表了自己的议论:像貉变成人这样的事,对于我们来说是否真的存在,不是真的会变,而是人们相信它会变而已。

江口焕在《芥川君的作品》(《东京日日新闻》,1917 年 6 月 29 日)中称赞该作品具有飘渺的趣味。芥川在 1917 年 7 月 1 日致江口焕书简中回应道:"有点褒扬过度,特别是《貉》之类的不值得一提。"[①]稻田智惠子评价该作虽不是什么杰作,但作为以轻妙笔触认真组织的完整的作品来说具有韵味。她继续评价道,"谎言"这样的主题,让人想起《龙》(1919),

---

① (日)芥川龍之介,《芥川龍之介全集》(第十八卷),東京:岩波書店,1997,p.117.

但是不用说,这里没有超出奇闻轶事的范畴。她认同作者的观点:"与我们的祖先相信貉变成人一样,我们难道不相信我们内心所存在的某些东西吗?"与其忠实于琐碎的现实,不如忠实自己的内心。另外,对于引用的叶芝作品问题,她认为芥川翻译的《据〈凯特的黎明〉》(1914)也有该内容,可见叶芝作品对其影响颇深。

从故事情节可以看出《貉》涉及有关"信"的问题。在有关"信"的问题上,《貉》与《龙》具有异曲同工之妙。

一、《貉》与佛教

芥川在文中引用叶芝的作品及其语言,并将"湖上的圣母"与"山泽的貉"进行对比,得出其"毫无二致"的结论。

> 叶芝在《凯尔特的曙光》中说,吉尔湖边的孩子们从小就坚信身穿蓝色和白色衣服的基督新派少女就是一直以来的圣母玛利亚。从同样活在人心里这个角度上看,湖上的圣母与山泽的貉毫无二致。①

上文中出现了"圣母玛利亚",也许有人据此认为芥川的《貉》与基督教有关。但实际上,芥川的《貉》所涉及的"信"的问题,不单涉及基督教问题,亦涉及佛教等问题。

> 据推古天皇更早的垂仁纪记载,八十七年,丹波国一个名叫瓮袭的人的狗吃掉了貉,从貉肚子里发现有八尺琼曲玉。这就是马琴在《八犬传》中,八百比丘尼椿出场时借用的这块曲玉。不过,垂仁天皇时代的貉的肚子里只藏有珠宝,不像后来的貉那样变化万千。

---

① (日)芥川龍之介,《芥川龍之介全集》(第二卷),東京:岩波書店,1995,p.100。

因此，貉变成人应是始于推古天皇三十五年春二月。①

芥川在关于"貉"的记载中，提及了马琴《八犬传》中所述，即在八百比丘尼椿出场时，借用过这块貉的肚子中所发现的玉钩。此处的"八百比丘尼"，是有关日本若狭地方（今福井县）所流传的一个关于活了八百岁的比丘尼的故事，故事的内容姑且不提，仅从"比丘尼"是佛教对于僧尼的称谓这一点来看，可知作品与佛教的人与事有关。

一传十，十传百，这件事传到来村里讨饭的和尚耳朵里。和尚向大家详细解释貉唱歌的原因——按照佛教的轮回转生之说，也许貉的灵魂原先是人的灵魂。如果是这样的话，人能做的事，貉也能做。所以在月夜里唱歌这样的事，没有什么不可思议的……②

对于一个善意的谎言，在传播过程产生了众多的传说，虽不是事实真相，但都加入了自身的理解和意图。芥川特意在此以一个僧人之口，以佛教的生死轮回观进行解释，耐人寻味。在此，化缘的和尚将有关貉的传说进行了佛教式的解读。其运用了佛教的生死轮回之说，认为貉的灵魂原为人之灵魂，因此貉能唱歌之事不足为奇。"轮回"是指众生由惑业之因（贪、嗔、痴三毒）而招感三界、六道之生死轮转，恰如车轮之回转，永无止境。轮回又作生死、生死轮回、生死相续、轮回转生、流转、轮转，本为古印度婆罗门教主要教义之一，佛教沿袭之并加以发展，注入了己之教义。婆罗门教认为四大种姓及贱民于轮回中生生世世永袭不变。佛教则主张业报之前，众生平等，下等种姓今生若修善德，来世可生为上等种姓，甚至可生至天界；而上等种姓今生若有恶行，来世则将生于下等

---

① （日）芥川龍之介，《芥川龍之介全集》（第二卷），東京：岩波書店，1995，p.97。
② （日）芥川龍之介，《芥川龍之介全集》（第二卷），東京：岩波書店，1995，p.99。

种姓,乃至下地狱,并由此说明人间不平等之原因。①《杂阿含经》卷第十云:

> 尔时佛告诸比丘。于无始生死。无明所盖。爱结所系。长夜轮回。不知苦之本际。有时长久不雨,地之所生百谷草木皆悉枯干。诸比丘。若无明所盖。爱结所系众生。生死轮回。爱结不断。不尽苦边。诸比丘。有时长夜不雨,大海水悉皆枯竭。诸比丘。无明所盖。爱结所系。众生生死轮回。爱结不断。不尽苦边。诸比丘,有时长夜须弥山王皆悉崩落。无明所盖。爱结所系。众生长夜生死轮回。爱结不断。不尽苦边。诸比丘,有时长夜此大地悉皆败坏。而众生无明所盖。爱结所系。众生长夜生死轮回。爱结不断。不尽苦边。②

换言之,凡夫的生命相貌,从生到死,死而又生,生生死死,永无止境。同时也引申为生死轮转的时空结构,生住异灭,成住坏空,循环不已。

另有《圆觉经》云:"一切众生,从无始际,由有种种恩爱贪欲,故有轮回。"③只要有恩爱贪欲,就逃不出轮回。

作品以僧人"生死轮回"的佛理来解释貊变成人的传说,说明了人们对佛法的接受态度。在当时的情况下,面对无法解释的现象,借助宗教,尤其是佛教来解释具有切实的可行性与信服力。

---

① 宽忍,《佛学辞典》,北京:中国国际广播出版社、香港华文国际出版社,1993年,第870页。
② 宋天竺三藏求那跋陀罗译,《杂阿含经》,大正藏第二卷,第69页(中)。
③ 大唐罽宾三藏佛陀多罗译,《大方广圆觉修多罗了义经》,大正藏第十七卷,第916页(中)。

二、"信"与"不信"

在自然科学中,"信"与"不信"是一个客观的命题,事实不以人的意志而转移,客观存在的事物不以人之"信"与"不信"而改变。但宇宙无穷之大,仍有众多的事物未为世人所知,仅凭当今自然科学仍无法进行合理解释。在社会科学领域,对于"相信""信仰"的问题,不仅涉及事实真相,亦涉及众多宗教问题。在论及宗教时,常有"信则有,不信则无"的说法,究竟此说法有何根据,有多少可信度,是一个需要探讨的问题。佛教关于"信"的问题,佛经中有诸多论述。

《佛学大辞典》对"信"解释如下:

> 心所法之名。于诸法之实体,与三宝之净德,世出世之善根,深为信乐。使心澄净是为信。唯识论六曰:"云何为信?于实德能信忍乐欲,心净为性,对治不信乐善为业。"俱舍论四曰:"信者令心澄净。"颂疏四曰:"信者,澄净也,如水精珠能澄浊水,心有信珠,令心澄净。"大乘义章二曰:"于三宝等净心不疑名信。"晋华严经六曰:"信为道元功德母,增长一切诸善法,除灭一切诸疑惑,示现开发无上道。"菩萨本业经下曰:"若一切众生,初入三宝海,以信为本。住在佛家,以戒为本。"智度论一曰:"佛法大海,信为能入,智为能度。(中略)复以经中说信为手,如人有手入宝山中自在能取,若无手不能有所取。有信人亦如是,入佛法无漏根力觉道禅定宝山中自在所取。"[①]

又,《佛学辞典》"劝信戒疑"条指出:

[①] 丁福保编,《佛学大辞典》,北京:文物出版社,1984年,第827页。

第四章 对"信"的批判——《貉》《龙》论

佛法以信为能入之要门，亦为道之根源，故劝信而诫禁疑惑。旧华严经卷六十谓，闻此法而生欢喜，信心无疑者，能速成无上道。新华严经卷十四："信为道元功德母，长养一切诸善法，断除疑网出爱流。"日本净土真宗尤以信心为正因，能得报土往生与否，由信、疑而定，故劝诫特为殷切。①

无论是上文提到的《俱舍论》的"信者令心澄净"、《华严经》的"信为道元功德母"，还是《智度论》的"佛法如海，唯信能入"，均强调了"信"对佛教的重要性。

《貉》看似只是关于貉变成人的传说，但实际上涉及"信"的问题。芥川在文末所发表的议论体现了他对该问题的理解。正如稻田智惠子所述，结尾部分还原了芥川年轻时期的思想。

也许大家会说：不是真的会变，而是人们相信它会变。但是，真的会变和相信会变之间，究竟有多少区别呢？

不仅貉。对于我们来说，一切存在的东西，归根结底，难道不只是相信其存在吗？

……

正如我们的祖先相信貉会变人一样，我们不是也相信活在我们心中的东西吗？因此，我们不也是按照所相信的东西的命令，去过我们的生活吗？

这就是不可轻视貉的原因所在。②

上述引文点出了该作品的核心。从其论述可知，对于"信"的思考，芥川亦处于犹豫之中，芥川发出了"真的会变和相信会变之间，究竟有多

---

① 宽忍，《佛学辞典》，北京：中国国际广播出版社、香港华文国际出版社，1993年，第248页。
② （日）芥川龍之介，《芥川龍之介全集》（第二卷），東京：岩波書店，1995，pp.100—101。

少区别"的疑问,并认为"存在即合理","存在即信仰"。

《貉》创作于 1917 年,芥川 25 岁时,正是他刚从大学校园走入社会的第二年。这个时期的芥川,正处于事业的起步阶段,这一年 5 月,他出版了第一部短篇小说集《罗生门》,并于同年 11 月出版了第二部短篇小说集《烟草与魔鬼》(新潮社)。同年 1 月,他不仅在《文章世界》上发表了与佛教相关的《运气》,而且在《新思潮》上发表了与佛教、基督教相关的《尾形了斋备忘录》。此时的芥川应处在"信仰"上的困惑期,是信仰传统的佛教还是西方的基督教,抑或其他宗教,成了困扰其身心的问题。《貉》正是芥川在信仰上迷惑的真实反映。

《貉》通过短小精悍的故事内容,对"貉"的传说描述得绘声绘色。芥川借"貉"变成人的传说,说明了关于"信"的问题。在文中,他指出了"信"的重要性,发出了"正如我们的祖先相信貉会变人一样,我们不是也相信活在我们心中的东西吗"的疑问,以直面现实的方式,道出了芥川一直以来隐藏在内心的困惑。可以说,芥川的怀疑主义是造成其不能相信任何宗教的重要原因。

第二节 《龙》——三界唯心

《龙》初次刊登在《中央公论》(1919 年 5 月)上,第一次结集出版于 1920 年 1 月《影灯笼》(日本,春阳堂)。作品由宇治大纳言隆国向来往行人寻求故事,以便编成小说等开始。首先由制作陶器的老翁讲述了龙升天的故事。相传在奈良有个叫藏人得业惠印的僧人,长着一只鼻尖红红的巨鼻,被人称为鼻藏。惠印为了发泄被人平时嘲笑其大鼻子的愤懑,玩了个恶作剧,在猿泽池畔立了个"三月初三龙从此池升天"的告示牌。一石激起千层浪,该告示内容随着对该事真假的议论传遍四面八方。三月三日当天,人们争相从四面八方聚集在猿泽池,想一睹龙升天的场面,惠印陪同老尼姑姑妈也出现在人群中。谁知当天晴空万里,直到下午才天气突变,电闪雷鸣,骤降暴雨。一瞬间,一条黑龙升天的情景映入惠印眼中。该情景得到了老尼姑姑妈的确认,在场的人们亦大抵见到了黑龙升天的情景。之后,惠印坦诚其实那是他的恶作剧,但是法师们谁也不相信。故事最后以老翁的话语结束:"惠印立告示牌这出恶作剧,到底是否达到了目的呢? 即便去问绰号鼻藏、鼻藏人、大鼻藏人得业的惠印法师,大概也难以答出吧。"①宇治大纳言隆国求其他故事,随后转入池尾禅智内供的故事。

一、出典及评价

典据为《宇治拾遗物语》之《序》《卷第十一　六　藏人得业猿泽池龙之事》,但一般认为《宇治拾遗物语　池之藻屑　松荫日记》(日本,博文馆,1914)为该作具体典据之来源。在原典《藏人得业猿泽池龙之事》中并没有"龙升天"这样的记述。关于作者所创造的"龙升天"一事,长野尝一认为与《宇治拾遗物语》之《卷第二　一二　唐卒都婆染血事》有关联。塚原铁雄在《得业惠印与芥川龙之介》(《明日香》,1960年7月)中认为《藏人得业猿泽池龙之事》本身就有决定龙升天方向性的要素存在。中村友《芥川龙之介〈龙〉的周边》(《学苑》,1992年1月)认为在"信"的方面,与"变成真实"这样的认识有关联,这样的事例还可以列举取自《宇治拾遗物语》之《卷第一　一六　尼见地藏祭典之事》的未定稿《尼和地藏》。

芥川曾在《艺术及其他》(1919)中写道:"艺术家为了保护自己的生命,也必须闯过这毛毛虫一样的危险。尤其可怕的是停滞。不,艺术之境是无停滞可言的。不进必退。艺术家一旦退步,往往伴随着自动作用。意味着作家老是写同样的作品。自动作用一旦开始,则必须认为:

---

① (日)芥川龍之介,《芥川龍之介全集》(第四卷),東京:岩波書店,1996,pp.254—255。

这便是艺术家的濒死状态。我自己在写《龙》的时候,显然已经濒临死亡。"①吉田精一在《芥川龙之介》(日本,三省堂,1942)中给予该文的负面评价具有代表性,他认为虽然将原作的情节在最后部分表现得别出心裁,却陷入了风格主义的漩涡,比《鼻子》《山药粥》要逊色得多。但长野尝一在《古典与近代作家——芥川龙之介》(日本,有朋堂,1967)中却给出了十分肯定的评价,认为虽然称不上杰作,但可以称为轻松有趣之作。

关于"信"方面,学者们亦对此有诸多关注。胜仓寿一在《芥川龙之介的历史小说》(日本,教育出版中心,1983)中指出,该文作为理想主义人生观与否定的人生观之间纠葛的作品,对朴素的信仰者抱有憧憬的同时,亦是芥川内心的过于怀疑的象征,并认为从作品的构造可以解读出这个时期的作家芥川自身的状况。田中实则认为如果文化共同体从心底相信龙的存在的话,作为共同的幻想的龙就会出现。由此可见,没有打心底里相信的人,这就是当今的现实,这也许是芥川所要表达的另一层意思。笔者认为芥川并未完全照搬原典内容,而是对其进行改造,转而探讨"信"的问题,足见其对宗教之"信"的困惑,亦可认为该文为《貉》思想的延续。

二、龙与佛教

《龙》以惠印法师的恶作剧为开端,将"龙升天"这一故事描述得绘声绘色。惠印法师之所以选择"龙升天"为恶作剧,应与"龙"作为佛教中的重要物事有关。

在我国本土的龙崇拜中,原本无"龙王"崇拜,龙王崇拜是在佛教传入后引进的。在汉代之前,只有龙神,而无"龙王"。隋唐之后,佛教信仰

---

① (日)芥川龍之介,《芥川龍之介全集》(第五卷),東京:岩波書店,1996,pp.165—166。

传入我国,龙王信仰遍及中土。① 学者一般认为,龙王、龙宫信仰源于印度,随佛教的传播而引进。佛教的龙与我国本土的龙崇拜结合,形成了独特的龙王崇拜,更赋予了原本佛教中龙所没有的神性,具有升天入地,沟通天人的本领。日本佛教在龙王信仰上亦继承了该内容。故在《龙》中,惠印法师以龙升天为恶作剧,才信者云集。

"龙"在梵语中称"那伽",长身无足,又译为"龙象"。在佛教中,龙是护法神之一。在佛经中,龙王名目繁多。②《妙法莲华经》卷第一云:"有八龙王。难陀龙王。跋难陀龙王。娑伽罗龙王。和修吉龙王。德义迦龙王。阿那婆达多龙王。摩那斯龙王。伏钵罗龙王等。各与若干百千眷属具。"③此外,《孔雀王经》《大云经》《僧护经》等,均有龙王护持佛法事的记载。

《六度集经》第五卷之《五十 槃达龙王本生》中曾记载一则故事,说明龙王与佛祖本生有关。故事大意是:

拘深国国王抑迦达有子二人,作金池,二儿入池浴,池中有龟,触二儿身,王怒之而欲杀之,而后投大海使生之,龟得免喜,驰诣龙王所,牵线与龙王。故王之女安阇难,嫁与龙王为妃,生男女二人。男名槃达,袭位龙王,欲舍世荣之秽,学高行之志。登陆地,于私梨树下,隐形变为蛇身,遇到一个叫陂图的术士,术士以毒药涂其牙齿,牙齿皆落;以杖捶之,皮伤骨折;又以手捋之,其痛无比。龙自咎无怨,誓曰:"令吾得佛,拯济众生,都使安稳,莫如我今也。"术士携龙行乞,转至拘深国,被寻找到此的龙母龙兄弟等认出。抑迦达王欲杀术士。槃达龙王则以德报怨,请放走术士并满足他的要求。术士走至它国,被强盗砍成肉酱,财物一空。"佛告诸比丘:'槃达龙王

---

① 参见石利娟,《管窥〈大唐西域记〉对后世文学的影响》,载《华中师范大学学报(人文社会科学版)》,2013年第1期,第132页。
② 许惠利,《佛教中的龙》,载《法音》,1988年第2期,第39页。
③ 后秦龟兹三藏鸠摩罗什译,《妙法莲花经》,大正藏第九卷,第2页(上)。

者,吾身是也;抑迦达国王者,阿难是也;母者,今吾母是也;男弟者,鹜鹭子是也;女妹者,青莲花除馑女是也;时酷龙人首,调达是也。"①

龙王的神力,佛经记载与中国传说相似,皆具降雨功能。如《华严经》卷第一云:

"复有无量诸大龙王,所谓:毗楼博叉龙王、娑竭罗龙王、云音妙幢龙王、焰口海光龙王、普高云幢龙王、德叉迦龙王、无边步龙王、清净色龙王、普运大声龙王、无热恼龙王。如是等而为上首,其数无量,莫不勤力兴云布雨,令诸众生热恼消灭。"②

另有《法苑珠林》卷第四《降雨部第十一》云:"雨有三种。一天雨。二龙雨。三阿修罗雨。天雨细雾。龙雨甚粗。喜则和润。瞋则雷电。阿修罗为共帝释斗亦能降雨。粗细不定。"③梁《高僧传》则载有释昙超向龙乞雨灵验的故事。民间盛行的求雨祈龙王风俗,亦与佛教有关。芥川在其文学中,除了以龙为主题的《龙》以外,还多次提及与龙相关的内容,其中最多的为"天龙八部"。

《龙》中对龙的描述亦耐人寻味。惠印法师选取"龙升天"作为恶作剧的素材,说明其深知龙在佛教中的影响,如果选取其他素材,可能就达不到如此效果。关于龙的各种传说,以及在告示牌显示的日期前来观看龙升天的观众数量,从另一个侧面说明了龙在佛教信仰者及老百姓中影响深远。

这个外号鼻藏、鼻藏人、大鼻藏人得业的惠印法师,一天晚上,

---

① 蒲正信注,《六度集经》,巴蜀书社,2001年,第200—203页。
② 于阗国实叉难陀奉制译,《大方广佛华严经》,大正藏第十卷,第4页(中)。
③ 西明寺沙门释道世撰,《法苑珠林》,大正藏第五十三卷,第298页(中、下)。

没带徒弟,只身一人悄然来到猿泽池畔,在采女柳前的堤上高高地立起一块告示牌,牌上粗笔大书"三月初三龙从此池升天"。然而,惠印其实并不晓得猿泽池里是否真的住着龙。况且,说此龙只三月初三升天,完全是信口胡说。不,莫如说不升天倒来得准确些。①

上文着重交代惠印恶作剧的内容,虽然他在采女柳前竖立了"三月初三龙从此池升天"的告示牌,但他"其实并不知晓猿泽池里是否真的住着龙",且说"此龙只三月初三升天",也仅是信口雌黄。即便如此,仍是信者云集,足以说明龙在佛教信仰者心目中的地位。

三、万法唯心造

《龙》发表于1919年,属于芥川中晚期作品。原本是惠印的一个恶作剧,却引来了成千上万的观众。虽然其中也有人对池中是否真有龙提出疑问,但在最后甚至连恶作剧的始作俑者惠印也期待龙的出现,并在最终亲眼见到龙升天的瞬间。且不说世上是否真有龙的存在,仅从惠印竖立恶作剧的告示牌开始,信者、不信者掺杂,最后都相信真有这回事,并都说看到了真龙。该结局反映了佛教的一个问题,即"三界唯心造"。

《华严经》(八十卷)卷第十九偈云:"若人欲了知,三世一切佛,应观法界性,一切唯心造。"②关于"唯心",众说纷纭,理解与解释不一。《佛学辞典》解释如下:

> 唯心,宇宙所有存在皆由心变现,心外无任何实法存在。亦即心为万有之本体,唯一之真实,华严一乘十玄门之"三界虚妄,唯一心作"即此义。盖有情生存之迷界(三界),悉是一心所变现,谓心外

---

① (日)芥川龍之介,《芥川龍之介全集》(第四卷),東京:岩波書店,1996,p.243。
② 于阗国三藏实叉难陀奉制译,《大方广佛华严经》,大正藏第十卷,第102页(上、中)。

有实在之某物，乃纯属妄想所致，故言三界唯一心、心外无别法（亦即三界唯心）。一心，法相宗解为阿赖耶识，有万法唯识之意；华严宗则解为如来藏自性清净心，有真如随缘作诸法之意。①

又，《佛学大辞典》解释如下：

唯心（术语）一切诸法，唯有内心，无心外之法，是谓唯心。亦云唯识。心者集起之义，集起诸法故云心，识者了别之义，了别诸法故云识，同体异名也。八十华严经十地品曰："三界所有，唯是一心。"唯识论二："入楞伽经伽他中说，由自心执着，心似外境转，彼所见非有，是故说唯心。"②

关于"三界唯心"，《佛学辞典》中做了如下解释：

三界唯心，谓三界（欲界、色界、无色界）所有现象皆由一心之所变现。全称三界唯一心。即心为万物之本体，此外无别法，凡三界生死、十二缘生等诸法，实是妄想心所变作。《六十华严》卷十："心如工画师，画种种五阴，一切世界中，无法而不造。如心，佛亦尔；如佛，众生然。心、佛及众生，是三无差别。诸佛悉了知，一切从心转，（中略）心造诸如来。"③

从以上关于"唯心""三界唯心"的解释可以看出，虽然佛教各宗在对该问题的理解上有差异，但基本上都认为宇宙所有存在，皆由心所变现，

---

① 宽忍，《佛学辞典》，北京：中国国际广播出版社、香港华文国际出版社，1993年，第1129页。
② 丁福保编，《佛学大辞典》，北京：文物出版社，1984年，第997页。
③ 宽忍，《佛学辞典》，北京：中国国际广播出版社、香港华文国际出版社，1993年，第45页。

心外无任何实法存在,若谓心外有实在之物,乃纯属妄想所致。《龙》中所描述的众人相信真有龙在池中存在,并最终目睹了龙升天的情形,正是众生心中所造就的"龙"而已。

"三月初三龙从此池升天"的告示牌在当天早上便产生了效应,仅过了一两日,猿泽池的龙的传说便传遍奈良城的大街小巷。本来还有人说"那个告示怕是有人在恶作剧吧",可当时,京都城里传说神泉苑的龙升天了,因此连持此看法的人心里也半信半疑,觉得这桩奇事或许会发生呢。打那以后不到十天又发生了一件意外的怪事。春日神社有个神官,他的独生女儿今年九岁,一天夜里枕着母亲的膝盖似睡非睡的,梦见一条黑龙云彩般从天而降,用人的话说:"我终于决定三月初三升天了,但决不给你们城里人添麻烦,请放心。"女儿醒来后,立即原原本本地对母亲讲了。霎时间,又闹得满城风雨,说是猿泽池的龙托了梦。有人又添油加醋,说什么龙附在童子身上,作了一首和歌啦;又在巫女身上显灵,授予神谕啦,真好像猿泽池里的龙眼看要将脑袋露出水面似的,好一阵闹腾。不,岂止脑袋,甚至有人说,他亲眼看见了整条龙。这是一位每天早上到市场卖河鱼的老头儿,那天他摸黑来到猿泽池,只见拂晓前满满一池水,采女柳低垂、竖着告示牌的堤下,微微有点亮光。当时一些关于龙的传闻刮得正厉害着呢,老头儿心想:"准是龙王降临了。"他说不出是高兴还是恐惧,只是浑身打颤,撂下那担河鱼,蹑着脚悄悄地挨近,紧紧抓住采女柳,瞪大眼睛偷偷地窥视池子里的动静。只见微微发亮的水底下,一只黑锁链般难以名状的怪物,盘作一团,纹丝不动。它似乎一下子被人的声音吓住了,突然伸直了蜷缩的身躯,池面上转眼间出现一条水路,怪物消失得杳无踪迹。老头儿见了,吓得浑身是汗,旋即来到他撂下担子的地方。这才察觉,挑去卖的一共二十条鲤鱼、鲫鱼,不知何时竟不翼而飞了。有人讥讽道:"八成是叫老水獭骗了。"但出乎意料,似乎多数人认为:"龙王镇护的池子里不会有水獭，肯定是龙王怜悯鱼的生命，把它们招到自己呆的池子里去了。"①

上文生动描述了惠印所立的告示牌"三月初三龙从此池升天"后，围绕龙升天之事，各种传说纷纷涌现的情景。尤其神官独生女的梦、早上去市场卖鱼的老头亲眼看见整条龙，其所挑鱼失踪之事，不断加深人们对猿泽池中有真龙、龙真会升天的印象。在这段中，亦加入了人们对池中真有龙的怀疑，有人提出"那个告示怕是有人在恶作剧吧"、"八成是叫老水獭骗了"等，但这些疑惑丝毫不影响人们对池中真有龙的笃信。

面对龙升天，众说纷纭，卖鱼的老头儿心想："准是龙王降临了。"惠印的姑妈"拉着惠印聊起什么'龙王住的池子，风景的确不一般'啦，'既然到场的人这么多，龙王保准会出现'啦，等等，这些都是他们心中所想象的龙的景象。尤其在最后对龙升天情景的描述，更突出表现了"相由心生"的观念。

且看大家在猿泽池所看到的龙升天的情景，作者特意营造了龙升天之前的天气情景：

光阴荏苒，终于到了龙升天的三月初三。惠印有约在前，事到如今，无奈只得勉强陪着老尼姑来到兴福寺南大门石阶上，从那儿，猿泽池尽收眼底。正好那天万里无云，连吹响门前檐下风铃的一丝风都没有。②

可是，猿泽池一如往昔，反射着春天的阳光，没有一丝涟漪。晴空万里。但是观众仍密密麻麻堆在旱伞和遮阳下面，或坐在看台栏杆后面。他们似乎连日影的移动都忘了，从早上到中午，从中午到傍晚心急火燎地企盼着龙王的出现。

---

① （日）芥川龍之介，《芥川龍之介全集》（第四卷），東京：岩波書店，1996，pp.247—248。
② （日）芥川龍之介，《芥川龍之介全集》（第四卷），東京：岩波書店，1996，pp.249—250。

惠印来到那里之后,大约过了半日时辰,空中飘起一丝香雾般的云彩,瞬间变大,原本晴朗的天空骤然间阴沉下来。正巧这时,一阵风唰地掠过猿泽池,在镜子般的水面上吹出无数浪花,观众虽有精神准备,但也惊慌失措,俄顷下起白蒙蒙的倾盆大雨。不仅如此,突然间,雷电交加。风将层云撕开个三角形口子,顺势卷起池水如柱。刹那间,惠印隐隐约约看见,在水雾云彩之间,一只十丈多长的黑龙,闪着金爪一字形升空而去。然而,听说那只是一瞬间工夫,而后只见在风雨中,环池的樱花朝着漆黑的天空飞舞。至于慌神失态的众人怎样东躲西藏地四下逃窜,在闪电下涌起一股不次于池子里水的人潮,那就毋庸赘一言了。①

上文对三月三日的天气进行了详细的描述。在描述中,作者突出表现了当天风和日丽,晴空万里的天气状况。后来天气突变,骤降暴雨,人们才隐约见到了"龙升天"的景象。作者用了"隐隐约约""一瞬间工夫"这样的词句,可见事实模糊不清。在阳光明媚的天气里,突然降下暴风雨的状况并不少见,但大家所看到的"龙升天"的景象可能只是暴风雨下的一种独特天气现象。"在水雾云彩之间,一只十丈多长的黑龙,闪着金爪一字形升空而去""黑龙金爪"的龙的形象,不能不说是雷电交加的杰作,抑或是"龙吸水"的自然现象的呈现。

《龙》描述了一个与佛教相关的故事。由于一个僧人的恶作剧,人们围绕一个不存在的事物纷纷发挥想象力,以至于最终在各人的想象中如愿以偿地看到了自己心目中的形象。在故事中,不仅出现了与佛教相关的众多内容,尤其把"龙升天"从一个恶作剧变成现实的描述,表现了芥川的完美构思。但他真正希望表达的是对佛教的怀疑,在芥川看来,所谓的"龙""龙升天"这样在佛教信仰者和百姓中影响甚深的物事是否真正存在,值得怀疑。"三界唯心",一切事物皆是由妄想心所变现,芥川认

---

① (日)芥川龍之介,《芥川龍之介全集》(第四卷),東京:岩波書店,1996,pp.252—253。

为"龙升天"不过是人们的心象罢了。

本章小结

　　《貉》发表于1917年,是芥川从东京帝国大学毕业后半年多时,在此时探讨"信"与"不信"的问题,足见其宗教信仰的迷惑。《龙》发表于1919年,比《貉》晚两年。芥川通过佛教圣物龙升天之事论述了"信"的问题。虽然并未像在《貉》中一样在末尾发表自己的议论,但芥川以一传统故事批判人们一直以来的"笃信"却是显而易见的。

　　该章是对上一章论述芥川宗教怀疑思想的延续。所不同的是,前者是对具体的佛教僧人修行目的、行为的批评,从而引申出对佛教的疑惑,并未涉及对"信仰"问题的探讨,而本章涉及的两篇作品则主要聚焦于"相信"及"信仰"方面。《貉》和《龙》的出现,足以说明1917—1919年这一时期的芥川在宗教信仰上的困惑。宗教怀疑主义精神贯穿于芥川文学中,这亦是芥川不信奉任何宗教的原因之一。对该问题的探讨,有助于加深对芥川佛教相关文学的认识与了解。

▼

第五章

佛教地狱思想:《地狱变》《蜘蛛之丝》论

"人生比地狱还要地狱",这是芥川在《侏儒警语》中的名言。芥川的这一发自内心的呐喊,不仅道出了他对人生的深切感悟,亦涉及有关"生与死"的哲学命题。儒家思想强调"事死如事生",佛教讲究"生死事大",皆是对人生"生与死"的思考。《芥川龙之介事典》"地狱"条写道:"地狱,芥川文学意象。一般在佛教用语中作为三界之一,由苦而生的所施加在肉体上的痛苦。对芥川来说,提到'地狱'意象,就会让人联想到有着晚年精神自画像之称的《齿轮》主人公的'人生比地狱还地狱'的警句,以及让人回想起《地狱变》中良秀的命运所象征的那样,在艺术和现实生活的夹缝中蔓延的'无奈的苦难'"。①

在众多宗教中,佛教所述地狱最多,《诸经佛说地狱集要》就收录了二十五部佛经的地狱篇,包括《正法念处经》《地藏菩萨本愿经》等。日本学者中村元在《阅读古典 往生要集》中对地狱进行过详细论述,并认为"地狱是佛教中重要的观念"。② 梅原猛在《地狱的思想》一书中详细分析了贯穿于日本思想史和文化史中的地狱思想谱系,并通过对《源氏物语》、《平家物语》、宫泽贤治的诗与童话以及太宰治小说等的分析,论述了佛教地狱思想对日本文学的深刻影响。梅原猛的论述为我们了解佛教地狱思想如何影响文学提供了思考与借鉴。相反,在芥川文学中,地狱思想如何表现?如何建构?芥川在其短暂而又"苦难"的人生道路上不断寻求宗教救赎的良药,却在一次又一次的探求中"败北",最后不得不走向自杀的深渊。"地狱"作为芥川文学重要的意象,是了解芥川及其文学的重要桥梁和钥匙。

---

① (日)菊池弘等编,《芥川龍之介事典》(增訂版),東京:明治書院,2001,p.226。
② (日)中村元,《古典を読む 往生要集》,東京:岩波書店,1996,p.19。

芥川文学中对地狱的描述，不仅有《孤独地狱》中对孤独地狱的认同，亦有《杜子春》(1920)中所描述的地狱酷刑，还有《六宫公主》《邪宗门》中所出现过的地狱情景，更有《地狱变》《蜘蛛之丝》中对地狱的刻画。

第一节　《地狱变》——"地狱"意象

《地狱变》初次刊登在 1918 年《大阪每日新闻》(夕刊)和《东京日日新闻》(夕刊)上，《大阪每日新闻》从 5 月 1 日至 22 日进行了连载，《东京日日新闻》(夕刊)从 5 月 2 日至 22 日进行了连载。后收录于单行本《傀儡师》(日本，新潮社，1919)、《地狱变》(日本，春阳堂，1921)及《现代小说全集 1 芥川龙之介集》(日本，新潮社，1925)中。

作品描述画师良秀在堀川大公命令下，绘制佛教"地狱变"屏风。良秀是个"艺术至上主义"者，唯艺术而艺术。他命令弟子模仿地狱情景并潜心绘制地狱变屏风。但在构思美貌女人被焚死在槟榔毛车中的画面时卡壳，只好求助于堀川大公。大公居心叵测地答应良秀为其创造"槟榔毛车熊熊燃烧，车里坐着绝美贵妇人"的场景。谁知，槟榔毛车里被捆绑的正是自己的女儿，良秀虽然见到心爱的女儿被烈火焚烧而有所不忍，但他的痛苦瞬间被艺术的理智所战胜，很快从一个父亲的立场转变为画师的立场。良秀如愿以偿地完成了画作。但不久，良秀悬梁自尽，最终坠入地狱。小说因地狱变屏风绘制而起，因良秀的自尽而终。在文中，芥川不仅刻画了阴森恐怖的佛教地狱情形，亦通过对良秀及堀川大公的描写刻画了活生生的人间地狱。

一、出典及评价

关于《地狱变》出典，有多种说法，集中起来主要有以下几种：有出自

《宇治拾遗物语》卷三、《十训抄》卷六中的《看到画师良秀家被烧毁而喜悦之事》之说;亦有出自《古今著闻集》卷十一的《绘制弘高的地狱变屏风之事》之说。还有取材于德国剧作家黑贝尔(Friedrich Hebbel,1813—1863)的处女作《朱迪特》(《Judith》)、俄国诗人小说家梅列日科夫斯基(1865—1941)的《先觉》以及法国诗人波德莱尔(Charles Pierre Baudelaire,1821—1867)的《巴黎的忧郁》中的《英雄式的死亡》之说。此外,《今昔物语集》第二十八卷中亦有如《左京大夫得诨号》等类似故事。从出典可以看出,芥川并非取材于某一部或两部作品,而是在综合各种素材的基础上进行创作;另外,出典中并未包含与佛教直接相关的内容,但芥川却在其后的创作中加入了诸多佛教元素。这既是服务主题的需要,亦是芥川对佛教相关知识了解的基础上的发挥。

《地狱变》作为芥川表现艺术至上主义的代表作,历来受到重视。其自身也多次对此进行过评价与解读。芥川在1918年5月16日致小岛政二郎书简中写道:"因《地狱变》有些夸张,故写作时兴致不高。徒唤奈何。每天都在想,此作本应写得更为新颖别致。"① 石坂养平在《芥川龙之介助论》(《文章世界》,1919年4月)中评价该作从纯粹的美的鉴赏这一点来看,可以看作其代表作中的杰作。芥川去世后不久,正宗白鸟发表了《评芥川氏的文学》(《中央公论》,1927年10月),评价该作即使在明治以来的日本文学史上亦是一篇焕发异彩的名作,还认为该作品浑然展现了《孤独地狱》《往生画卷》中所体现的部分心境。吉田精一《芥川龙之介》(日本,三省堂,1942)在指出该文出典为《宇治拾遗物语》《十训抄》《古今著闻集》的同时,亦指出芥川与谷崎润一郎的唯美主义不同,他没有与道德诀别的颓废的享乐,而是具有更强烈的浪漫主义的天才。宫本显治的《败北的文学——关于芥川龙之介氏的文学》(《改造》,1929年8月)、岩上顺一的《历史文学论》(日本,中央公论社,1942)也持有与吉田精一同样的论点。三好行雄《芥川龙之介论》(日本,筑摩书房,1976)认

---

① (日)芥川龍之介,《芥川龍之介全集》(第十八卷),東京:岩波書店,1997,p.213。

为作品揭示了艺术家艰难生存的主题。在比较文学视野方面,岛田谨二的《芥川龙之介和俄国小说》(《比较文学研究》,1968年9月)认为该作具有梅列日科夫斯基《先觉》中达芬奇像的影子。诸田京子《芥川龙之介〈地狱变〉论》(福冈女子大,《香椎潟》,1995年3月)指出该作在权力者与艺术家对立的主题、头顶上的佛光的措辞等方面与《巴黎的忧郁》的《英雄式的死亡》具有相似性。海老井英次编的《芥川龙之介作品论集成 二 地狱变 历史·王朝物语的世界》(日本,翰林书房,1999)收录了该作的三篇作品论及主要研究文献目录,具有一定的价值。

我国中文版译者楼适夷认为,"《地狱变》以血淋淋的惨厉的笔墨,写出了奴隶主骄奢淫佚,和奴隶们所遭受的悲惨命运……"[①]高慧勤在《芥川龙之介精选集》"编选者序"之《生命的舞者》中写道:"孤高倨傲的画师良秀,虽然能超越世俗,摈弃一切利害打算,为了艺术的完美,不惜牺牲一切,甚至女儿的生命,可是,画出稀世杰作之后,他终究悬梁自尽了。在艺术上,良秀是成功的,但现实里,他却失败了。"[②]

以上论述从不同角度对《地狱变》进行了解读。虽然正宗白鸟在其评论中涉及了"佛光[③]""随喜[④]"等佛教相关内容,但仍是从艺术的角度进行解读,尚未见从佛教文学或者佛教文化的角度进行解读的评论。

二、《地狱变》中佛教物事

《地狱变》中出现了众多与佛教相关的物事,其中最为突出的是地狱变屏风、五趣生死图、稚儿文殊图、不动明王等,这些绘画作品不仅是单纯的画作,亦从另一角度反映了芥川的佛学素养。

---

① (日)芥川龙之介著,楼适夷译,《芥川龙之介小说十一篇》,长沙:湖南人民出版社,1980年,第170页。
② (日)芥川龙之介著,高慧勤编选,《芥川龙之介精选集》,北京:北京燕山出版社,2008年,第9页。
③ 佛光:佛教术语,佛之光明。赞阿弥陀佛偈曰:佛光照耀最第一。
④ 随喜:佛教术语,谓见他人行善,随之心生欢喜。

第五章 佛教地狱思想:《地狱变》《蜘蛛之丝》论

平安中期,地狱思想在日本流传开来,源信的《往生要集》详细著述了八大地狱之后,受其影响,创作"地狱变"这种绘画和"地狱绘草纸"这种配文图卷的风气日渐流行。利用这种风气的讲经说法在各地盛行,不仅使得净土信仰大为兴盛,还对文化和思想产生了重大影响。

"地狱变",又作地狱变相、地狱图、地狱绘。为十界图之一,六道图之一。变,变现之意。将地狱各种景象以绘画方式示现者,称为地狱变。此类为劝善惩恶所绘之地狱图相,而为劝导众生往生极乐。此种地狱描绘图,始自印度阿旃多石窟寺,西域、中国、日本等亦有地狱图流传至今。我国自唐代以后即盛行此种绘图,张孝师、吴道子等人皆为此中高手。其中,以吴道子最为有名,其于唐开元二十四年(736),在景公寺之壁上绘出地狱图相时,令京都之观者皆惊惧而不食肉,两都之屠夫为此而转业。据历代名画记所举,张孝师、陈静眼、卢棱伽、刘阿祖等人皆于各大寺院之壁上描绘地狱图。此外,圆顿观心十法界图、三界六道轮回图等,于当时亦十分流行(见《正法念处经卷》卷四十八)。[1]

"地狱绘草纸",日本佛教绘画,平安时代后期(12世纪后期)作品。"草纸"为笔记小说,"绘草纸"相当于现代的连环画,由大小固定统一的画面构成。现存共5套,以原氏家族所藏为最佳,共七幅。画卷为纸本着色,全长434.05厘米,横幅26.5厘米。佛经称,世有八大地狱,十六小地狱。该卷写有其中七个地狱:屎粪地狱、函量地狱、铁砧地狱、鸡地狱、黑云沙地狱、脓血地狱、狐狼地狱。画面背景灰黑,象征地狱的无边阴暗。地狱中诸鬼残忍怪态,呈现红、橙、紫色,令人顿生可怖之感,进而更向往佛教的净土世界。[2]

从上文对"地狱变"及"地狱绘草纸"的解释看,作为宣扬佛教地狱思想及善恶因果报应思想的地狱变佛画在佛教中具有十分重要的地位与作用。通过绘画的方式,从感官上刺激信众及普通民众,劝其弃恶扬善,

---

[1] 宽忍,《佛学辞典》,北京:中国国际广播出版社、香港华文国际出版社,1993年,第432页。

[2] 陈聿东主编,《佛教文化百科》,天津:天津人民出版社,2005年第2版,第224页。

所起作用重大。

　　在《地狱变》中，通过芥川的描述，我们可以纵观地狱全貌。小说因地狱变屏风绘制而起，因良秀的自尽而终。其中画师良秀的画风，其画作的惊人程度与我国唐朝画家吴道子的画作有众多的相似之处。如良秀的画作，"唯有奇异的惊谏之感。例如良秀的那幅龙盖寺门画作五趣生死图，描写的是深夜途经门下，耳闻天人叹息和啜泣之声。不仅如此，据说还嗅到了死人的腐烂恶臭"，"画作的确出神入化，观赏者似乎自然而然地感觉到，耳际传入了凄惨的呼叫之声"①等，这些描述反映了良秀在绘画方面的独特技能。同样，在《唐朝名画录》中对吴道子的画作亦有如下记载："尝闻景云寺老僧传云：'吴生画此寺地狱变相时，京都屠沽渔罟之辈，见之而惧罪改业者，往往有之，率皆修善。'"②段成式曾看到长安赵景公寺吴道子所画白描地狱变相，"笔力劲怒，变状阴怪，睹之不觉毛戴。"北宋黄伯思曾见过吴道子的卷子本地狱变相图，"了无刀林沸镬牛头阿旁之像；而变状阴惨，使观者腋汗毛耸，不寒而栗，因之迁善远罪者众矣。"③从画风来看，良秀画作使人"嗅到了死人的腐烂恶臭"，"耳际传入了凄惨的呼叫之声"，与吴道子的"令京都之观者皆惊惧而不食肉，两都之屠夫为此而转业"是否有惊人的相似之处？从地狱变屏风所透露出来的阴森恐怖，我们不难看出芥川对佛教地狱变屏风的了解。

　　在《地狱变》中，作者多次提到龙盖寺的五趣生死图。画师良秀不仅绘制过地狱变屏风，还绘制过与佛教相关的五趣生死图等。据《中华佛教百科全书》，所谓"五趣生死图"，即为描绘众生轮回五趣之生死状的图像，又称五道轮、生死轮或十二因缘图。"五趣"即五道，指地狱、饿鬼、畜生、人及天。《有部毗奈耶杂事》卷十七云："给孤长者。施园之后作如是念，若不彩画便不端严，佛若许者我欲庄饰，即往白佛。（中略）佛言，长者于门两颊应作执杖药叉，次傍一面作大神通变，又于一面画作五趣生

---

① （日）芥川龍之介，《芥川龍之介全集》（第三卷），東京：岩波書店，1996，p.164。
② （唐）朱景玄撰，温肇桐注，《唐朝名画录》，成都：四川美术出版社，1985年，第4页。
③ 转引自杜斗城，《〈地狱变相〉初探》，载《敦煌学辑刊》，1989年第2期，第77页。

死之轮。"①有关其图案及画法,《有部毗奈耶》卷三十四有详细说明,内容略如下述:

> 是故我今敕诸苾刍。于寺门屋下画生死轮。时诸苾刍不知画法。世尊告曰。应随大小圆作轮形处中安毂。次安五辐表五趣之相。当毂之下画捺洛迦。于其二边画傍生饿鬼。次于其上可画人天。于人趣中应作四洲。东毗提诃。南赡部洲。西瞿陀尼。北拘卢洲。于其毂处作圆白色。中画佛像。于佛像前应画三种形。初作鸽形表多贪染。次作蛇形表多嗔恚。后作猪形表多愚痴。于其辋处应作溉灌轮像。多安水罐画作有情生死之像。生者于罐中出头。死者于罐中出足。于五趣处各像其形。周圆复画十二缘生生灭之相。所谓无明缘行乃至老死。无明支应作罗刹像。行支应作瓦轮像。识支应作猕猴像。名色支应作乘船人像。六处支应作六根像。触支应作男女相摩触像。受支应作男女受苦乐像。爱支应作女人抱男女像。取支应作丈夫持瓶取水像。有支应作大梵天像。生支应作女人诞孕像。老支应作男女衰老像。病应作男女带病像。死支应作舆死人像。忧应作男女忧戚像。悲应作男女啼哭像。苦应作男女受苦之像。恼应作男女挽难调骆驼像。于其轮上应作无常大鬼蓬发张口。长舒两臂抱生死轮。②

此图像极早即流传于印度,现今阿旃陀(Ajanta)第十七号窟殿存有其古图;另依《法苑珠林》卷二十三及《诸寺缘起集》〈兴福院条〉可知中国及日本自古亦有流传,但三者在图案内容上略有不同。

"稚儿文殊图"亦在《地狱变》中出现过。如文中有这样的描述:"有

---

① 三藏法师义净译,《根本说一切有部毗奈耶杂事》,大正藏第二十四卷,第283页(上、中)。
② 三藏法师义净译,《根本说一切有部毗奈耶杂事》,大正藏第二十三卷,第811页(上、中)。

一次,良秀又在大公的吩咐下画了一幅稚儿文殊图。画中御宠下的童子面容,真是画得奇妙绝伦。"①那稚儿文殊图又是一幅怎样的画作呢?"文殊菩萨"作为智慧的化身,深受人们的喜爱,但文殊菩萨为稚儿姿态却比较少见。日本延历寺国宝殿的绢本文殊菩萨像,为镰仓时代所绘,就是稚儿姿态。

此外,小说中多次描述与佛教相关内容,并出现众多佛教词汇,如"(良秀)那皱纹密布的脸上却浮现出令人费解的光辉,宛若恍惚之中的法悦②(佛)光辉"③,"所有的人都屏住了气息,身心震颤,心中充满了随喜(佛),目不转睛地盯视着良秀,仿佛瞻仰着开眼之佛"④。另有以下所描绘之情形:

> 良秀就是这么一个人物。他将吉祥天女画成卑微傀儡。将不动明王(佛)描画成获赦无赖。总之他的行为无可饶恕,可你又无法责怪他。你说"良秀亵渎神佛,将会遭受报应",那简直是对牛弹琴。对此,他的弟子们也是目瞪口呆。其中也有不少的人,忙碌中虑及未来的恐惧——简而言之,感觉罪孽深重。而良秀却时常在想,天下像自己这样的伟人真正是绝无仅有。⑤

文中两次提及"不动明王"。"不动明王",佛教护法神,音译"阿遮罗囊他",亦称"不动尊",为五大明王⑥之一。据载,不动明王为一切诸佛之教令轮身,故为诸明王之王,五大明王之王尊,又称其为"不动使者",意为定成弘法降魔之使命。能调伏一切鬼灵与烦恼。其形象为左手提捆

---

① (日)芥川龍之介,《芥川龍之介全集》(第三卷),東京:岩波書店,1996,p.166。
② 法悦:指听闻佛法而生之喜悦,或由思惟佛法而生之喜悦。
③ (日)芥川龍之介,《芥川龍之介全集》(第三卷),東京:岩波書店,1996,p.198。
④ (日)芥川龍之介,《芥川龍之介全集》(第三卷),東京:岩波書店,1996,p.199。
⑤ (日)芥川龍之介,《芥川龍之介全集》(第三卷),東京:岩波書店,1996,pp.163—164。
⑥ 五大明王:又作五大尊。即不动明王、降三世明王、军荼利明王、大威德明王与金刚夜叉明王。

绑鬼灵之绳索,右手握降魔之利剑,臂后为火焰光芒。①

小说对佛教物事——地狱图、五趣生死图、稚儿文殊图、吉祥天女②、不动明王等的详细描述,说明芥川对佛教绘画的熟悉程度,再加上文中佛教词汇的大量运用,更加深了该作的佛教思想表现效果。

三、地狱图景

《法苑珠林》卷第七之"地狱部"描绘地狱云:"夫论地狱幽酸。特为痛切。刀林耸日剑岭参天。沸镬腾波炎炉起焰。铁城昼掩铜柱夜然。如此之中罪人遍满。周慞困苦悲号叫唤。牛头恶眼狱卒凶牙。长叉柱肋肝心碓捣。猛火逼身肌肤净尽。或复舂头捣脚煮魄烹魂。裂胆抽肠屠身脍肉。如斯之苦。何可言念。"③八热与八寒地狱中处处有熊熊烈火、刀山剑树、沸锅炽床、车轮斧锯和刺骨寒风、裂肤冰霜、解体冷气。若人犯"五逆"堕入阿鼻狱,要受反复剥皮、车轮不断碾碎、刀剑千遍割剐、油锅万遍烧煮、铁叉贯串烧烤等众苦。④

芥川笔下的地狱,形形色色,到处是刀山剑树,熊熊燃烧的烈焰;地狱中的罪人林林总总,数不清的牛头、马面鬼,以及地狱阴风等,呈现了一幅阴森恐怖的地狱画卷。尤其对地狱酷刑的描述,形象生动,令人毛骨悚然。芥川《地狱变》描述了两类不同的地狱图景,一类是地狱变屏风中所体现的地狱,另一类是画师良秀在绘制地狱变屏风中所制造的人间地狱。在《地狱变》中,芥川通过对画师良秀绘制的地狱图的描述,呈现了一幅阴森恐怖的佛教地狱图景。芥川在文中多处描述了地狱,其中较

---

① 参见丁福保编,《佛学大辞典》,北京:文物出版社,1984年,第302页。
② 吉祥天女:亦称吉祥天、功德天女。原为古印度神话人物,后被佛教纳入,为佛教护法天神。以容貌姣好,施与众人福德而知名。
③ 西明寺沙门释道世撰,《法苑珠林》,大正藏第五十三卷,第322页(上)。
④ 丛海云,《佛教地狱观与中古游冥小说》,内蒙古师范大学硕士学位论文,2012年,第10页。

详细的一处如下：

> 同样作地狱图，良秀笔下的地狱图在构图上，与其他的画师截然不同。在一帖屏风的角落里，以十王①为首，众眷属都画得很小。另外一面则是猛烈的火焰，燃烧中的剑山刀树仿佛置身于糜烂的旋涡之中。冥官们像是身着唐装，衣裳上点缀着黄色和蓝色。到处都是一片红色的烈焰，黑烟和金粉漫天飞舞，仿佛描画出一个"卍②"字的图像。
>
> 仅凭良秀的这般笔势，已令观者瞠目结舌。业火③中备受煎熬的罪人，亦与一般地狱图中的情状不同。因为良秀地狱图中的罪人林林总总，上至月卿云客，下至乞食非人，笔下人物异常丰富——有扎着华丽腰带的上殿贵族，有身着艳丽礼服的美貌少妇，有手持佛珠搓捻的念佛僧人，有脚踏高底木屐的武士弟子，还有身段苗条的女童和串着纸钱的阴阳师，数不胜数。总之形形色色的人物逆卷于烟火之中，忍受着牛头马面、地狱小鬼的蹂躏。他们像大风吹散的落叶一样四方奔逃。一个女人如同神巫，头发缠在钢叉上，手脚蜷缩得像似蜘蛛。一个看似新官的男人蝙蝠似的倒悬着，手刃穿透了胸前。有人在忍受铁条的鞭笞。有人被压在千斤磐石之下。有人被叼于怪鸟口中。也有人为毒龙的巨齿噬咬。——罪人不同，残虐的方式也不同。④

上文对地狱中的景象描述十分到位，尤其地狱人物，栩栩如生。不仅出现了"十殿阎王""冥官""牛头马面""地狱小鬼"等，还有众多的地狱

---

① 十王：指阴间十王，又作十殿阎王。即秦广王、楚江王、宋帝王、伍官王、阎罗王、变成王、泰山府君、平等王、都市王、转轮王。

② 卍：又作万字。吉祥的记号。意译作吉祥海云、吉祥喜旋。为佛三十二相之一，八十种好之一。《华严经》卷四十八云（大正10·253c）："如来胸臆有大人相，形如卍字，名吉祥海云。"

③ 业火：以火譬喻恶业缠身。又指因恶业而堕入地狱的罪人所遭受焚身之苦的烈火。

④ （日）芥川龍之介，《芥川龍之介全集》（第三卷），東京：岩波書店，1996，pp.168—169。

罪人,"上至月卿云客,下至乞食非人",异常丰富。而对地狱罪人所遭受的地狱酷刑的描述更是入木三分。"一个女人如同神巫,头发缠在钢叉上,手脚蜷缩得像似蜘蛛。一个看似新官的男人蝙蝠似的倒悬着,手刃穿透了胸前。有人在忍受铁条的鞭笞。有人被压在千斤磐石之下。有人被叼于怪鸟口中。也有人为毒龙的巨齿噬咬",这样的细节描写,令人毛骨悚然。不仅如此,芥川还重点描述了佛教的标志"卍"以及地狱罪人所受"业火"的折磨,点出了其受苦的根源源于"业[①]"。

《地藏菩萨本愿经》中《地狱名号品第五》记述了普贤菩萨请地藏菩萨讲阎浮提世界的地狱名号及恶报之事:

> 尔时普贤菩萨摩诃萨白地藏菩萨言:"仁者,愿为天龙四众及未来、现在一切众生,说娑婆世界及阎浮提罪苦众生所受报处、地狱名号及恶报等事。使未来世末法众生知是果报。"地藏答言:"仁者,我今承佛威神,及大士之力,略说地狱名号及罪报之事。仁者,阎浮提东方有山,号曰铁围,其山黑邃,无日月光。有大地狱,号极无间;又有地狱,名大阿鼻;复有地狱,名曰四角;复有地狱,名曰飞刀;复有地狱,名曰火箭;复有地狱,名曰夹山;复有地狱,名曰通枪;复有地狱,名曰铁车;复有地狱,名曰铁床;复有地狱,名曰铁牛;复有地狱,名曰铁衣;复有地狱,名曰千刃;复有地狱,名曰铁驴;复有地狱,名曰烊铜;有地狱,名曰抱柱;复有地狱,名曰流火;复有地狱,名曰耕舌;复有地狱,名曰锉首;复有地狱,名曰烧脚;复有地狱,名曰啖眼;复有地狱,名曰铁丸;复有地狱,名曰诤论;复有地狱,名曰铁铁;复有地狱,名曰多嗔。"地藏白言:"仁者,铁围之内,有如是等地狱,其数无限。更有叫唤地狱、拔舌地狱、粪尿地狱、铜锁地狱、火象地狱、火狗地狱、火马地狱、火牛地狱、火山地狱、火石地狱、火床地狱、火

[①] 业:指一切善恶思想行为。一般而言,业分身、语、意等三业。《俱舍论》:"造作名业";《成唯识论》:"能感后有诸业名业"。

梁地狱、火鹰地狱、锯牙地狱、剥皮地狱、饮血地狱、烧手地狱、烧脚地狱、倒刺地狱、火屋地狱、铁屋地狱、火狼地狱,如是等地狱。其中各各复有诸小地狱,或一或二,或三或四,乃至百千,其中名号,各各不同。"地藏菩萨告普贤菩萨言:"仁者,此者皆是南阎浮提行恶众生,业感如是。业力甚大,能敌须弥,能深巨海,能障圣道。是故众生,莫轻小恶,以为无罪。死后有报,纤毫受之。父子至亲,歧路各别,纵然相逢,无肯代受。我今承佛威力,略说地狱罪报之事,唯愿仁者暂听是言。"普贤答言:"吾以久知三恶道报,望仁者说,令后世末法一切恶行众生,闻仁者说,使令归佛。"地藏白言:"仁者,地狱罪报,其事如是:或有地狱,取罪人舌,使牛耕之。或有地狱,取罪人心,夜叉食之。或有地狱,镬汤盛沸,煮罪人身。或有地狱,赤烧铜柱,使罪人抱。或有地狱,使诸火烧,趁及罪人。或有地狱,一向寒冰。或有地狱,无限粪尿。或有地狱,纯飞鐵蔾。或有地狱,多攒火枪。或有地狱,唯撞胸背。或有地狱,但烧手足。或有地狱,盘缴铁蛇。或有地狱,驱逐铁狗。或有地狱,尽驾铁骡。""仁者,如是等报,各各狱中,有百千种业道之器,无非是铜、是铁、是石、是火,此四种物,众业行感。若广说地狱罪报等事,一一狱中,更有百千种苦楚,何况多狱。我今承佛威神及仁者问,略说如是。若广解说,穷劫不尽。"①

通过二者的比较发现,芥川《地狱变》中对地狱名号的描述更为具体,但未脱离佛经《地藏菩萨本愿经》的范畴。如《地狱变》中"一个女人如同神巫,头发缠在钢叉上,手脚蜷缩得像似蜘蛛。一个看似新官的男人蝙蝠似的倒悬着,手刃穿透了胸前。有人在忍受铁条的鞭笞",即是上文《地藏菩萨本愿经》中"倒刺地狱""盘缴铁蛇""通枪"等地狱名号的通

---

① 唐于阗国三藏沙门实叉难陀译,《地藏菩萨本愿经》,大正藏第十三卷,第 781 下、782 上中。

俗描述。《地狱变》中的"烟火""铁链""磐石"等器具,亦为上文中"有百千种业道之器,无非是铜,是铁,是石,是火,此四种物,众业行感"中所出现的"业道之器"材料中除"铜"以外的三种。此外,"有人被压在千斤磐石之下。有人被叼于怪鸟口中。也有人为毒龙的巨齿噬咬"等亦可从上述描述中找到相应记载。

不仅如此,芥川在《地狱变》中还对地狱进行了更为详细的描述:

> 其中最最令人惊恐的,是悬浮半空的一辆牛车。背景是野兽牙齿一般的刀树(刀树的树梢上串着许多亡者的尸体)。牛车的挂帘被地狱的阴风吹起,分不清是女御还是更衣(皆为宫中女官)的一个侍女绫罗披身,黑色的长发飘拂于烈焰之中。我看见,侍女白皙的颈项向后弯曲着,一副痛苦不堪的模样。那姿态,和熊熊燃烧的牛车,皆令人联想到炎热地狱的痛苦煎熬。不妨说,宽幅画面中的恐怖景象,统统凝聚在了这一人物身上。画作的确出神入化,观赏者似乎自然而然地感觉到,耳际传入了凄惨的呼叫之声。①

上文中,不仅描述了地狱的刀山剑树,亦描述了熊熊烈焰,以及地狱阴风。画作的出神入化,能令观赏者仿佛感觉到地狱凄惨的呼叫声,增强了表现效果。此外,芥川对地狱的描述,在另一小说《杜子春》中亦有刻画:

> 世人皆知,在那地狱之中,除了刀山血池外,还有炎热狱中的火山,寒冰狱中的冰海,尽数展现于漆黑的天空之下。众鬼卒将杜子春依次抛进各地狱。可怜杜子春,备经千般磨难,饱尝万般苦楚——刀剑穿胸,火焰烧脸,拔舌剥皮,铁杵敲骨,油锅煎熬,毒蛇吸

---

① (日)芥川龍之介,《芥川龍之介全集》(第三卷),東京:岩波書店,1996,pp.169—170。

脑，熊鹰啄眼，不一而足。①

上文通过对杜子春所受地狱折磨的描述，突出了地狱的恐怖。芥川在该文中对地狱酷刑的描述不亚于前述《地狱变》中的描述，有异曲同工之妙。

> 啊！多么恐怖。为了实现那般描写，就须体验那样的恐怖情景。否则，即便是良秀这样的画家，也无法生动地描画出地狱之中的那般苦难。在完成这幅屏风绘画的过程中，良秀也经历了甚至丢掉性命的惨烈遭遇。不妨说，画中的这个地狱，正是当朝第一画师良秀自己何时将要堕入的地狱……②

芥川在《地狱变》中不仅通过画师良秀的地狱变屏风描述了佛教的地狱图景，还描述了另一类型的地狱——人间地狱、人性地狱，这在一定程度上烘托了地狱的恐怖。由于良秀所创作的地狱变屏风内容均来自其亲身体验之物，更能加深人们对地狱的深切感受，以致良秀的地狱屏风与众不同，地狱更能震撼世人心灵。且看芥川是怎么描述人间地狱的：

> "我要观察铁链锁缚的人类。有劳你照我的要求做。"良秀仿佛全然没有同情之心。徒弟是体格强健的年轻人，与其说是握画笔的，不如说像个舞枪弄棒的。他显然受到了很大惊吓，过了很多日子，说到此事，他还在不住地解释说："我只以为师傅的精神出了问题，他是要杀死我么？"良秀却对弟子的磨蹭大为不满。他不知从哪儿哗啦哗啦拖出一根铁链，扑过来骑在弟子身上，不由分说将他的

---

① （日）芥川龍之介，《芥川龍之介全集》(第六卷)，東京：岩波書店，1996，p.267。
② （日）芥川龍之介，《芥川龍之介全集》(第三卷)，東京：岩波書店，1996，p.170。

双手拧到身后,用铁链缠了个结实。接着他又拽住铁链的两头,狠毒地往上一提。弟子的身体就势横摜在地板上,震得地板咕咚作响。

当时那位弟子的模样,简直像一只放倒了的酒瓮。他的手脚凄惨地扭曲着,能够活动的唯有脖颈。在铁链的紧捆下,肥壮躯体里的血液循环不畅,以致脸庞和躯体全都憋得通红。良秀对此全然无心。他围绕酒瓮一样的躯体仔细打量,画了几幅近似的素描。而铁链捆绑下的弟子在承受多大的肉体痛苦,他却全然没有反应。①

良秀为了描述地狱罪人受苦情形之一的铁链锁缚人类,竟让自己的弟子当活靶子,全然不顾弟子的感受及该事项的危险。良秀获得了绘画素材的同时,亦给弟子造就了众多活生生的地狱,"在铁链的紧捆下,肥壮躯体里的血液循环不畅,以致脸庞和躯体全都憋得通红。良秀对此全然无心"、"铁链捆绑下的弟子在承受多大的肉体痛苦,他却全然没有反应"之类的描述,更透露了良秀的冷漠与无情。

如文中所述,《地狱变》中画师良秀的画室黑暗无比,阴森恐怖,简直就是一个活生生的地狱实景;他在地狱变屏风创作过程中,为了模仿地狱情形,给弟子们施加捆绑、让他们被猫头鹰追逐等,对于弟子来说,亦是人生的活地狱;甚至在最后,他不惜牺牲女儿的性命,让其在炎热地狱似的痛苦中被活活烧死,以此来成就其地狱变屏风的创作成果,这对于其心爱的女儿来说,更是真真切切的地狱。小说在末尾描述了良秀女儿被烧死时的惨状,令人毛骨悚然。

在熊熊大火的毛车之中,我看到姑娘怎样的一幅情景呢?我看到的只是浓烟呛翻的苍白面容,横扇烈焰的黑乱长发,以及转眼间化为火焰的美丽的樱花唐衣——多么惨烈的景象呀!尤其在夜风

---

① (日)芥川龍之介,《芥川龍之介全集》(第三卷),東京:岩波書店,1996,pp.175—176。

的吹拂之下，浓烟摇曳，红色的火焰播撒着金粉漫天飞舞，火中的人儿咬住发髻，在铁链的捆绑中苦苦挣扎。我真怀疑亲眼看见的是地狱之中的惧人业苦。何况是我？就连那强健的武士，也禁不住毛发倒竖。①

良秀女儿在烈火中痛苦挣扎的情形，甚至震撼了身材强健的武士，可见其惨烈程度。虽然芥川将此归结于"业苦②"，但这一切却是良秀亲手造成的。

四、地狱心象

"地狱"指众生受自己所造恶业的业力驱使，而趋入的地下牢狱，为三恶道或五趣之一。③ 佛教大力宣扬地狱观念，其目的是惩恶扬善，教化世人多行善，少作恶。佛教的地狱观在一定程度上影响了芥川对人生的理解与认识。同样，芥川通过《地狱变》对"地狱"的描写，从另一角度扩大了佛教地狱思想的影响。

芥川在小说开头描述堀川大公出生时的异象与佛教护法神大威德明王有关，不仅突出了人物性格，且为接下来发生于堀川大公身上之事作了铺垫。如：

像堀川大公这样的老爷，恐怕是前无古人，后无来者。传说堀川大公诞生之前，大威德明王曾在其母枕边显灵。总之他一出生，即与凡人不同。所以他所做的一切，都会出乎吾辈的意料之外。④

---

① （日）芥川龍之介，《芥川龍之介全集》（第三卷），東京：岩波書店，1996，pp.196—197。

② 业苦：谓由作恶业所感之苦果。或谓由作善恶之业而感苦乐之果者，通称为业；盖依业而得之苦乐果，通称为苦。

③ 蓝吉富主编，《中华佛教百科全书》（第四册），台南：中华佛教百科文献基金会，1994，p.1987。

④ （日）芥川龍之介，《芥川龍之介全集》（第三卷），東京：岩波書店，1996，p.156。

第五章　佛教地狱思想:《地狱变》《蜘蛛之丝》论

"大威德明王"为佛教护法神,又称"降阎魔尊""六足尊"。据载,此尊为阿弥陀如来之教令轮身[①],"为五大明王"之一,守护西方,能降伏恶龙、毒蛇、怨敌。其形象为六面六臂六足,愤怒凶悍,全身放出火焰,六臂挥动金刚杵、剑等武器,骑在大白牛上。又为密宗无上瑜伽宝生部之本尊。以大威德明王为本尊的修法,在日本密宗中也不算少。通常都用在战争时祈求胜利及调伏恶人等。在佛教美术作品中,现存的大威德明王像,以日本所绘者为多。日本密宗重镇教王护国寺(东寺)中所藏者,即为五大明王中最早的作品。[②]

《地狱变》中画师良秀在睡梦中所经历的地狱情形像是有预兆一样,后来一一被印证。下文为弟子在良秀身边所听到的良秀的地狱之梦。

"什么?你让我过来?——上哪儿?——到哪儿去?来地狱!炎热地狱。——你是谁?是谁在那儿说话?——让我猜猜,你是谁呢?"

弟子此时停止了油彩的研磨,十分恐惧地直勾勾地盯视着师傅的脸庞。只见良秀的脸上布满皱纹,脸色苍白,渗出大滴的汗珠。他口唇干裂,牙齿稀疏,张着嘴拼命地喘气。此外他的嘴里明显有个活动的物体,被一种看似丝线的物体拽动着。哦,原来是师傅的舌头。断断续续的话语,原来是从这根舌头里面发出的。

"哦,你是谁呢?——是你啊。我猜便是你。什么?你来接我吗?来吧。到地狱来吧。地狱里——地狱里有我的女儿。"

……

"等着你哪,上车、上车——坐上这趟车,到地狱里去——"他仍在胡言乱语。他的嗓音,变得像从喉咙之中挤出的呻吟。良秀

---

① 轮身:密教之法,于佛菩萨之身。以其具有摧破众生烦恼之力,故称轮身。一般分自性、正法、教令三种轮身。

② 参见蓝吉富主编,《中华佛教百科全书》(第二册),台南:中华佛教百科文献基金会,1994年,第 701 页。

总算睁开了眼睛,却像针扎了似的猛然跳将起来,瞪着惊惶的眼睛。梦中那奇形怪状的异物,仍旧留存在他的眼际。好半天光景,他都瞪着恐惧的眼睛,嘴巴张得大大的,眼望着虚空。最后,总算清醒过来。①

良秀睡梦中的地狱情景,尤其是炎热地狱②出现在梦中,确实让人惊悚。这情景与小说的尾声堀川大公烧死良秀女儿情景类似。良秀就像未卜先知一样,"地狱中有我的女儿"、"等着你哪,上车、上车——坐上这趟车,到地狱里去——"这样的情景在其梦中或者说脑海中闪烁过无数次。因此可以说,与其说是堀川大公将良秀之女送入炎热地狱,倒不如说是良秀亲手将她送入了地狱的深渊。

不论是"画中的这个地狱,正是当朝第一画师良秀自己将要堕入的地狱",还是僧都所说"无论你在艺能方面多么优秀,都不可忘记人之五常③。否则唯有堕入地狱。"④画师良秀所绘制的地狱变屏风,既是其艺术的集中体现,亦是其心象的结晶。良秀最终的自尽,正是实践了其所绘制的地狱情形,自身投入了自己亲手绘制的地狱之中,令人痛心。

《地狱变》通过对佛教物事地狱变屏风的绘制过程的描述,刻画了一幅令人毛骨悚然的地狱变相图。但真正让人恐怖的不全是该画作所描绘的地狱情形,而是在地狱变绘制过程中给人们编织的地狱之网。画师良秀唯艺术而艺术,自己为自身绘制了地狱变屏风,不仅牺牲了自己,更搭上了无辜女儿的性命。正如僧都所言,忘却人之五常,唯有堕入地狱。良秀这种自私、怪异的性格,正是他堕入地狱的业因。虽然诸多学者将《地狱变》归结为体现芥川"艺术至上"主义的重要之作,通过对该作中所

---

① (日)芥川龍之介,《芥川龍之介全集》(第三卷),東京:岩波書店,1996,pp.173—174。
② 炎热地狱:八大地狱之第六。火随身起,热苦不堪。
③ 五常:在儒教中,人在平常中应该拥有的五种最基本的品格和德行。即仁、义、礼、智、信。另一说为"五伦",即古人所谓君臣、父子、兄弟、夫妇、朋友五种人伦关系。忠、孝、悌、忍、善为"五伦"关系准则。
④ (日)芥川龍之介,《芥川龍之介全集》(第三卷),東京:岩波書店,1996,p.200。

蕴含的佛教思想的论述以及"地狱图"本身就是重要佛画可知,《地狱变》亦是表现芥川佛教思想的重要作品。《地狱变》创作于1918年,是报纸连载小说,连载天数达二十天之久,相对于芥川的其他短篇而言,该作品算得上中篇小说,这在芥川小说创作上是不多见的现象。而1918年,芥川26岁,正处于创作的高峰期,在这一时期,他关注佛教的"地狱"图景,足见佛教地狱思想对其影响巨大。

第二节 《蜘蛛之丝》——地狱救赎

《蜘蛛之丝》初次登载于1918年7月铃木三重吉主编的《赤鸟》创刊号上,后收录于单行本《傀儡师》(日本,新潮社,1919)、《沙罗之花》(日本,改造社,1922)及《芥川龙之介集》(日本,新潮社,1927)中。

《蜘蛛之丝》亦是体现芥川佛教地狱思想的重要篇章。作品描述了一个关于佛教救赎的故事。在一个极乐世界的清晨,释迦牟尼在荷花池畔漫步,偶见池下十八层地狱中大盗犍陀多正在地狱血海中沉浮,释迦牟尼慈悲为怀,想将犍陀多从地狱中救出。但犍陀多是一个曾经杀人放火、无恶不作的大盗,基本没有任何善行,唯有一次曾在密林中突发慈悲心而放了他曾想踩死的蜘蛛一条生路。由于这项善举,释迦牟尼有了把犍陀多从地狱中救出的因由。恰在此时,荷叶上有只蜘蛛正在拉丝结网,释迦牟尼便将蛛丝垂向地狱深处。犍陀多沿蛛丝向上攀爬,希望尽早摆脱地狱之苦,甚至爬进极乐。在攀爬过程中犍陀多发现无数罪人也随自己向上爬,犍陀多唯恐蛛丝断掉,便对其他攀爬的罪人暴喝:"喂,你们这帮罪人,这根蛛丝可是咱家的,谁让你们爬上来的?滚下去!快滚下去!"[①]说时迟,那时快,蛛丝突然断掉,犍陀多像个陀螺重新坠入地狱。

---

① (日)芥川龍之介,《芥川龍之介全集》(第三卷),東京:岩波書店,1996,p.212。

释迦牟尼目睹此情形，面带愁容继续散步。极乐世界莲花照样盛开，花蕊送香，普熏十方。

　　从故事情节可以看出其中有诸多佛教观念的传达，说明些微的善念也能作为功德，蛛丝虽细，却是连结精神层次最高的极乐世界与最底层的阿鼻地狱之间的桥梁。犍陀多的一念之仁放过蜘蛛一命，再由蛛丝来解救犍陀多，这是一种希望与救赎的表现。而犍陀多赶走其他罪人的一念之恶，又让他堕入地狱之中万劫不复。这也说明救赎者首先需要自我救赎。

　　《蜘蛛之丝》作为芥川少数几篇儿童文学作品之一，广受欢迎，多次被选入日本中学国语教科书。不过，长期以来对该作品的评价却出乎意料的低，且多为否定的评价。正宗白鸟在《评芥川氏的文学》(《中央公论》，1927年10月)中评价该文内容时认为轻松地接受固有秩序的世界，从中感受不到任何的怀疑之苦。文学史家片冈良一在《〈蜘蛛之丝〉的一个观点》(《国语解释》，1937年10月)中认为该作显著的特征是，主人公犍陀多对于弱小与丑恶没有丝毫反省，其中也许反映了作者的绝望。吉田精一在《芥川龙之介》(日本，三省堂，1942)中认为作者在对人性内在的利己主义的救赎表示绝望的同时，猛然放弃的心情流淌在装饰着美丽的花、漂亮的天空的童话底层。与上述否定的评价相反，战后不少学者对该作进行了再评价。太田正夫在《〈蜘蛛之丝〉再评价》(《日本文学》，1961年1月)一文中将犍陀多的悲剧解读为为了自身的生存不反省他者的世界，正是那样的世界才是地狱式的世界。学者们的研究集中在该作的主题思想，如利己主义、惩恶扬善和恶因恶果等方面。此外，关口安义对该作对照式的结构进行分析后认为结构巧妙，并从结构方面对人性利己主义的普遍性做了探讨，认为发出自私叫喊的不只是犍陀多，包括儿童在内的普通读者也都会那样，犍陀多的行为不只是他一人的行为，而是人类普遍的问题。

一、出典与佛教渊源

关于该童话的原型一直有诸多说法,有的认为来自佛经故事,亦有认为来自俄国作家陀思妥耶夫斯基(1821—1881)的《卡拉马佐夫兄弟》第七篇"三"中的《一根葱》。但大多倾向于是1905年美国作家保罗·卡卢斯(Paul Carus,1852—1919)的《业:一个佛教伦理的故事》(*Karma: A Story of Buddhist Ethics*)中的"蜘蛛之丝"("The Spider Web"),其直接来源是铃木大拙翻译的《因果小车》。日本学者宫坂觉在《〈蜘蛛之丝〉出典考笔记:以给〈基督的传说〉所作笔记为线索》一文中对此进行了详细的考察。[①]

首先,从保罗·卡卢斯的情况考察该童话的原型与佛教的关系。保罗·卡卢斯是一位出生于德国的美国作家、宗教哲学家,在一个虔诚、正统的基督教家庭长大,但逐渐偏离了这一传统。他不仅撰写了《业:一个佛教伦理的故事》,还撰写《佛陀的福音》(*The Gospel of Buddha*)(1894)、《佛教和基督教的批评》(*Buddhism and Its Christian Critics*)(1894)等佛教相关著作,是将佛经介绍给西方的关键性人物之一,具有相当深厚的佛学造诣。

再看俄国作家陀思妥耶夫斯基的《卡拉马佐夫兄弟》与《蜘蛛之丝》之间的关系,下文为《卡拉马佐夫兄弟》中的相关描述:

> 从前有一个很恶很恶的农妇死了。她生前没有一件善行。鬼把她抓去,扔到火海里面。守护她的天使站在那里,心想:我得想出她的一件善行,好去对上帝说话。他记了起来,对上帝说道:"她曾在菜园里拔过一棵葱,施舍给一个女乞丐。"上帝回答他说:"你就拿

[①] (日)宫坂覺,《〈蜘蛛の糸〉出典考ノート:CHRIST LEGENDSへのメモを手懸りとして》,载《香椎潟》(第25卷),1979,pp.68—80。

那棵葱,到火海边去伸给她,让她抓住,拉她上来,如果能从火海里拉上来,就拉她到天堂上去,如果葱断了,那女人就只好留在火海里,仍像现在一样。"天使跑到农妇那里,把一棵葱伸给她,说道:"喂,女人,你抓住了,等我拉你上来。"他开始小心地拉她,已经差一点就拉上来了,可是在海里的别的罪人看见有人拉她,就都抓住她,想跟她一块儿上来。这女人是个很恶很恶的人,她用脚踢他们,说道"人家在那里拉我,不是拉你们,那是我的葱,不是你们的。"她刚说完这句话,葱断了。女人落进火海,直到今天还受着煎熬。天使只好哭着走了。①

可以说,无论是《蜘蛛之丝》还是《一根葱》,从内容、结构、主题思想上看都极其相似。所不同的是罪人所做善事一个是饶恕蜘蛛不死,一个是施舍葱头,救人的一个是释迦牟尼,一个是天使。

虽无直接证据证明芥川的《蜘蛛之丝》受到陀思妥耶夫斯基《卡拉马佐夫兄弟》的影响,但芥川在创作《蜘蛛之丝》前阅读过《卡拉马佐夫兄弟》却是确定无疑的。这可以从芥川在大学时代写给友人的两封书信中得到印证。芥川在大正二年(1913年)九月五日致藤冈藏六书简中写道:

回到东京以后,无事度日。阅读《罪与罚》,四百五十多页,皆心理描写,一草一木都与 hero(男主人公)的心理不无关系,所以没有 plastic(轻松)之处。(虽对此略感不足,但)hero 拉斯柯尔尼科夫的性格表现得异常强烈。这个杀人犯拉斯柯尔尼科夫和妓女索尼娅在昏暗的煤油灯下阅读《圣经》(拉撒路复活)的 scene(场面),尤其 touching(令人感动)。第一次阅读陀思妥耶夫斯基的作品,非常感

---

① (俄)陀思妥耶夫斯基著,荣如德译,《卡拉马佐夫兄弟》,上海:上海译文出版社,2011年,第425页。

兴趣。但是英译本很少，所以无法继续读他的其他作品，十分遗憾……①

芥川大正四年(1915年)十二月三日致恒藤恭书简写道：

最近每天都看《战争与和平》，由于太庞大，几乎无法捕捉整部作品的脉络走向，部分章节(这也相当长)觉得很感人。就人物而言，我非常喜欢安德烈公爵。安德烈的父亲和妹妹也描写得很生动。安德烈以为夫人已经死去而急匆匆赶回家。回家途中他的夫人死于分娩的场面写得非常精彩。另外，安德烈倒在奥斯特利茨，眼望天空的那部分更是精妙绝伦。世上居然还有写出如此作品的家伙，我们实在望尘莫及。日本还差得很远，就连夏目(漱石)也相去甚远。……

俄国的作家面对《战争与和平》这样的傲著，难道会不感到悲观吗？不仅《战争与和平》，还有《卡拉马佐夫兄弟》、《罪与罚》，甚至《安娜·卡列尼娜》，我希望日本也有哪怕是一部这样的作品。②

《蜘蛛之丝》写于1918年，而《卡拉马佐夫兄弟》于1879年至1880年在报纸上连载，1881年更推出单行本，即《蜘蛛之丝》的出版要晚于《卡拉马佐夫兄弟》。正如前文所述，即使芥川真借鉴了《卡拉马佐夫兄弟》，但芥川未直接借鉴其内容，而将其中的基督教故事改编成佛教故事，耐人寻味。

接下来考察铃木大拙所译《因果小车》与《蜘蛛之丝》之间的关系。从《因果小车》来看，芥川《蜘蛛之丝》与其有更多相似之处。宫坂觉在《〈蜘蛛之丝〉出典考笔记：以给〈基督的传说〉所作笔记为线索》一文提供

---

① (日)芥川龍之介，《芥川龍之介全集》(第十七卷)，東京：岩波書店，1997，pp.131—132。
② (日)芥川龍之介，《芥川龍之介全集》(第十七卷)，東京：岩波書店，1997，p.318。

了较为确切的证明。

铃木大拙所译保罗·卡卢斯的《因果小车》，原作名为"Karma"。"Karma"为梵语，中文译为"业"。据《佛学大辞典》，"业"为身口意善恶无记之所作也。其善性恶性，必感苦乐之果，故谓之业因。其在过去者，谓为宿业，现在者谓为现业。① 在佛陀未出世之前的古印度，人们对"业"的解释为"做事情"。他们认为因为有欲，故有种种欲望，因为有欲望就会造"业"，有"业"故有果报。

《因果小车》由铃木大拙译述，由释宗演校阅，铃木大拙在绪言中对该作进行了说明，该作最初被俄国作家托尔斯泰翻译成俄文，曾一度被人误以为是其作品，后来风靡欧洲大陆，人们大赞卡卢斯之功绩，足见该书的价值。他在绪言中还对宗演的校阅表示了谢意，"本书有赖于临济宗圆觉寺派管长、宗演洪岳大禅师盛情，且经由其校阅才得以面世，在此向禅师表示由衷的感谢"。② 从铃木大拙的绪言可以看出，《因果小车》作为佛教故事具有十分重要的价值，尤其"由释宗演校阅"更显其宗教性。释宗演(1859—1919)，为日本临济宗僧人，十二岁时从越溪守谦出家，改名宗演，曾任圆觉寺派管长、临济宗大学校长等职，历访欧美诸国，并游化朝鲜等地。著有《西游日记》三卷、《楞伽漫录》十九卷、《欧文说法集》等。③

《因果小车》全文由五部分构成，分别为：提婆罗的米车、波罗奈市的交易、山贼同伴、蜘蛛之丝、善根的报应。这五部分既独立成章又构成一个整体，描述有关佛教"因果报应"故事。芥川所引内容主要为其中的第四部分"蜘蛛之丝"。从题名到文中主人公"犍陀多"的名字，芥川皆进行了借用。下文为《因果小车》"蜘蛛之丝"一节的开头部分：

---

① 丁福保编，《佛学大辞典》，北京：文物出版社，1984年，第1173页。
② (日)铃木大拙，《铃木大拙全集(新版增补)》，第26卷，東京：岩波書店，2001，p.3。
③ 参见蓝吉富主编，《中华佛教百科全书》(第九册)，台南：中华佛教百科文献基金会，1994年，第5934页。

第五章 佛教地狱思想:《地狱变》《蜘蛛之丝》论

大慈大悲的僧人精心为摩诃童多清洗创口时,他再三忏悔说:"我做了太多坏事,没做过一件善事,我该怎样从我执的妄念所编织的弥天的罪网中逃离呢?我的业报将会把我带到地狱中,不能得闻解脱之法。"

僧人说:"善因善果、恶因恶果是天之道的话,今生所犯罪业循环往复,在来生一定会报。然而,也不必失望。皈依了真正的教之后,斩除我执之妄念,远离一切情念罪欲,自他利生、没有不圆满的。"①

该对话之后,僧人给摩诃童多讲述了有关"蜘蛛之丝"的佛教故事,即芥川所引内容。但芥川文学所描述的背景与铃木大拙文本不同。在芥川的《蜘蛛之丝》中,某一天清晨,释迦牟尼在极乐世界漫步,刚好看到地狱中犍陀多及其他罪人受苦之情形,而记起其曾经放过蜘蛛一命的善举决定救其脱离苦海。但在铃木的"蜘蛛之丝"中是释迦牟尼现身于人间,将光明普照到了大千世界并透射至犍陀多所处的地狱深渊。没有忏悔的犍陀多在死后堕入地狱,深受恶鬼罗刹折磨,因此他诚心想求得释迦牟尼的救赎脱离苦海,释迦牟尼告诫他道:"如果不脱离一切我执、洗掉贪嗔痴三毒,则没有永远解脱的时期",②但他因自身未曾做过一件善事而只能沉默。其后就是释迦牟尼记起其曾经放过蜘蛛一命的善举而决定给予救赎。二者在描述犍陀多抓住蛛丝想脱离地狱往上爬,在发现其他地狱罪人攀爬时的心理,以及最后蛛丝断脱,犍陀多重新坠入地狱等方面的情节是一致的。但在人物刻画、细节描述、佛理的说明等方面却不尽相同。在铃木大拙所译的"蜘蛛之丝"后有一段议论。

我执的妄念仍在犍陀多心中有隔阂,我们不能解释其向上攀登

---
① (日)铃木大拙,《铃木大拙全集(新版增补)》,第26卷,東京:岩波書店,2001,p.13。
② (日)铃木大拙,《铃木大拙全集(新版增补)》,第26卷,東京:岩波書店,2001,p.14。

想到达正道本地的决心之念有怎样不可思议的力量,只是这信心之念细小得如蛛丝。无边的众生正因为悉数抓住之而到达解脱之道,因此其众生数量越多就越容易回归正道。然而一旦招惹我执之念,"这是我的,正道的福德仅仅只有我自己所有"就有这样的想法,一缕蛛丝突然断灭,你又重新陷入我执的窟窿,那是我执之念消亡后真理变成了生命。故什么称为地狱,所谓地狱是我执之别名,涅槃是正道的生涯以外别无其他。

僧人说法完了之时,濒死的贼首摩诃童多沮丧地说道:"让我抓住蛛丝吧,我将自己努力从地狱的深坑中解脱出来。"[①]

以上议论说明,铃木大拙所译《因果小车》蕴藏深刻佛理。可以说,《因果小车》是一部佛教说话故事。在第五部分"善根的报应"中,摩诃童多在僧人的佛法教导下改邪归正,悉数归还了所抢夺之物,以积累一点小小的善举去消减过去的几分罪孽。文章最后引用佛语"作恶者终害己,烦恼者自烦,意念清净者自清,净不净皆为自身所属,净他人者自净,一切靠你自身努力,诸佛仅仅只是导师而已"。[②] 比较铃木大拙文本与芥川文本,可见芥川《蜘蛛之丝》与佛教的深厚渊源。

二、"善恶有报"的因果观

"因果报应"为佛教核心思想之一,佛教倡导"因缘果报",强调"善有善报,恶有恶报"。佛教中论述因果报应的经典甚多。《大般涅槃经》卷第三十五《迦叶菩萨品第十二之三》在解释"因果"时云:

云何因果语如经中说。善男子。众生现在六入触因。是名过

[①] (日)铃木大拙,《铃木大拙全集(新版增补)》,第 26 卷,东京:岩波书店,2001,pp.15—16。

[②] (日)铃木大拙,《铃木大拙全集(新版增补)》,第 26 卷,东京:岩波书店,2001,p.17。

第五章　佛教地狱思想:《地狱变》《蜘蛛之丝》论

去业果。如来亦说名之为业。是业因缘得未来果。是名因果语。①

《过去现在因果经》卷第三云:

> 尔时菩萨。既至中夜。即得天眼。观察世间。皆悉彻见。如明镜中。自睹面像。见诸众生。种类无量。死此生彼。随行善恶。受苦乐报。见地狱中考治众生。……受如是等种种诸苦。以业报故。命终不死。菩萨既见如此事已。而心思惟。此等众生。本造恶业。为世乐故。而今得果。极为大苦。若人有见如此恶报。无复更应作不善想。②

《佛说善恶因果经》云:

> 佛告阿难。如向所说种种众苦皆由十恶之业。上者地狱因缘。中者畜生因缘。下者饿鬼因缘。于中杀生之罪能令众生堕于地狱畜生饿鬼。若生人中得二种果报。一者短命。二者多病。劫盗之罪亦令众生堕于地狱畜生饿鬼。若生人中得二种果报。一者贫穷二者共财不得自在邪淫之罪亦令众生堕于地狱畜生饿鬼。……诸佛子如是十恶业道皆是众苦大聚因缘。③

以上佛经记载均说明一个道理:善有善报,恶有恶报。无论是《大般涅槃经》对"因果"概念的解释,还是《过去现在因果经》《佛说善恶因果经》对"因果报应"的阐释,都说明了因果报应思想在佛教中的重要性。

《蜘蛛之丝》符合上文佛经对善恶因果关系的阐述:大盗犍陀多因为

---

① 北凉天竺三藏昙无谶译,《大般涅槃经》,大正藏第十二卷,第 574 页(上)。
② 宋天竺三藏求那跋陀罗译,《过去现在因果经》,大正藏第三卷,第 641 页(中)。
③ 《佛说善恶因果经》,大正藏第八十五卷,第 1382 页(中下)。

在人间坏事做尽,所以得恶果堕入地狱;但又因为他曾饶过蜘蛛一命的小小善果而进入释迦牟尼的法眼并获得救赎机会;最后,又因为其利己之心而被打入万劫不复之地。

芥川在《蜘蛛之丝》中对大盗犍陀多善恶方面的描写十分细腻。从他之前的心理活动以及对地狱罪人的喊话看,充满了鲜明的对比。

> 话说大盗犍陀多有一回走在密林中,看见一只小蜘蛛在路旁爬行。于是,犍陀多立刻抬起脚来,便要将蜘蛛踩死。忽转念一想:"不可,不可,蜘蛛虽小,到底也是一条性命。随便害死,无论如何总怪可怜的。"犍陀多终究没踩下去,放了蜘蛛一条生路。①

犍陀多确实是个十恶不赦的罪人,将生命视作儿戏,就连路旁爬行的一只蜘蛛都不放过,何况这只蜘蛛并未影响他什么。故犍陀多堕入地狱,在地狱血海中沉浮,可以说是罪有应得。但从其心理活动可以看出,他仍存一丝善念,存一丝对生命的怜悯。不过,他的自私自利的本性在最后时刻却又表现得淋漓尽致。且看他从地狱中沿蛛丝往上爬,短暂脱离苦海时的心态:

> 犍陀多将两手绕在蛛丝上,以自打落进地狱以来,多年不曾得闻的声音大笑起来:"太棒了!太棒了!"
>
> 可是,蓦地一留神,蛛丝的下端有数不清的罪人像一行蚂蚁,不正跟在自己后面,一个劲地拼命往上爬么?
>
> 见此情景,犍陀多又惊又怕,有好一会儿像愣愣地张着嘴,眨巴着眼睛。
>
> 这样细细一根蛛丝,负担自家一人尚且岌岌可危,那么多人的重量,怎禁受得住?

---

① (日)芥川龍之介,《芥川龍之介全集》(第三卷),東京:岩波書店,1996,p.209.

万一半中间断掉,就连好家伙我,千辛万苦才爬到这里,岂不也得大头朝下,掉回地狱里去么?那一来,可不得了了!①

上文中,犍陀多的心理变化十分突然,从短暂得救时的开怀大笑,洋洋自得,到发现数不清的罪人时的"又惊又怕"、"傻愣愣地张着嘴,眨巴着眼睛",表现了一个自私自利的大盗的心理变化过程,以致露出最终的本性,"于是,犍陀多暴喝一声:'嘿,你们这帮罪人!这根蛛丝可是咱家的!谁让你们爬上来的?滚下去!快滚下去!'"②

芥川通过对犍陀多心理活动的描写,将其善恶表现得十分深刻。从芥川的描述可以看出,他着重于表现犍陀多重新堕入地狱之"因"。

有关"善恶有报"的地狱观,芥川在《邪宗门》中亦进行过论述。曾命良秀绘制地狱变屏风、并亲自将良秀之女送入炎热地狱的堀川大公在晚年遭到了应有的报应,大公临终前的怪异情形,正与大公曾用大火烧死良秀之女,叫良秀绘制地狱变屏风的情景相似。大公一手将良秀之女送入炎热地狱,而他本人亦被高烧折磨而死,正说明了这种"善恶有报"的佛教地狱观。

三、地狱救赎

"救赎"一词多用于西方的基督教。在佛教中,主要讲"度化",即"自度度他",拙论借用的此概念,可以理解为"救助"之意。释迦牟尼通过"善有善报、恶有恶报"事例警示后人,具有救赎的意义。

犍陀多因杀人放火、无恶不作的恶行而堕入地狱,因突发慈悲曾放过蜘蛛一命的善行而获得释迦牟尼的救赎,最后因自私自利而重新坠入地狱。芥川在《蜘蛛之丝》中宣扬了地狱救赎的理念。佛教讲究"众生平

---

① (日)芥川龍之介,《芥川龍之介全集》(第三卷),東京:岩波書店,1996,pp.211—212。
② (日)芥川龍之介,《芥川龍之介全集》(第三卷),東京:岩波書店,1996,p.212。

等",亦讲究"众生皆有佛性""众生皆可成佛"。虽然众生由于不同的业因果报,或轮回转生,或坠入地狱,即使坠入地狱,由于曾经的善举亦能获得释迦牟尼的救赎。《蜘蛛之丝》宣扬了佛教拯救众生的理念:释迦牟尼以慈悲为怀,充满对众生的怜悯,即使是十恶不赦的大盗犍陀多,亦能获其救赎,更不用说芸芸众生了。释迦牟尼此举,既能使善人不断行善,亦能使恶人回心转意。

《蜘蛛之丝》通过一个佛教地狱救赎故事使人们明白佛教真理。但对于救赎而言,自救者与施救者需要怎样的条件?最后救赎不成功的原因又是什么?

首先,对大盗犍陀多来说,他能获得释迦牟尼的救赎,源于他曾放过蜘蛛一命的结果,这就说明能获得救赎的条件是"善"。

> 世尊记得,这犍陀多虽是个杀人放火、无恶不作的大盗,倒也有过一项善举。……
> 世尊看着地狱中的景象,想起犍陀多曾放蜘蛛生路这件善举。虽然微末如斯,世尊亦施以善报,尽量把他救出地狱。[①]

由上述引文可知,大盗犍陀多坠入地狱是由于前世的业因,即"杀人放火、无恶不作",其坠入地狱是罪有应得的报应。相反,他之所以获得释迦牟尼救赎,亦是由于前世的业因,不过这种业因与其坠入地狱的业因截然不同,而是"放蜘蛛生路这件善举"。虽说佛法无边,但对众生的救赎亦不是无条件的,需要被救者自身的造化,即善举。

其次,对实施救赎的主人公释迦牟尼而言,施救者的"善"念感动了他,他伸出援手,不计前嫌,这说明释迦牟尼的慈悲与怜悯,亦说明其施救是有条件的。地藏王菩萨的誓言如雷贯耳,以致后人总结其誓言为

[①] (日)芥川龍之介,《芥川龍之介全集》(第三卷),東京:岩波書店,1996,p.209。

第五章　佛教地狱思想:《地狱变》《蜘蛛之丝》论

"众生度尽,方证菩提;地狱不空,誓不成佛",由此亦可见佛教的慈悲救度。

最后,犍陀多重新坠入地狱,未能获得救赎。救赎未能成功的原因是犍陀多的自私本性,即其恶念。可见被施救者亦需自救。释迦牟尼用蛛丝去救助犍陀多,应是具有深意的。蛛丝很细,容易断裂,因此犍陀多见到数不清的罪人跟在自己身后向上攀爬而感到恐慌。故他不许其他罪人攀爬的行为和心理才显得较为合理。在文中,蛛丝是善念善行的象征,是犍陀多脱离地狱,甚至爬进极乐世界的唯一途径。犍陀多因一念之仁放了蜘蛛一条生路而获得蛛丝的救赎,又因自私自利而再次坠入地狱。在此过程中,释迦牟尼给予犍陀多的,实际上并不是真正的救赎,而是救赎的机会。

此外,《蜘蛛之丝》中对地狱与极乐世界的描述,形成了鲜明的对比,增强了人们对佛教观念的认识,其目的是借此促使人们远离地狱,趋向极乐。

> 一天,佛世尊独自在极乐净土的宝莲池畔闲步。池中莲花盛开,朵朵晶白如玉。花心之中金蕊送香,其香胜妙殊绝,普熏十方。极乐世界大约时当清晨。①
>
> 净土里有只蜘蛛,正在翠绿的莲叶上,攀牵美丽的银丝。世尊轻轻取来一缕蛛丝,从莹洁如玉的白莲间,径直垂向杳渺幽邃的地狱底层。②
>
> 那晶白如玉的花朵,掀动着花萼,在世尊足畔款款摆动。花心之中金蕊送香,其香胜妙殊绝,普熏十方。极乐世界大约已近正午时分。③

---

① (日)芥川龍之介,《芥川龍之介全集》(第三卷),東京:岩波書店,1996,p.208。
② (日)芥川龍之介,《芥川龍之介全集》(第三卷),東京:岩波書店,1996,p.209。
③ (日)芥川龍之介,《芥川龍之介全集》(第三卷),東京:岩波書店,1996,p.214。

上文突出了极乐世界的静谧、温馨、香熏十方的美好,以及生活的悠闲自在。这与佛经中所描述的庄严、清净、平等的极乐世界是一致的。

西方极乐世界是净土宗的修行目标。净土宗的核心经典之净土三经《佛说无量寿经》《佛说观无量寿佛经》《佛说阿弥陀经》均描述了西方极乐世界,并开示了往生此世界的方法。《阿弥陀经》对"极乐世界"描述如下:

> 舍利弗。彼土何故名为"极乐"。其国众生无有众苦。但受"诸乐"故名"极乐"。又舍利弗。极乐国土。七重栏楯七重罗网七重行树。皆是四宝周匝围绕。是故彼国名曰"极乐"。又舍利弗。极乐国土有七宝池八功德水充满其中。池底纯以金沙布地。四边阶道。金银琉璃玻璃合成。上有楼阁。亦以金银琉璃玻璃砗磲赤珠玛瑙而严饰之。池中莲花大如车轮。青色青光。黄色黄光。赤色赤光。白色白光微妙香洁。舍利弗。极乐国土成就如是功德庄严。①

与此相对,芥川对"地狱"的描述充满阴森恐怖。

> 不论朝哪儿望去,处处都是黑魅魅暗幽幽的,偶尔影影绰绰,暗中悬浮着什么,原来是可怕的刀山剑树,让人看了胆战心惊。尤其是四周一片死寂,如在墓中。间或听到的,也仅是罪人的叹息声。凡落到这一步的人,都已受尽地狱的折磨,衰惫不堪,恐怕连哭出声的力气都没有了。所以,任是大盗犍陀多,也像只濒死的青蛙,在血池里唯有一面咽着血水,一面苦苦挣扎而已。②

---

① 姚秦龟兹三藏鸠摩罗什译,《佛说阿弥陀经》,大正藏第十二卷,第 346 页(下)、第 347 页(上)。
② (日)芥川龍之介,《芥川龍之介全集》(第三卷),東京:岩波書店,1996,p.210。

无论是对地狱情形的直接描述,还是通过地狱罪人的活动对地狱的间接刻画,《蜘蛛之丝》均呈现了一幅阴森恐怖的地狱图景。上文的描述,突显了地狱的黑暗、阴森,以及处在其中的混乱无序,令人产生毛骨悚然的恐惧。

如前所述,芥川的《六宫公主》亦描绘了极乐与地狱的对比。如公主在念佛的过程中产生了不同的幻象,眼前出现了"那儿有辆车子,火在烧它"、"看见金色的莲花了。莲花大得像华盖"、"什么都不见了。一片黑暗,只有风……只有冷飕飕的风在吹"[①]等不同的景象。由于公主念佛的不专心,使其灵魂经历了从"地狱—极乐—地狱"的转变。

概言之,芥川《蜘蛛之丝》对极乐世界与地狱的描述具有深刻意味,连接极乐与地狱之间的是细小的蛛丝,而连接施救者与被施救者之间的则是"善"。这不仅符合佛教的"善因善果,恶因恶果"的因果报应观念,亦说明极乐与地狱之间可以相互转化,是入极乐世界还是入地狱,取决于自身之"善",取决于自我救赎,即佛家所言"自度度他"。

本章小结

芥川在其文学中,通过对地狱类型、地狱图景、坠狱原因等的详细描述,从不同角度表现了佛教地狱思想。从《地狱变》《蜘蛛之丝》等作品可知,芥川笔下的地狱名目众多,涉及等活、黑绳、众合、叫唤、大叫唤、炎热、大焦热、阿鼻地狱等。"善因善果、恶因恶果",或升入极乐世界,或坠入地狱,这是芥川文学所体现的重要的佛教地狱思想。

《地狱变》《蜘蛛之丝》均创作于1918年,26岁时的芥川,其文学创作

[①] (日)芥川龍之介,《芥川龍之介全集》(第九卷),東京:岩波書店,1996,pp.182—183。

正处于旺盛期。在这一年里，他创作了十余部重要作品，但连续创作两部有关佛教"地狱"的作品非同寻常，加上1916年的《孤独地狱》，芥川在其文学中多次涉及"地狱"，这说明芥川对佛教"地狱"感受颇深，亦表明传统佛教文化对芥川的影响。另外，从这两篇作品的出典可知，芥川的一系列地狱相关作品亦是"地狱"素材与其心境相结合的产物。

▼

第六章

神佛、基督之争:《尾形了斋备忘录》《邪宗门》《阿吟》论

在芥川文学中，一个十分值得关注的问题是有关神佛信仰与基督教的信仰之争。芥川学贯东西，既受东方佛教文化的熏陶，又受西方基督教思想的深刻影响，反映在其文学中，就产生了有关神佛信仰与基督教信仰发生冲突的作品。其中《尾形了斋备忘录》《阿吟》《邪宗门》等就是较为杰出的代表。

通过对芥川有关神佛与基督教冲突作品的研究，以基督教为参照，更能窥见芥川及其文学的佛教观，为全面把握芥川佛教相关文学提供了新的思路与视角。事实上，不仅《尾形了斋备忘录》《阿吟》《邪宗门》三篇作品涉及该问题，在芥川的其他作品中亦有涉及。其中最值得一提的是小说《志野》，笔者认为该文与《阿吟》具有诸多相似之处，因此未单独列出探讨，只在《阿吟》中进行附带论述。芥川文学对基督教与佛教问题的关注，表明他所面临的宗教困惑。芥川的宗教信仰始终摇摆不定，从早期对佛教的憧憬到中期在佛教与基督教之间徘徊，晚期偏向基督教却又不断回望佛教，均表明他所怀抱的宗教矛盾与困惑，如此困惑导致他最终未选择任何宗教信仰，终于在身心俱疲之中走向自杀的深渊。

第一节　《尾形了斋备忘录》——信教与弃教

《尾行了斋备忘录》初次刊登在 1917 年 1 月《新潮》第 26 卷第一号上，初次收录于作品集《罗生门》（日本，阿兰陀书房，1917）中，后收录于作品集《鼻子》（日本，春阳堂，1918）、《报恩记》（日本，而立社，1924）中。

作品描述了一位名叫尾形了斋的医生,在信仰天主教村民"与作"的遗孀篠的女儿"里"因病向其请求治疗时,却以她们信奉天主教而非佛教不予救治。最后在尾形了斋医生的坚持下,篠为救女儿不得已而放弃天主教信仰,才得以换得他的救治。但令人遗憾的是,此时里的伤寒已病入膏肓,无力回天。尾形了斋医生的延误使得里去世。天主教信仰及女儿二者皆失的篠被逼发疯。但故事并未结束,传教士罗德里格斯在里去世的第二天对其进行了施救,令其起死回生,最后以篠及其女儿里搬至邻村,其住宅被慈元寺住持日宽①派人烧毁而告终。

一、评价与展望

《尾形了斋备忘录》被认为是继《烟草与魔鬼》(《新思潮》,1916年11月)之后第二篇与基督教相关的作品,未有具体的典据来源。对该小说的评价历来围绕两个方面展开,其一是关于主题方面的评论,其二是关于材源与文体方面的评价。芥川在1917年致菅忠雄、江口焕书简中提到了该文。1917年1月5日致菅忠雄书简中:

> 正月里,我为大阪《朝日新闻》写了非同寻常的短篇。你也知道《文章世界》和《新潮》吧?可这三家都拒绝接受,令我有些悲观。说是悲观乃是针对自己的问题,因为与他人的作品相比,我并不觉得差。所以,他人说三道四,令我非常愤怒。②

1917年3月8日致江口焕书简:

---

① 日宽:1665—1726,字觉真,号大贰阿阇梨坚树院。日本僧人。大石寺(静冈县)第二十六世法主。初名日如,后改称日宽。致力于振兴教学、兴建堂塔伽蓝等,与第九世日有并称"中兴之祖"。

② (日)芥川龍之介,《芥川龍之介全集》(第十八卷),東京:岩波書店,1997,p.81。

第六章 神佛、基督之争:《尾形了斋备忘录》《邪宗门》《阿吟》论

此外,我赞成你的《了斋论》。我本想把"奇迹"再写得长些,但因诸事缠身时间紧迫,所以压缩成那个样子。也还是笔触晦涩的罪过。如有余暇我要重写,但不知能否实现。[①]

在这两封书简中,虽然芥川对文中的"奇迹"部分过短表示了些许的不满意,但总体上透露出他对该文还是颇为满意的。致江口焕书简中的不满意之说,应是芥川的谦虚之辞。

关于主题的评价方面,江口焕在《芥川君的作品(下)》(《东京日日新闻》,1917年7月1日)中认为该作品与单行本《罗生门》中的《忠义》一样最为逊色,抓不住中心,全文显得没精神。笹渊友一的《芥川龙之介的基督教思想》(《解释与鉴赏》,1958年8月),根据《片断》"鞭笞"一节,认为这是出于心理上或者戏剧上的兴趣而产生对基督教喜爱时期的作品,亦有一种看法认为是单单作为异国情调的对象而眺望基督教之作。芥川在1917年3月8日致江口焕书简中谈到文末关于"里"起死回生问题时表示想将奇迹写得更长一些,但是由于没时间而不得不压缩。即使如此,奇迹本身亦不能成为其中心。此后,既有坂本浩(《天主教物事》,载《解释与鉴赏》,1958年8月)描述篠的"献身之美",亦有佐藤泰正(《天主教物事——其主题与文体》,载《国文学》,1977年5月)认为"篠自身弃教的苦恼"才是真正的主题的说法。胜仓寿一《芥川龙之介的历史小说》(日本,教育出版中心,1983)认为,在信仰与对女儿的爱之间徘徊,篠的苦恼与忏悔产生了奇迹。

在材料来源与文体研究方面,至今还没有发现该作品材料来源的直接证据。平冈敏夫《芥川龙之介抒情的美学》(日本,大修馆书店,1982)认为它来源于新村出的《南蛮记》(日本,东亚堂书房,1915)所收录的《吉利支丹版四种》之"四 忏悔录"。该书中有为了给儿子治病,按照异教徒(基督教用语)的意见向山野中修行的僧侣祈祷的故事。关于文体和书

---

① (日)芥川龍之介,《芥川龍之介全集》(第十八卷),東京:岩波書店,1997,p.92。

信体形式,稻垣达郎的《作为历史小说家的芥川龙之介》(《芥川龙之介研究》,大正文学研究会编,1942)和吉田精一的《吉田精一著作集1芥川龙之介Ⅰ》(日本,樱枫社,1979)皆认为小说与森欧外的《兴津弥五右卫门的遗书》(日本,籾山书店,1913)有关联。

随着学者们对芥川基督教作品的关注,从基督教思想上对该文进行深入解读的研究亦开始进入人们的视野。韩国学者曹纱玉的《芥川龙之介与基督教》、河泰厚的《芥川龙之介的基督教思想》两部著作皆关注了该作品,并将此篇作为芥川基督教相关作品进行了较为深入的论述。

《尾形了斋备忘录》看似是一篇与基督教相关的作品,但实质上是一篇关于信仰问题的力作。芥川在文中不仅批判了佛教徒对基督教徒的排斥,亦对基督教进行了神化。文中充满了芥川对佛教与基督教的矛盾心态,但从"神父使里起死回生"的结局可知,芥川的天平是略微偏向基督教一方的。该文虽然只有短短两千余字,但芥川在字里行间却充满了对佛教与基督教的不信任。首先,对备忘录撰写者的尾形了斋来说,他作为一个医生,救死扶伤乃是其天职,但他却因患者的宗教倾向不同而不予救治。另一方面,芥川在文中特意夸大了基督教的作用,对它进行了神化,令它能使人起死回生。即使在医疗技术如此发达的今天,对伤寒的治疗亦需时日。

小说紧紧围绕"信教与弃教"问题展开,虽然最后以基督教的胜利作为结局,但作者并未完全站在基督教的角度思考问题。

二、不可调和的矛盾冲突

作者在文中构建了诸多矛盾,既有神佛与基督教信仰之间的矛盾,亦有篠弃教的矛盾。文中交待篠由于信奉基督教而受到村民排斥的原因,认为其所作所为与日本一直以来的传统相冲突,"朝夕唯与女儿里参

第六章　神佛、基督之争:《尾形了斋备忘录》《邪宗门》《阿吟》论

拜叫作十字架的小磔刑柱形状之护身本佛,甚至不去祭扫与作之墓"①,达到"与亲属皆断绝来往"②的境地。这在受传统佛教文化影响的东方文化中是令人难以接受的。这是村民排斥她们母女的原因之一,亦是尾形了斋不予救治的原因。请看尾形了斋所述不予治疗的理由:

> 所言极是,然我不予治疗,亦不无道理。因你平时之行状实在不轨,尤其屡次诽谤我等村民信奉神佛,诬之为堕入邪门歪道。既然你信奉纯洁之正道,缘何要求我等痴迷天魔者为你女儿治病?你可向每天信奉之天主恳求治病。倘若要我治病,你今后应坚决放弃信仰天主教。如不同意,即使是医者仁术也,亦恐神佛惩罚,断不敢从命。③

从上述引文可以看出两个问题:其一是涉及基督教与佛教尖锐对立的问题。不仅发生信奉神佛的村民"数次商议,欲将其驱逐出村"④的事情,亦有信奉基督教的篠"屡次诽谤我等村民信奉神佛"之言。另外,从文中篠的话语"所言极是,然天主教义认为,如若改信佛教,灵肉世代毁灭。此心可怜,尚请体恤,万求宽恕"⑤亦可见基督教对佛教的排斥程度。其二,尾形了斋医生给出的不予救治的理由为"即使是医者仁术也,亦恐神佛惩罚,断不敢从命",这理由应是牵强附会,不符合实际。从佛教教义看,佛教讲究"普度众生",以慈悲为怀,不会对此置之不理,而尾形了斋却以"恐神佛惩罚"之辞推托。从作者写篠的多次充满深情的求助看,其请求充满怜悯:篠连续三天皆来恳求救治,甚至冒着大雨,多次跪地磕头,纵使铁石心肠亦能被感化;然而无济于事,只有在放弃基督信仰后才

---

① (日)芥川龍之介,《芥川龍之介全集》(第二卷),東京:岩波書店,1995,p.47。
② (日)芥川龍之介,《芥川龍之介全集》(第二卷),東京:岩波書店,1995,p.48。
③ (日)芥川龍之介,《芥川龍之介全集》(第二卷),東京:岩波書店,1995,p.48。
④ (日)芥川龍之介,《芥川龍之介全集》(第二卷),東京:岩波書店,1995,p.48。
⑤ (日)芥川龍之介,《芥川龍之介全集》(第二卷),東京:岩波書店,1995,p.49。

能获得救助,最终因为错过最佳时机终致无药可救。作者对此进行如此着墨并充满深情的描述,烘托了尾形了斋医生的不通情理,亦从侧面表现了作者对村民所持佛教信仰的怀疑。

小说的另一条主线为篠弃教的矛盾。篠亲自前去请求尾形了斋医生给其女儿里治病,前后总计三次。第一次作者并未详细描述,只是在被告知难以从命后"哭泣而归";第二次虽然表达了抱怨之情,最终也只得"垂头丧气而归";第三次,在女儿病情的压力以及无可奈何的情况下不得不改信。作者对篠的三次请求的描述,突出表现了其弃教的矛盾心理。且看如下引文:

> 翌日(九日)拂晓起,大雨如注,路人绝迹。卯时左右,篠冒雨前来,也不打伞,浑身湿透如落汤鸡,再次恳请治病。我说道:"君子一言,驷马难追。女儿之性命或者天主耶稣,二者必弃其一,此为关键。"篠闻之,跪我面前,发疯般磕头合掌求拜,说道:"所言极是,然天主教义认为,如若改信佛教,灵肉世代毁灭。此心可怜,尚请体恤,万求宽恕。"言辞恳切,声音哽咽。虽为邪教之徒,母爱之心一般无二,未免哀怜同情,然岂有以私情废公道之理,不论其如何恳求,如不改信,难以治病。听我言毕,篠默然不语,抬头看我,凝视片刻,簌然泪下,伏我脚下,低声诉告。因外面雨声很大,篠声音小如蚊叫,未能听清,再三询问,终于明白。篠说:"既然如此,只好改信。"我道:"何以为证?"篠道:"以此为证。"遂立起,从怀中取出十字架,置于门口铺板上,静静地用脚连踩三次。其时态度平静,未见痛苦之状,泪水似乎已干,然注视脚下十字架之眼睛如发高烧病人之目光,我之仆人皆感可怕。①

作者通过以上描述,突出表现了篠弃教时的痛苦、无奈与不舍。

---

① (日)芥川龍之介,《芥川龍之介全集》(第二卷),東京:岩波書店,1995,pp.48—49。

第六章　神佛、基督之争:《尾形了斋备忘录》《邪宗门》《阿吟》论

我立刻诊病,诊断其病乃伤寒无疑,且为时已晚,无可救药,恐性命难过今日。无奈只好如实相告,篠又发疯般哀求:"我之所以改信,一心只为挽救小女一命。如未能保全其命,改信则毫无意义。恳请体谅我背叛耶稣天主之痛苦心情,无论如何,救女儿一命。"篠不仅向我磕拜,亦对仆人跪求。然病入膏肓,无力回天,遂劝其多加珍摄,不可迷乱,留下熬药三副。时逢雨停,正欲离去,篠拽我衣袖,不让出门。似有所诉,却只见唇动,未闻其声,瞬间脸色煞白,昏厥倒地。我大惊失色,遂与仆人抢救护理,须臾醒来,却无力站起,哀泣悲切,说道:"只因我浅薄利己之心,以致女儿性命与耶稣天主二者皆失。"我百般安慰,无济于事,且其女儿确已无可救药,不得已只好与仆人匆匆回家。①

上文为篠得知尾形了斋医生对其女儿的伤寒无能为力时的描述。从中亦可以看出篠选择放弃天主教时的痛苦与无奈。

故事的结尾,在天主教神父的帮助下,篠恢复神智,女儿里亦死而复生,并随传教士罗德里格斯搬至邻村,其住宅被慈元寺住持日宽派人烧毁。故事最后以基督教的胜利而告终,这是否暗示此时的芥川对传统文化的信仰发生动摇,而开始将目光转向西方文化? 从芥川对佛教文化的讽刺、对基督教文化的神化来看,应具有这种倾向。

三、佛教与基督教信仰之争

在拙论的第四章中,笔者就有关"信"的问题进行过探讨。在此着重论述佛教与基督教信仰之争的问题。

篠的弃教与信教、尾形了斋医生的汇报等内容,实际上涉及"宗教信

---

① (日)芥川龍之介,《芥川龍之介全集》(第二卷),東京:岩波書店,1995,pp.50—51。

仰"问题。长期以来,日本受佛教文化影响深远。对于外来的基督教文化有着普遍的抵制力。下文将对文中村民对基督教的排斥进行详细分析。作品开篇便交待了故事发生的缘由:

> 因最近天主教徒在村内宣扬邪教、蛊惑人心之事,特将所见所闻逐一察报官家。平日久疏问候之处,尚希鉴谅。①

如上文所述,作品开篇以书信体的方式,简要交代了故事发生的缘由,即基督教徒在村内宣扬邪教、蛊惑人心。把基督教称为"邪教",体现了当时人们对基督教的排斥。

> "篠"乃农民"惣兵卫"之三女,十年前嫁给"与作"为妻,女儿"里"出生后不久,其夫去世。之后未再嫁,以织布及家庭副业为生,尚能糊口。然不知何故,邪念攻心,自"与作"病逝之后,一心皈依天主教门,频繁出入邻村传教士罗德里格斯家,以至于本村盛传其成为该传教士之妾,议论纷纷,谴责之声不绝于耳。于是其父"惣兵卫"及姐弟苦口婆心,百般规劝,然无济于事,"篠"声称天主乃无上至尊,痴迷不改。朝夕唯与女儿"里"参拜叫作十字架的小磔刑柱形状之护身本佛,甚至不去祭扫"与作"之墓。今与亲属皆断绝来往,村人数次商议,欲将其驱逐出村。②

上文描述了篠信奉基督教的情形,甚至其家人,包括其父亲、姐弟等都极力劝说,但其仍"痴迷不改"。他们的矛盾达到了"今与亲属皆断绝来往,村人数次商议,欲将其驱逐出村"的地步。可见篠信奉基督教面临诸多的压力与阻力。

---

① (日)芥川龍之介,《芥川龍之介全集》(第二卷),東京:岩波書店,1995,p.47。
② (日)芥川龍之介,《芥川龍之介全集》(第二卷),東京:岩波書店,1995,pp.47—48。

第六章 神佛、基督之争:《尾形了斋备忘录》《邪宗门》《阿吟》论

来至篠家前面时,却见许多村人立于门前,大声叱骂"鬼传教士"、"邪教天主教"等。……①

自古以来,死而复生者虽不在少数,然多仅为酒精中毒,或感染瘴气,如"里"闪染病伤寒死而复生者,未尝闻过。从此事亦可知道天主教乃邪门歪道,尤其传教士来到本村时,春雷震天,想必遭致天谴也。②

上文再次体现了村民对基督教的误解与排斥。面对篠精神的恢复以及篠女儿的起死回生,村民们不仅没有表现出惊喜,出乎意外的是反而表现了对基督教更强烈的排斥。他们大声叱骂基督教为"鬼传教士"、"邪教天主教",甚至还以"传教士来到本村时,春雷震天,谅必遭致天谴也"来印证其排斥基督教的正确性。

另外,"篠"及其女儿"里"于当天随传教士罗德里格斯搬至邻村,其住宅由慈元寺住持日宽派人烧毁。此事谅已由名主塚越弥左卫门禀报,我之所见所闻粗略禀报如上,万一有遗漏之处,容后书面补充。以上谨为我之备忘录,姑且奉报。③

上文为小说的结尾,至此宗教信仰矛盾走向高潮。结局是"篠及其女儿里于当天随传教士罗德里格斯搬至邻村",篠的住宅"由慈元寺住持日宽派人烧毁"。将住宅烧毁显示出非人性的一面,亦反映了传统文化与外来文化碰撞之激烈。

总之,作者所描述的基督教与村民之间的矛盾,实际上是传统的神佛信仰与基督教信仰之间的矛盾。从文中着重表现村民对基督教的排斥来看,作者的天平应是向基督教一方倾斜的。但作者又描述了基督教

---

① (日)芥川龍之介,《芥川龍之介全集》(第二卷),東京:岩波書店,1995,p.51。
② (日)芥川龍之介,《芥川龍之介全集》(第二卷),東京:岩波書店,1995,p.52。
③ (日)芥川龍之介,《芥川龍之介全集》(第二卷),東京:岩波書店,1995,p.52。

神奇的起死回生术,这一不可能实现的事实又把作者推向对基督教怀疑的漩涡中。因此,笔者认为《尾形了斋备忘录》延续了作者对宗教的怀疑态度。芥川一直在宗教的边缘徘徊,在传统的神佛信仰与西方基督教信仰中寻求着精神的安慰,但始终没有坚定一个方向。信教与弃教的反复,正表现了芥川的这种徘徊与迷茫吧。

第二节 《邪宗门》——佛法与"邪法"

《邪宗门》初次刊登在《大阪每日新闻》(夕刊)1918年10月23—12月13日(其中,10月25日、11月3日、11月13—17日、11月21、26日、12月2、8、10日休载)以及《东京日日新闻》1918年10月24日—12月18日(其中11月1日、4—12日、16、18—22、24、12月2—5日、7—9日休载)上,署名芥川龙之助(《大阪每日新闻》只限第一回),后收录于《邪宗门》(日本,春阳堂,1922)中。作品延续《地狱变》中堀川大公地狱变屏风的故事,围绕堀川少爷人生中的一次不可思议之事展开。故事首先述说了大公与少爷的关系,与豪放、威猛的大公相比,少爷却纤细优雅,爱好诗歌管弦,在大公的介入下,唯独不喜欢吹笙。从那时直至大公去世,父子之间的隔阂都没有消除。少爷十九岁时,大公梦见良秀的女儿乘坐燃烧的牛车前来招唤等恶梦,便像是遭到报应一样发高烧而死。面对父亲的去世,少爷表现得神态自若,之后少爷继承了家业。五六年后,少爷暗恋被众多男子追求的美丽的中御门小姐。那时,一个传播上帝信仰的怪异的魔利教法师现身京城,或给人治病,或给毁谤魔利教的人以神罚。某天夜里,少爷在归途中,受到向堀川家寻仇的由平太夫率领的强盗的围攻,在少爷的巧舌下,平太夫反被强盗们绑缚。第二天,少爷赦免了平太夫的罪,并让其转交书信给小姐。那之后,少爷与小姐通过书信交流,最终少爷每夜与小姐相处房内,谈及恋爱的无常、魔利教义、沙门等话题。一个盛夏日,在加茂川垂钓的老头的外甥偶然听到平太夫与摩利信乃法师的密谈。法师向他讲述了关于不信仰魔利教的小姐在不久之后的生命终期,必将忍受永劫不灭的地狱之火燎灼的梦,想通过平太夫与小姐见面。听到该密谈的老头的外甥打算杀死摩利法师。在一个月朗星稀的夜晚,老头和外甥去袭击睡在小屋的法师,却陷入恐怖的幻术中,被魔利教信徒包围。法师用魔利教的说教退散了他们,但他们发现法师的肩上披着小姐的衣服,从中可以判断小姐可能已经归依魔利教。初秋的某一天,在嵯峨的法会上,法师与横川僧都比试法力。横川僧都口念咒语,却未能战胜法师,悠然地响应取胜的法师者正是堀川少爷。

如上所述,该作品描述的是一个关于佛教与基督教混杂的故事。小说实际上由几个相对独立的篇章构成。开篇即描写了堀川大公在晚年所遭受的报应,良秀被大公烧死的女儿乘坐熊熊燃烧的牛车来接大公前往地狱的恶梦、大公去世前的高烧等都从侧面说明了佛教的"因果报应"观。少爷与小姐关于"无常"的探讨、佛教法会上横川僧都与法师法力的比拼等,均是作者宗教观的反映。

一、评价与展望

《邪宗门》作为《地狱变》的续篇,为未完之作。讲述者依旧为在堀川家工作的爷爷。前一篇主要讲述堀川大公与良秀的关系,而这一篇主要讲述堀川少爷与沙门之间的关系。由于久米正雄的连载小说《牡丹缘》的突然结束,因此临时开始连载该文。芥川在1918年10月21日致小岛政二郎书简中写道:"由于久米的小说突然刊登完毕,因此很匆忙地写了一回,听说久米曾说:'让芥川受惊了'。因此,写得不好,从这种情形来看是迫不得已。"[①]另外,1918年10月24日致薄田泣堇书简写道:"稍微有点匆忙,因此从开始撰写时就不太自信。今天写到第五回,终于着手

---

① (日)芥川龍之介,《芥川龍之介全集》(第十八卷),東京:岩波書店,1997,p.242.

正文,总感觉步调奇怪。"[①]从执笔当初开始,芥川就担心连载效果。虽然从十月末开始流行西班牙风尚,但连载也引人注目。四年后,当单行本《邪宗门》发行之际,他在《〈邪宗门〉之后》卷末这样写道:"现在也并不是非要出书。之所以付诸于此,一是因为受书店委托,二是作者贫穷。""以未定稿形式印刷出版,并不全是作者的慵懒,因为作者的心也不得不像河水逆流一样翻滚。"

该作的出典尚不明。长野尝一在《古典与近代作家——芥川龙之介》(日本,有朋堂,1967)中认为关于人物造型、部分情节等的出典方面涉及《今昔物语集》《宇治拾遗物语》《古今著闻集》《平家物语》《古今和歌集》等。另一方面,关于未完的理由,与《路上》(1919)同样,构想时间不够为重要原因。除此之外,讲述方法不完备也是原因之一。高桥龙夫认为应多关注沙门的人物形象与《奉教人之死》《浪迹天涯的犹太人》《往生画卷》等愚人谱系的关联以及善于塑造古典世界形象等芥川擅长的表现手法。[②] 事实上,芥川在《邪宗门》中表现了诸多的佛教思想。

二、《邪宗门》中的佛教思想及其表现

(一) 因果报应

作品在开头就继承了《地狱变》的内容,描述大公老爷过世时的异象。曾经命令良秀绘制地狱变屏风,并亲自将良秀之女送入炎热地狱的堀川大公在晚年受到了应有的报应,最终暴疾而卒。在大公得病前,出现了种种恶兆,如官邸上空流星划过,庭内红梅反季开花,马厩的白马一夜变黑,池中碧水瞬间干涸,鲤鱼、鲫鱼挣扎于烂泥之中,等等。尤为惊人的是,一个侍女竟梦见良秀之女乘坐着熊熊烈焰中的牛车来接大公前

---

① (日)芥川龍之介,《芥川龍之介全集》(第十八卷),東京:岩波書店,1997,p.244。
② (日)関口安義、庄司達也,《芥川龍之介全作品事典》,東京:勉誠出版,2001,p.230。

第六章 神佛、基督之争:《尾形了斋备忘录》《邪宗门》《阿吟》论

往地狱。更有甚者,大公在高烧弥留之际所表现出的异象,"马车回到官邸时,大公只剩下微弱的呻吟,且全身透现出吓人的紫色,连床褥上的白色花纹都好像烤焦了一般"、"他的高烧却愈发严重,直烧得老爷由床上滚落在地。落地之后,他突然声音嘶哑地疯狂喊道:'啊!烧死我啦!快把这烟雾驱出!'那声音恍若陌生人。过去不到三小时,他便完全不能说话了。老爷死得太惨。当时的悲哀、恐惧、无奈——回想起来,历历在目的是那迷漫板窗的护摩①之烟"。②

大公临终时的怪异情形,正与大公曾经用大火烧死良秀之女,让良秀绘制地狱变屏风的情景相似。大公一手将良秀之女送入炎热地狱,而他本人亦发高烧而死。这都充分说明了大公老爷所遭受的报应,正如作者所言:"可即便如此,也无法逃出定业。"

(二) 无常

堀川少爷与小姐几乎每夜在西洞院会面,有一次叫"我"讲今昔的世事流变,谈及佛教的"无常"。

> 当时,酒兴中的少爷突然转向小姐说道:
> "正像阿叔所描述的,在这狭小的京城之内,同样也是沧海巨变。世间的一切法则都是这样,永无止境地生灭流转,没有刹那的常住。《无常经》云,'未曾有一事,不被无常吞'。或许我们的恋情,也无法逃出这个定数。予所悁记者,只是何为开始何为终结。"少爷当作玩笑一般地闲聊。小姐却装作闹别扭,有意避开大殿里明亮的油灯光亮,温柔地瞪着少爷说:
> "哎!尽说些讨厌的话。看来,你一开始就是打算抛弃我。"小姐这样说,少爷越发心情愉悦。他端起酒杯一饮而尽,接着说道:

---

① 护摩:梵语 homa,意即焚烧、火祭。又作护魔、户摩、呼魔、呼么。密教修持法。
② (日)芥川龍之介,《芥川龍之介全集》(第四卷),東京:岩波書店,1996,p.4。

"你错了。与其说一开始就有被抛弃的打算,我想更契合我的口味。"

"讨厌。你总是欺负我。"

小姐带着异常可爱的笑容说道。突然间又出神地望着垂帘外面的夜色,自言自语地说道:"难道人世之间的爱情,都似这般无常么?"

少爷像平常一样露出整洁的牙齿,由侧旁盯视着小姐的面庞,面带笑容接话道:

"无常正是世间的真理呀。可是我们人类,却忘记了万法之无常。仅仅只在恋情之间,享受短暂的莲花藏世界妙乐。不,可以说唯有在这样的时间里,才能忘记恋爱的无常。在予看来,每日耽于恋情的业平,才是真正的有识之人。而我等为了祛除红尘之中的众苦,为了居于常寂光土,唯有像《伊势物语》中的人物一样去恋爱。你不这样认为么?"

"那么,可以说恋爱的功德是千万无量。"

(中略)

我一面用手挠白发,一面慌不择言地应答道。少爷仍旧带着愉快的微笑:

"哪里。您的回答最为贴切。阿叔说到后生可畏。而往生彼岸之心,则仰仗于暗夜的灯火。与忘却世间的无常之心,都是一样的。看来,阿叔也认为佛教与恋爱别无二致。然吾等见解全然相同。"①

以上内容是堀川少爷与小姐以及"我"在探讨恋爱与"无常"时的情景。其中最引人注目的是作者引用《无常经》所言"未曾有一事,不被无常吞"来说明世上万事万物的无常。"无常正是世间的真理呀。可是我们人类,却忘记了万法之无常。总在恋情之间,享受瞬间的莲花藏世界妙乐。不,可以说唯有在这样的时间里,才能忘记恋爱的无常",如此关于"无常"的论述充满哲理。

---

① (日)芥川龍之介,《芥川龍之介全集》(第四卷),東京:岩波書店,1996,pp.40—42。

第六章 神佛、基督之争:《尾形了斋备忘录》《邪宗门》《阿吟》论

(三) 庄严、神圣的佛堂

下文是对佛堂及佛事的描述,在芥川文学中,如此详细的描述较为少见,从中亦可看出其佛学修养。

> 那是在一个秋风初起的季节,长尾的律师在嵯峨建了一座阿弥陀堂以举行佛事。佛堂至今仍未被毁。佛堂的建造汇集了各地良材,并由诸多名匠参与建造,更毫不吝惜地花费了大量的黄金。虽说规模不大,却一眼便可察知异常的庄严感。
>
> 特别在佛堂举行佛事的当日,除了上达部的殿上人,还有众多夫人前来参与。东西两厢的回廊边停置着各色车辆。环绕各处回廊楼座边的是边缘织锦的挂帘。挂帘边缘凸现的胡桅子花、桔梗花和女萝花等,在晴日的阳光下艳丽夺目。佛堂境内,景色很美。莲花宝土般的景象映满眼帘。回廊周边的庭院池中,开满了人工种植的红莲白莲花。花间一艘龙舟荡漾,悬着织锦的帐幔。身着蛮绘布衫的孩童们持画楫戏水,飘扬出微妙的乐音。那悠然的一举一动令人热泪盈眶,不由地虔诚祈拜。
>
> 注视正面,更是令人感动不已。佛堂防犬栅上的螺钿闪闪发亮,其后是名香的香烟缭绕,香烟的正中是本尊如来,旁边则有势至、观音和诸佛的御姿。佛面的紫磨黄金和玉佩缨珞,若隐若现。诸佛前庭,中央是一大礼盘。耀眼的宝盖下置有讲法师傅的高座。协同作法的几十位僧人,也都身着艳丽的法衣或袈裟,青红相间。念经声,摇铃声,抑或白檀、沉香的香气,不断由庭内飘向晴朗的秋空。法事正在进行之中,看客们聚集于四方御门之外,亦对庭内的事情一目了然。……①

---

① (日) 芥川龍之介,《芥川龍之介全集》(第四卷), 東京:岩波書店,1996,pp.64—65。

上文中，作者虽有"毫不吝惜地花费了大量的黄金"这样的微辞，但并不妨碍他对庄严、神圣的佛堂的敬重。作者描述了阿弥陀堂的美丽与庄严，从佛堂的装饰到庭院中的荷花，都一一进行了描述，并描述了"本尊如来""势至、观音"等佛菩萨以及"微妙的乐音""缭绕的香烟"的氛围。"念经声，摇铃声，抑或白檀、沉香的香气，不断由庭内飘向晴朗的秋空"的描述，突显了佛事的盛况。

芥川一生参访过众多寺院，还曾去寺院疗养过，他对佛教寺院十分熟悉是不足为奇的，但在文学作品中如上这般描述，却是鲜见的。这从侧面反映了芥川对佛教文化的熟悉以及观察的仔细与用心。

三、佛法与"邪法"

《邪宗门》中，作者描述了另一类愚人形象[①]。在文中，作者有意无意地将各种宗教思想混杂一处，形成了宗教混杂融合体。故作者以"邪宗门"作为标题，颇为贴切。

摩利信乃法师初次出现时，受到了旁人的非议，其论述中充满了神佛、基督教混杂的内容。

> 当时，我身边一位壮实的铁匠一把从孩童手中抢过竹马，一边大声怒斥：
>
> "你这小子，怎么老说地藏菩萨是天狗？"一边用竹马侧击教士的脸。被击的教士露出一种轻蔑的微笑，更高高地举起在落花中翻动着的如菩萨画像，斥责道：
>
> "今生今世，穷尽世间荣华富贵，亦不可违逆上帝的教诲。否则命终之时，便将堕入阿鼻叫唤的地狱，不断忍受业火烧烤皮肉之痛

---

① 愚人形象：芥川文学作品意象之一。原本是西方传统圣徒形象之一，芥川在此基础上加以新的转变，形成独具创新的圣徒形象，如圣·克里斯朵夫、于连·吉助等。

第六章　神佛、基督之争:《尾形了斋备忘录》《邪宗门》《阿吟》论

苦。且永远不得解脱。不要说命终之时,翌日便将受到上帝遣臣摩利信乃法师的鞭笞。还将受到诸天童子的惩罚。他将浑身伤痕累累。"

慑服于此等气势,我带着惊恐的目光注视那疯狂的教士。铁匠也是半晌没有反应,只顾手里拄着那当作武器的竹马。①

摩利信乃法师初次登场时,手持"如菩萨"画像,脖颈上挂着黄金十字架,这一装扮就是典型的基督教教士形象。但在他后来的斥责中,却混杂着神佛思想。他在谈及违背上帝教诲时,"否则命终之时,便将堕入阿鼻叫唤的地狱,不断忍受业火烧烤皮肉之痛苦"。这里的"阿鼻地狱②""业火③"皆是佛教词汇。虽基督教中亦有"地狱"一说,但并不涉及"阿鼻地狱""业火"。

首先要说说摩利信乃法师的怪异法力,他凭借奇异的陀罗尼,可转瞬之间治愈多种疾病。他让盲人重见光明,让瘫子重新站立,让哑巴开口说话。这样的事例不胜枚举。而传诵最多的,则是令摄津守(官名)苦恼万分的人面疮。摄津守曾将予之外甥派赴远方,抢夺了外甥的女人。作为报应,他的左膝盖上长了一个有张外甥脸的奇怪大疮。大疮不分昼夜,刻骨一般地疼痛,令摄津守痛苦万分。然而在法师的祈祷下,眼见得那副面容变得和缓起来。在那像似嘴巴的地方,竟还冒出了"南无"二字,又迅疾消失得无影无踪。当然话说至此,令人不禁联想到狐狸精、天狗或不知其名的妖魅鬼神。只要拥有了那枚十字护符,就会像飓风发威,瞬间将蚕食树叶的害虫刮落在地一样。④

---

① (日)芥川龍之介,《芥川龍之介全集》(第四卷),東京:岩波書店,1996,pp.21—22。
② 阿鼻地狱:(佛教名词)八热地狱之一,又名无间地狱。位于诸狱之最底层,是受苦无间断的地狱,也是造极重罪的人死后所堕落的地方。
③ 业火:(佛教名词)指恶业害身譬如火(譬喻)。又指受到恶业果报之罪人在地狱中所受之烈火。
④ (日)芥川龍之介,《芥川龍之介全集》(第四卷),東京:岩波書店,1996,pp.26—27。

首先，有关"人面疮"，《慈悲三昧水忏法》中有相关记述。《慈悲三昧水忏法》，三卷，唐代知玄述作，系依据宗密之圆觉经修证仪著录而成的忏法书。该书《慈悲道场水忏序》描述如下：

> 窃谓圣教经律论藏。译席所翻之外。尔后群贤制作。未有无所感而为之者乎。若条陈枚举。品别而言。未易纪极。即此灵文而曰水忏者。请言其由。昔唐懿宗朝。有悟达国师知玄者。未显时。尝与一僧邂逅于京师。忘其所寓之地。其僧乃患迦摩罗疾。众皆恶之。而知玄与之为邻。时时顾问。略无厌色。因分袂。其僧感其风义。祝之曰。子向后有难。可往西蜀彭州茶陇山相寻。其山有二松为志。后悟达国师居安国寺。道德昭著。懿宗亲临法席。赐沈香为法座。恩渥甚厚。自尔忽生人面疮于膝上。眉目口齿俱备。每以饮食喂之。则开口吞啖。与人无异。遍召名医。皆拱手默默。因记昔日同住僧之语。竟入山相寻。值天色已晚。彷徨四顾乃见二松于烟云间。信期约之不诬。即趋其所。崇楼广殿。金碧交辉。其僧立于门首。顾接甚欢。因留宿。遂以所苦告之。彼云无伤也。岩下有泉。明旦濯之即愈。黎明童子引至泉所。方掬水间。其人面疮。遂大呼未可洗。公识达深远。考究古今。曾读西汉书。袁盎晁错传否。曰曾读。既曾读之。宁不知袁盎杀晁错乎。公即袁盎吾即晁错也。错腰斩东市。其冤为何如哉。累世求报于公。而公十世为高僧。戒律精严。报不得其便。今汝受人主宠遇过奢。名利心起。于德有损。故能害之。今蒙迦诺迦尊者洗我以三昧法水。自此以往不复与汝为冤矣。悟达闻之。凛然魂不住体。连忙掬水洗之。其痛彻髓。绝而复苏。觉来其疮不见。乃知圣贤混迹。非凡情所测。再欲瞻敬回顾寺宇。不可复见。因卓菴其所。遂成招提。迨我宋朝至道年中。赐名至德禅寺。有高僧信师古。作记。纪其事甚详。悟达当时感其殊异。深思积世之冤。非遇圣人。何由得释。因述为忏法。朝夕礼诵。后传播天下。

第六章 神佛、基督之争:《尾形了斋备忘录》《邪宗门》《阿吟》论

今之忏文三卷。者乃斯文也。盖取三昧水。洗冤业为义命。名曰水忏。此悟达感迦诺迦之异应。正名立义。报本而为之云耳。今辄叙夫故实。标显先猷。庶几开卷。若礼若诵者。知前贤事迹之有端。由历劫果因之不昧也。①

从该序对有关"人面疮"记述可知,唐懿宗时,悟达国师知玄膝上患人面疮,眉目口齿俱备,每以饮食喂之,则开口吞啖,与人无异,虽遍召名医诊治亦无效果。后蒙迦诺迦尊者的帮助,深重忏悔并以三昧水洗疮,疮得以痊愈。国师为了启示后人忏悔之门,于是作此书。芥川在文中描述与佛教"人面疮"典故相似的内容,足见其佛学素养。

其次,文中出现的"陀罗尼""报应""南无"等均为佛教用语。"报应"即佛教所述的"因果报应","南无"为敬礼、归依、救我、度我等义,是众生向佛至心皈依信顺之语,皆为人们所熟悉,"陀罗尼"则较为陌生。

关于"陀罗尼",据《佛学辞典》解释如下:

陀罗尼,又作陀怜尼。意译总持、能持、能遮。即能总摄忆持无量佛法而不忘失之念慧力。换言之,陀罗尼即为一种记忆术。大智度论卷五、佛地经论卷五载,陀罗尼为一种记忆术,即于一法之中,持一切法;于一文之中,持一切文;于一义之中,持一切义;故由记忆此一法一文一义,而能联想一切之法,总持无量佛法而不散失。陀罗尼能持各种善法,能遮除各种恶法。盖菩萨以利他为主,为教化他人,故必须得陀罗尼,得此则能不忘失无量之佛法,而在众中无所畏,同时亦能自由自在的说教。有关菩萨所得之陀罗尼,诸经论所说颇多。及至后世,因陀罗尼之形式,类同诵咒,因此后人将其与咒混同,遂统称咒为陀罗尼。然一般仍以字句长短加以区分,长句者

---

① 林明珂,申国美,《中国佛教常用忏法六种》,北京:全国图书馆文献缩微复制中心,2003年,第144—145页。

为陀罗尼,短句者为真言,一字二字者为种子。①

从上述引文中的解释可以看出,作者在文中提及的"陀罗尼"即为佛教中的陀罗尼咒。此外,文中还多次提及该名称,如法师在为倒地的铁匠祈祷时有"高声唱颂着给人以怪异感觉的陀罗尼"的描述,可见芥川深厚的佛学修养。

文中引人注目的内容还有横川僧都与摩利信乃法师比试法力时的场景。

> 法师逞强般地大声喊叫。但话音未落,西边回廊上有一令人敬重的僧人从容跳落院中。他身穿金线织花的锦缎袈裟,手捻水晶佛珠,脸上有白色的双眉。毫无疑问,这是名冠天下、功德无量的横川僧都。僧都年事已高,缓慢地挪动着肥胖的躯体,且以庄重的步伐走到摩利信乃法师跟前。
>
> "你这个下流的东西,在这儿胡说些什么呢?你可知道在佛堂供养的庭院中,列有无数的法界龙像?人们惯于投鼠忌器。难道就没有一人出来,与这下流的家伙比试法力的高低?说来,你理应自觉羞耻。快快由此神前佛前逃离吧。如今说什么比试神通,实乃奇怪至极。想必你这邪门和尚,是在何处修得了一点儿金刚邪禅法。那么老衲便与你比试比试。一试三宝之灵验。二试避尔摩缘,拯救众生于无间地狱。即便尔之幻术可驱鬼神,也未必可以触动护法加佑的老衲一指。看到如此奇特佛力,还不快快受戒?"说罢大狮子吼一声,捺下了一个手印。
>
> (中略)
>
> "师傅的手段已经领教。原来师傅修的正是金刚邪禅呀。"

---

① 宽忍,《佛学辞典》,北京:中国国际广播出版社、香港华文国际出版社,1993 年,第 642 页。

第六章 神佛、基督之争:《尾形了斋备忘录》《邪宗门》《阿吟》论

获胜的法师引得大家哄然大笑。他止住众人的笑声,那样咒骂道。横川僧都听了诅咒何等沮丧,在此按下不表。如若那时不是弟子们争先恐后拥前护持,恐已无法平安地退返廊下。而此时的摩利信乃法师,则更加高傲地挺起了胸膛。他环顾着八方说道:

"我知道横川僧都是当今天下法誉无上的大和尚。但在本法师眼中,欺蒙上帝照鉴,才是真正乱使鬼神的现世俗僧。将佛菩萨称作妖魔,将释教称为堕狱业因,并非摩利信乃法师一人之误。来吧。废话少说。众生愿意皈依摩利教,则不计前嫌。都到这里来,感受一下上帝的威德吧。"①

上文描述了横川僧都与摩利信乃法师比试法力时的场景,在他们针锋相对的话语交锋中,可见他们各自对佛教的理解。横川僧都首先指责摩利信乃法师下流胡说,他要用佛法"一试三宝之灵验。二试避尔摩缘,拯救众生于无间地狱"。摩利信乃法师在战胜横川僧都后,则得意地批判横川僧都:"在本法师眼中,欺蒙上帝照鉴,才是真正乱使鬼神的现世俗僧。将佛菩萨称作妖魔,将释教称为堕狱业因,并非摩利信乃法师一人之误"。这其中的"佛法三宝""无间地狱""业因"等均属于佛教的重要观念。

"三宝"系指为佛教信仰者所尊敬供养之佛、法、僧三宝。又作三尊。佛,指觉悟人生之真象,而能教导他人之佛教教主,或泛指一切诸佛;法,为根据佛陀所悟而向人宣说之教法;僧,指修学教法之佛弟子集团。以上三者,威德至高无上,永不变移,如世间之宝,故称三宝。"无间地狱",亦称阿鼻地狱,指受苦没有间断的地狱,为八热地狱之一。无间地狱与黑绳、等活等八大地狱,各有十六小地狱。"堕狱业因",即为坠入地狱之善恶果报的原因。善业是乐果的因,恶业是苦果的因。

从上文可以看出,他们围绕"哪种宗教才是正确的"问题展开争论,

---

① (日)芥川龍之介,《芥川龍之介全集》(第四卷),東京:岩波書店,1996,pp.69—72。

亦即"佛法"与"邪法"之争。这里的"佛法"即为佛教，而"邪法"则指基督教。但从横川僧都与摩利信乃法师的斗法中，摩利信乃法师取胜来看，"邪法"占了上风。作者最后描述堀川少爷悠然地走下佛院，即暗示了基督教的最后胜利。

《邪宗门》是芥川的报刊连载作品之一，正如高桥龙夫所述，故事缺乏紧凑感。但作者塑造了一个"邪宗门"僧人的愚人形象，并通过其经历描述了佛教与基督教的冲突。其中体现的佛教"因果报应""无常"等思想具有积极意义。故事以"邪宗门"僧人的胜利告终，预示着作者对基督教的关心，是表现芥川宗教怀疑主义倾向的又一力作。

第三节 《阿吟》——贬佛与弃教

《阿吟》初次刊登在1922年9月《中央公论》上，后收于作品集《春服》（日本，春阳堂，1923）中，此后又收录于《报恩记》（日本，而立社，1924）、《芥川龙之介集》（日本，新潮社，1925）中。

作品所述的年代为元和、宽永年间。元和（1615—1624）、宽永（1624—1644），皆为江户初期的年号。1587年，丰臣秀吉发布禁基督教令，进入江户时代后，禁令更为苛刻，甚至在1637年爆发了"岛原之乱[①]"，这是该小说的时代背景。故事发生地点为长崎一个叫"浦上"的小山村，而此"浦上"以江户时代严格禁教令下却仍有众多秘密信教者而闻名。作品讲述的是该山村的少女阿吟与养父母一家信教与弃教的故事。阿吟在父母亲去世后，接受了农夫孙七的洗礼，并被命名为玛丽亚，成了孙七夫妇的养女。某年圣诞之夜，三人被恶魔与官吏逮捕，一个月后处以火

---

① 岛原之乱：1637年，为反对幕府和诸藩横征暴敛，迫害基督教徒，日本岛原、天草地区发动的一次大规模农民起义，1638年由于幕府的镇压而失败。

第六章　神佛、基督之争:《尾形了斋备忘录》《邪宗门》《阿吟》论

刑并押赴刑场。当初无论如何也不肯放弃天主教的三人在即将被执行火刑时,阿吟突然说:"我愿意放弃天主教"。虽然养父母竭力劝说,但阿吟说她亲生父母作为佛教徒死后已坠入地狱,她不愿一个人前往天国,所以弃教。孙七爱人乔安娜·小须美也表示自己其实并非想去天国,而只想与丈夫作伴而已。最终,养父母也在阿吟的劝说下弃教。故事的结尾,讲述弃教故事的作者以"那样欣喜若狂的恶魔是否胜利,作者甚是怀疑"而结束。

一、评价与展望

关于《阿吟》的出典,尚未有确切来源。对《阿吟》的评价,亦历来不一,但主要集中在两方面,一是基于日本美意识视野的评价,一是基于基督教视野的评价。在日本美意识视野方面,片冈良一在《芥川龙之介》(日本,福村书店,1952)一书中认为《阿吟》与其说是个人主义或者新的信仰,不如说血缘关系和家庭关系的观点比较强烈。此后,这一观点获得众多学者的认同。河村清一郎《〈诸神的微笑〉〈阿吟〉〈志野〉等》(《金城国文》,1960年12月)一文认为体现了被义理人情所规定的父母与子女的爱情。三好行雄(《〈南京的基督〉里潜藏的东西》,载《国语与国文学》,1971年1月)认为诱使阿吟弃教的刑场"墓场"是"日本"的象征,不能否认与说明日本美意识的《诸神的微笑》(1922)具有相通之处。此外,宫坂觉(《〈南京的基督论〉》,载《文艺与思想》,1976年2月)"东洋的耶稣的支配"、"孝道"、影山恒男(《基督作品中的日本式感性》,载《长崎县立女子短期大学研究纪要》,1987年12月)"对阿吟行为的'日本感性的父母爱'"等观点较引人注目。

在基督教视野的评价方面,佐藤泰正(《〈奉教人之死〉与〈阿吟〉》,载《国文学研究》,1969年11月)认为《阿吟》是芥川基督作品系列的第一等作品。福井靖子(《以芥川龙之介〈阿吟〉为中心》,载《白百合女子大学研究纪要》,1980年12月)在评价阿吟最后的宣言时认为该作"并不幼稚,

或者是从盲目的信仰中解救出来,作为具有主体性的成年人重新审视自己信仰的宣言。"关口安义《芥川龙之介与那个时代》(日本,筑摩书房,1999)认为有必要对把"'弃教·转向'这样沉重的主题"变为"要怎样思考人性的弱点这样根本性的问题"进行重新思考。对于把握夹在"东方与西方"烦闷中的芥川如何将心情寄托在阿吟身上的问题,有值得深入研究的必要。

学者们从不同角度对《阿吟》进行了解读,无论是从日本美意识还是从基督教视野的评价看,均具有积极意义。尤其关口安义的"转向"评价为从佛教文学角度进行解读提供了借鉴,也为今后的研究提供了新视野。

二、对佛教的贬斥

从前述先行研究可知,《阿吟》一般被认为是基督教相关作品,但不能否认文中对基督教的描述是建立在对佛教的误解,甚至贬斥的基础上,佛教在此成了一种参照。

当然,像他们这种来自异乡的人,根本不可能知道什么天主的教诲。他们所信奉的,乃是佛教。是禅,或者法华经,抑或净土——反正都属于释迦一派的教诲。据法国耶稣会的一个神学家让·克拉塞瑟说,诡计多端的释迦牟尼一边周游中国各地,一边宣扬一种叫作阿弥陀佛的佛道,然后又潜入日本宣传同样的佛道。根据释迦牟尼的说教,我们人的灵魂将依据罪孽的轻重多寡,或变成小鸟,或变成牛羊,或变成树木。不仅如此,据说释迦牟尼在出生时,还杀害了自己的母亲。不用说,释迦牟尼的教诲是荒诞不经的,其险恶的性质也是显而易见的。但正如前面说过的那样,阿吟的母亲对这些真实情况是不可能了解的,所以,即便在停止呼吸后,也还虔诚地信仰着释迦牟尼的教导。在墓地那苍凉的松树树荫下,他们甚至不知

第六章　神佛、基督之争:《尾形了斋备忘录》《邪宗门》《阿吟》论

道自己已经坠入地狱,而只是执著地梦想着虚幻的极乐世界。①

"他们所信奉的,乃是佛教,是禅,或者法华经,抑或净土——反正都属于释迦一派的教诲"一句,指出了佛教对日本影响巨大,并涉及禅宗、天台宗、净土宗等诸多佛教宗派。

关于佛教对日本及日本社会的影响,从西方人的眼光来看更具有说服力。据《日本教会史》描述,佛教对当时日本社会影响非常之深。

> 在东方所有民族之中,日本人对于神圣的东西极度崇拜与信仰。他们不仅为了现世的事情,例如寿命、健康、财产、繁荣、子孙以及其他种种东西对虚伪的神灵充满祈愿,他们甚至即使处在虚伪的歧途仍对来世的灵魂的救赎充满了从心底的渴求。这样拼命努力的结果,这个王国随处可见的豪华的寺院就是证明。即他们对偶像派的僧侣和灵魂救赎的师父抱有巨大的尊敬与尊崇。他们进行难以置信的苦行和难行、对肉类和生物的物忌,对偶像的各种各样的祈愿与喜弃,这就是众多的隐遁者的生活。他们的生活非常棒,因此在王国的许多地方,在偏僻的地方过着严肃的生活。身份低微的俗人亦加入了这一行列。不仅如此,还有其他证据。从和尚那里听说关于来世的说教,听到其他先例,那些修道者为了追求他们所谓错误的说教的来世幸福,有众多人剖腹自杀。②

从上述引文可知,佛教在当时对日本及日本民众影响甚大,日本佛教信仰状况亦可想而知。这与文中所述"反正都属于释迦一派的教诲"的论述是相吻合的。

另外,"据法国耶稣会的一个神学家让·克拉塞瑟说,诡计多端的释

---

① (日)芥川龍之介,《芥川龍之介全集》(第九卷),東京:岩波書店,1996,p.209。
② (葡)ジョアン・ロドリーゲス《日本教会史(上)》,東京:岩波書店,1967,pp.304—305。

迦牟尼一边周游中国各地，一边宣扬一种叫作阿弥陀佛的佛道，然后又潜入日本宣传同样的佛道"一句，通过法国耶稣会的一名神学家之口，将释迦牟尼传播佛教行为描述为"诡计多端"，并称释迦牟尼周游中国和日本亲自传播佛教，这不符合佛教传播史实。释迦牟尼并未亲自到过中国和日本，更未在中国和日本传教。此外，"根据释迦牟尼的说教，我们人的灵魂都将依据罪孽的轻重多寡，或变成小鸟，或变成牛羊，或变成树木。不仅如此，据说释迦牟尼在出生时，还杀害了自己的母亲。不用说，释迦牟尼的教诲是荒诞不经的，其险恶的性质也是显而易见的"之言，对佛教教义进行了歪曲理解。佛教"因果轮回"所指的"轮回"是在天、人、阿修罗、畜生、饿鬼、地狱这六道中轮回转生，并无"变成树木"之说。至于"据说释迦牟尼在出生时，还戕害了自己的母亲"这样的说法更是站不住脚。释迦牟尼虽在出生七日后母亲去世，但归结于被其杀害是荒诞的。"正如前面说过的那样，阿吟的母亲对这些真实情况是不可能了解的，所以，即便在停止呼吸之后，也还虔诚地信仰着释迦牟尼的教导。在墓地那苍凉的松树树荫下，他们甚至不知自己已坠入地狱，而只是执著地梦想着虚幻的极乐世界"。文中对阿吟父母信奉佛教之事给予了讽刺，认为他们"已经坠入地狱""梦想着虚幻的极乐世界"。

> 阿吟不相信，释迦牟尼在出生时，会指着天和地，像狮子般大吼道："天上天下唯我独尊。"相反，她倒是相信"非常柔顺、非常哀怜、特别甜美的玛丽亚"处女怀胎的传说，也相信"被钉在十字架上受难，最后被装在石棺里"，埋入大地之下的耶稣，于三天后得到复活的传说……①

上文出现"释迦牟尼在出生时，会指着天和地，像狮子般大吼道：'天上天下唯我独尊'"的说法。这说法连同前文出现的"据说释迦牟尼在出生时，还杀害了自己的母亲"一样，充满对释迦牟尼的误解，在此有必要

---

① （日）芥川龍之介，《芥川龍之介全集》（第九卷），東京：岩波書店，1996，p.209。

第六章　神佛、基督之争:《尾形了斋备忘录》《邪宗门》《阿吟》论　183

进行进一步探讨。

据岩波书店版《芥川龙之介全集》第九卷由宗像和童的注解,芥川在文中对佛教的上述论述转引自法国耶稣学会让·克拉塞瑟所作的《日本教会史》中的一节内容。他在注释该人物时这样写道:"Jean Crasset(让·克拉塞瑟,1618—1692),法国耶稣学会道士,虽然没有去过日本的经验,但却著有《日本教会史》(1689)一书。其书后由日本太政官翻译局翻译出版为《日本西教史》,分上下两卷,上卷于1878年6月、下卷于1880年12月出版。芥川在文中所引关于他对佛教的论述就是转引自此书中的一节内容,只不过芥川对其进行了概括",①并附了原文的部分内容:

再次应该说明的是释迦牟尼的恶人身份本身就是不容置疑的。小心翼翼地将自己母亲杀死是他初次所犯的罪,是很大的恶行。而且在杀死其母亲获得生的机会后,右手指天,左手指地,说世间没有比我更神圣的人了。之后,释迦牟尼遁隐入一个山洞中,写出数卷书,再次出现的他就开始弘扬天堂地狱之说了。②

从该注释可看出,芥川引用了该书关于释迦牟尼诞生时情形的描述,而该书本身就是依据一个未曾到过日本的传教士的著作,且是有关基督教的书籍,其可信度与客观性值得怀疑。仅从书中的措辞即可看出传教士作者充满了对佛教的鄙视。再看释迦牟尼诞生时所言"天上天下唯我独尊"之语。

首先,我们来考察岩波书店版《芥川龙之介全集》第九卷由宗像和童所做的注解。该注解对"天上天下唯我独尊"一句的解释为:"释迦牟尼出生时,走七步,所念之句(据玄奘《大唐西域记》等)'狮子吼'为佛教之说法。"③在此注解中,提及释迦牟尼出生时的情形在玄奘《大唐西域记》

---

① (日)芥川龍之介,《芥川龍之介全集》(第九卷),東京:岩波書店,1996,p.346。
② (日)芥川龍之介,《芥川龍之介全集》(第九卷),東京:岩波書店,1996,p.346。
③ (日)芥川龍之介,《芥川龍之介全集》(第九卷),東京:岩波書店,1996,p.346。

中有记载。那么玄奘《大唐西域记》又是如何记载的呢？《大唐西域记》卷第六"劫比罗伐窣堵国"中关于腊伐尼林及释迦诞生传说如下：

> 箭泉东北行八九十里，至腊伐尼林，有释种浴池。澄清皎镜，杂花弥漫。其北二十四五步，有无忧花树，今已枯悴，菩萨诞灵之处。菩萨以吠舍佉月后半八日，当此三月八日；上座部则曰以吠舍佉月后半十五日，当此三月十五日。次东窣堵波，无忧王所建，二龙浴太子处也。菩萨生已，不扶而行于四方各七步，而自言曰："天上天下，唯吾独尊。今兹而往，生分已尽。"随足所蹈，出大莲花。二龙踊出，住虚空中，而各吐水，一冷一暖，以浴太子。浴太子窣堵波东，有二清泉，傍建二窣堵波，是二龙从地踊出之处。菩萨生已，支属宗亲莫不奔驰，求水盥浴。夫人之前，二泉涌出，一冷一暖，遂以浴洗。其南窣堵波，是天帝释捧接菩萨处。菩萨初出胎也，天帝释以妙天衣，跪接菩萨。次有四窣堵波，是四天王抱持菩萨处也。菩萨从右胁生已，四大天王以金色氀衣捧菩萨，置金机上。至母前曰："夫人诞斯福子，诚可欢庆。诸天尚喜，况世人乎？"①

从《大唐西域记》的记载看，释迦牟尼在诞生时确实说过"天上天下，唯吾独尊"之言，但其后句"今兹而往，生分已尽"②应为其言论的重点，却被忽视了。且看《佛学大辞典》有关"天上天下唯我独尊"的如下引文：

> （杂语）佛初生时之语，是三世诸佛之常法也。长阿含经一曰："佛告比丘：诸佛常法，毗婆尸菩萨，当其生时从右胁出，专念不乱。从右胁出堕地行七步无人扶持，遍观四方，举手而言：天上天下唯我为尊。要度众生生老病死，此是常法。"瑞应经上曰："到四月八日夜

---

① （唐）玄奘述，辩机撰，《大唐西域记》，桂林：广西师范大学出版社，2007年，2012年重印，第85页。

② 今兹而往，生分已尽：解释不一。无量生死于今尽矣，此生利益一切人天。

第六章　神佛、基督之争:《尾形了斋备忘录》《邪宗门》《阿吟》论

明星出时,化从右胁生堕地,即行七步,举右手住而言:天上天下唯我独尊。三界皆苦,何可乐者?"因果经一曰:"菩萨即便堕莲花上,无扶持者自行七步,举其右手而狮子吼,我于一切天人之中最尊最胜。无量生死于今尽矣,此生利益一切人天。"无量寿经上曰:"舍彼天宫降神母胎,从右胁生现行七步,光明显曜普照十方。无量佛土六种震动,举声自称,吾当于世为无上尊。"智度论三十八曰:"佛自说菩萨本起。菩萨初生时,行七步,口自说言:我所以生者,为度众生故。言已默然,乳哺三年,不行不语。渐次长大,行语如法。一切婴儿小时未能行语,渐次长大能具人法。今云何菩萨初生能行能语,后便不能语,当知是方便力故。"①

又《佛学辞典》:

略称唯我独尊。为释尊诞生时,向四方行七步,举右手而唱咏之偈句。意即"吾为此世之最上者"。上述记载,见于长阿含经卷一、佛本行集经卷八、太子瑞应本起经卷上、诞生偈等。后世灌佛会中安置之释尊诞生像,皆举右手而垂左手,即表此一仪相。(修行本起经卷上)②

《佛学大辞典》相对于《佛学辞典》的解释更详细。对"唯我独尊"的后句"今兹而往,生分已尽"的解释在《佛学辞典》中并未涉及。事实上,对此句的解读不同,产生的结果也不同。通常非凡人物诞生时皆有与常人不同的异象出现的记述,佛教经典在记述佛祖诞生时亦如此。但这种记述又常沦为别有用心者或持不同意见者歪曲攻击佛教的有力说法。耶稣学会传教士就有断章取义、片面夸大的嫌疑。事实上,有关基督教

---

① 丁福保编,《佛学大辞典》,北京:文物出版社,1984年,第232—233页。
② 宽忍,《佛学辞典》,北京:中国国际广播出版社、香港华文国际出版社,1993年,第165页。

对佛教的贬斥内容,在芥川另一作品《志野》中亦有相似的描述:

"不,只要你肯去探望他一次,那么,无论以后结局如何,都别无遗憾了。倘若如此,那就只有仰仗清水寺观世音菩萨的冥护了。"
观世音菩萨!顷刻间,这句话让神父的脸上充满了愠怒。神父把锐利的目光投射在一无所知的女人脸上,摇着头规劝道:
"你可要当心哟。观音、释迦、八蟠、天神——这些你们的崇拜之物,全都不过是用木头和石块做成的偶像。而真正的天主只有一个。是杀死还是拯救你孩儿的性命,也都取决于主的意志。这远非偶像所能知晓的事情。倘若你怜惜自己的爱子,那就停止向偶像祈祷吧!"①

上文为志野请求神父给自己的儿子治病时与神父之间的对话。从对话内容可以看出不同信仰的信众在维护自身信仰内容方面的执着。神父将佛菩萨斥责为"用木头和石块做成的偶像"等说法具有代表性。

三、弃教的前因后果

《阿吟》所涉及的另一个重要问题为孙七一家最终放弃了一直坚持的基督教信仰。芥川在文中设立这样一个结局,是否意味着佛教的最终胜利?抑或作者在文中表达了某种态度或观点?

小说在交代关于"信仰"的问题时,对阿吟及人们对基督教与佛教的信仰进行了对照式描述。如前文所述,阿吟不相信释迦牟尼诞生时所显现的异象,却对玛丽亚处女怀胎传说与耶稣复活传说深信不疑,这说明阿吟作为基督教信仰者的信仰,亦说明其对"信仰"的矛盾。基本相同的两种传说,对于信仰者与非信仰者来说是不同的。

---

① (日)芥川龍之介,《芥川龍之介全集》(第十卷),東京:岩波書店,1996,pp.41—42.

第六章　神佛、基督之争:《尾形了斋备忘录》《邪宗门》《阿吟》论

地方上的官吏不用说对天主教一无所知,就是对佛教也懵然不懂,所以对他们为何如此顽冥不化,一点也不理解。①

这说明对于非基督教信仰者或非佛教信仰者而言,对基督教或佛教不太了解是一种客观事实,即使对日本当时社会文化有着长期影响的佛教亦不例外。因此,当地官吏对佛教只知皮毛,懵然不懂的情况亦属正常。下面考察阿吟一家弃教的原因,且看如下引文:

"爸爸,妈妈,请你们宽恕我吧!"阿吟终于开口说道,

"我之所以放弃主的教诲,是因为忽然看见了对面那些如同天盖一般的松树梢。我那长眠在墓地松树下的亲生父母,因为对天主的教诲一无所知,想必此刻已经坠入地狱中了吧。如果现在只让我一个人踏入天堂之门,不是觉得对不住他们吗?所以,我还是下到地狱中去,追随我亲生父母的足迹吧!爸爸,妈妈,你们一定要去到耶稣和玛丽亚身旁!而我,既然已经舍弃了天主的教诲,也就不可能再活下去了……"②

以上是阿吟弃教的理由。阿吟之所以在最后关头放弃基督教,是不忍亲生父母下地狱,她想陪伴父母。如前所述,有学者将阿吟一家的弃教归于亲情的胜利,具有一定的说服力。但我们亦有必要重新审视在"东方与西方"的夹缝中彷徨的芥川,或许他将彷徨的烦恼寄托在阿吟身上。

还听说,恶魔当时因为大喜过望,而摇身变成一本大书,飞到了

---

① (日)芥川龍之介,《芥川龍之介全集》(第九卷),東京:岩波書店,1996,p.212。
② (日)芥川龍之介,《芥川龍之介全集》(第九卷),東京:岩波書店,1996,pp.214—215。

深夜的刑场。如此兴高采烈,是否也能归结为恶魔的胜利呢?对此,作为作者的我不能不抱有怀疑的态度。①

"对此,作为作者的我不能不抱着怀疑的态度"点出了芥川的态度。芥川在文末充满了对"恶魔的胜利"的怀疑,是否我们亦可以得出芥川不仅对"恶魔胜利"抱有怀疑的态度,而且对文中某些观点,甚至对基督教所宣扬的内容亦有怀疑呢?从前文所述阿吟一家对信仰的摇摆态度以及对佛教的贬斥,正说明了芥川的宗教怀疑主义。

正如作者在文章结尾所指出的,"对此,作为作者的我不能不抱着怀疑的态度"一样,《阿吟》表现了处在"东方与西方"夹缝中的芥川的迷茫。虽然作者在文中通过转引文章贬斥了佛教,但亦从另一侧面反映了传教士的可笑之处。阿吟不信释迦牟尼诞生时的异象,却相信玛丽娅处女怀胎传说,这种鲜明的对比描写更有说服力。最后,对阿吟一家放弃基督教的变节行为的描述,说明作者最后的天平并未完全偏向基督教信仰。这篇小说看似为一篇关于基督教的作品,但通过分析,我们不难发现其中充满了佛教与基督信仰的论战。阿吟一家虽然最终放弃了基督教信仰,但作者并未表明他本人支持哪一方的态度,这正说明了在佛教与基督教之间彷徨的芥川的迷茫。

本章小结

表现佛教与基督教的冲突,是芥川宗教相关文学中一个十分独特的现象。该类作品既是日本宗教历史发展的产物,亦是作者在宗教信仰方面徘徊、犹豫的表现。

---

① (日)芥川龍之介,《芥川龍之介全集》(第九卷),東京:岩波書店,1996,p.216。

第六章 神佛、基督之争：《尾形了斋备忘录》《邪宗门》《阿吟》论

芥川早期受传统东方文化的影响，对佛教颇为关心，而在东京帝国大学英文专业的学习，使其较多地接触到西方思想，因而产生了对佛教与基督教信仰的犹豫与怀疑。纵观芥川文学及本章四篇作品的脉络，可见芥川对宗教的追求经历了早期对佛教的关心、中期在佛教与基督教之间徘徊、晚期偏向于基督教但又不断回望佛教的清晰过程。从《尾形了斋备忘录》《邪宗门》中基督教的胜利到《阿吟》《志野》中佛教的胜利，可见芥川在佛教与基督教信仰方面的矛盾心理。

▼

第
七
章

涅槃正果:《往生画卷》《尼提》论

对佛教信仰者而言,往生净土或极乐世界,是一生修行的重要目标,能见到佛教圣物,抑或见到佛的金身,是万分喜悦之事。在文学作品中,对该现象的探讨在一定程度上表明芥川对佛教物事的认识和理解。另一方面,通过文学作品的再演绎,亦在一定程度上扩大了佛教的影响,尤其在勉励佛教信仰者方面产生较为深远的影响。

《往生画卷》通过对"五位"往生极乐过程的描述,表达了众生皆可成佛的观念。《尼提》则描写释迦牟尼通过对背粪工尼提的度化,使尼提皈依佛教,而尼提亦在专心听法后修得初果。《往生画卷》《尼提》两篇作品中的主人公经过努力,均功德圆满,这在芥川正式发表的佛教相关文学中并不多见,值得深入探讨。类似的作品尚有两篇:《弘法大师御利生记》《尼和地藏》,均是未发表作品。《弘法大师御利生记》的内容在本书第一章中进行过论述,此处不再重复。关于《尼和地藏》发表时间,尚无定论。在1997年版《芥川龙之介全集》第二十二卷由石割透所作的"后记"中,沿用了1977—1978年版中文末所记时间为"大正七年左右"的记述,由此可见该文创作于1918年前后,属于芥川中期作品。

《尼和地藏》讲述某个比丘尼曾做过的一个梦,梦中要她寻找真正的地藏菩萨。于是,她从遥远的丹波国来到此地地藏堂附近寻找。恰好附近有户人家的淘气孩子名叫"地藏"。在一名狡猾男子的指引下,比丘尼见到了那位名叫"地藏"的孩子,于是顶礼膜拜,孩子头上真的显现了佛光,比丘尼夙愿达成。

的确如此。因为从遥远的地方为了信仰而来,要是我的愿望能够实现的话,就算是百里、二百里的路程也不在话下。您也许听说过,多田的满仲的家仆,由于犯杀生戒而坠入地狱之事吧。您一定看到了地狱的惩罚了吧。我想我大概由于此生的业因而要受此番惩罚吧。一旦突然萌生忏悔之心,尊敬的上人将会出现,命我早归故里,去消灭罪孽。于是,您就像那家仆在某个地方见过的上人的容颜一样。因此,无论是谁,我都前去询问。您从我面前经过时,我想您就是好像让我起了皈依之心的地藏菩萨。的确,仔细一想,好像有人追逐野鹿从某个地藏堂前经过时,左手持弓,右手脱斗笠,向我点头打招呼。我一想到那也许就是地藏尊者,您又作何感想?那家仆回过头来说话了吗?这样说话中,眼泪就情不自禁地溢了出来,慈悲深重,难得的功德……(擦拭眼泪)[①]

从上文可知比丘尼对佛教的虔诚之心,亦可知芥川对佛教的中肯态度,而这种态度在《往生画卷》《尼提》中表现得更为彻底。

第一节 《往生画卷》——众生皆可成佛

《往生画卷》初次刊登在1921年4月1日《国粹》第二卷第四号上,初刊本为《春服》(日本,春阳堂,1923),出典为《今昔物语集》"本朝佛法"之《卷十九赞岐国多度郡五位闻法师即出家语第十四》。

作品描述赞岐国多度郡一位叫作五位的法师,口念"阿弥陀佛"向西而行寻求佛法。他曾是个杀生无数的人,在老法师的询问下,他道出了采取如此行动的原因:他在狩猎归来途中听到某讲法者所宣讲的佛法,无论犯有何种破戒之罪的恶人,只要承蒙阿弥陀佛的知遇之恩,都能进入西方净土,往生极乐。于是,他热血沸腾,追问阿弥陀佛的下落,得知

[①] (日)芥川龍之介,《芥川龍之介全集》(第二十二卷),東京:岩波書店,1997,p.36。

"在西边",便走上了追寻阿弥陀佛的道路。在五位边念唱"阿弥陀佛",边往西边赶路的过程中,遭到了各色行人的议论。七日后,老法师在海边的枯树梢上找到了五位的尸骸,其口中盛开着一朵洁白的莲花。

故事取材于《今昔物语集》中的佛法部分,全文主要围绕五位口念"阿弥陀佛"向西追寻阿弥陀佛以及在路上遇到芸芸众生对五位及其行为的议论。芥川在文中虽然透露出对五位此种修行方式的讽刺,但从最后功德圆满的结尾看,亦表明他对佛教往生的理解。

一、出典及评价

芥川的《往生画卷》与原典《赞岐国多度郡五位闻法师即出家语》的故事情节基本一致,最后的结尾也一致,即五位最终见到阿弥陀佛,口中长出了白莲花。但原典对五位的向佛过程做了较详细的叙述,而芥川则以剧本形式,以众人的议论为主进行了简单交代。另外,原典在结尾部分所述情节稍多,如住持在七天后按照五位的吩咐前去打探,找到仍健在的五位,发现其干粮未动,再过七日后乃发现五位已去世。但住持并未掩埋五位的尸骸,而是猜想五位亦想鸟兽啄食才未去理会,并在结尾发出如下议论:"由此看来,即便到了末世,如能发真心,也可以出现这样高贵动人的事迹。"①而芥川文本仅描述老法师七日后在海边的枯树枝上发现了五位的尸骸,这时的五位已离世,口含白莲花,对原典的其他细节未做过多描述。

芥川曾多次在书简中提及该作品,从中可以看出芥川对该作品的重视。芥川在1921年2月致小穴隆一书简写道:

有武士一人,携随从四五人出行猎鹿。归途中,于某寺聆听说法后突然剃度。众随从惊而悲戚,然无计可施。武士卸去猎服,著

---

① 北京编译社译,张龙妹校注,《今昔物语集》,北京:人民文学出版社,2008年,第560页。

袈裟法衣佩金鼓于胸,口呼"阿弥陀佛"西行而去。皆因风闻阿弥陀佛对众生渴仰之声呼之必答。西边有大海,海边有分叉枯木。武士登其木,望海呼曰:"阿弥陀佛——喂——喂——"。七日后饿死。有住此地某僧往寻视之,但见枯木梢头尸骸口中生出一朵莲花。知已归西,无限欣喜。

欲请先生依此情节作画两幅,二十六日前寄往国粹馆。尸骸尚未从枯木移下。专此奉恳。

我即向国粹馆寄去文字稿件,二十六日前寄到。恳恕勉为其难。①

这是芥川1921年2月请小穴隆一为该文作插画而写给他的书简。在书简中,芥川对故事梗概进行了描述。其描述简洁生动,情节基本上与《今昔物语集》中的情节类似。尤其"知已归西,无限欣喜"的描述,表现了作者期待通过小穴隆一的画作表现这一功德圆满的主题。

1921年2月19日致小林宪雄书简:

大阪来电催我速去,稿约可否延至下期?二十号之前无论如何难以完成,不胜惶恐。此事亦须急告小穴,托他只作插画即可。二十三四号当然回京。本月底前,好歹应能安排时间。独断专行,罪过罪过。万望宽恕。匆此奉呈②

1921年2月19日致小穴隆一书简:

因急赴大阪,故国粹原稿延期交付。可只将插画完成,寄往国粹。(神田区桥本町一丁目一番地社内小林宪雄收启)当你接到此

---

① (日)芥川龍之介,《芥川龍之介全集》(第十九卷),東京:岩波書店,1997,p.144。
② (日)芥川龍之介,《芥川龍之介全集》(第十九卷),東京:岩波書店,1997,pp.144—145。

第七章　涅槃正果：《往生画卷》《尼提》论

明信片时,我已到达滨名湖。①

1921年3月4日致小穴隆一书简:

现已无信笺可用,只好以此劣纸写信。恳请海涵。为"国粹"多有烦扰,谨表谢意。我的小说未成,皆因时间紧迫,似乎结尾极不成功。……②

以上是芥川致书商或好友的书简,从中可以看出其对该文的认真与用心非同一般。尤其"我的小说未成,皆因时间紧迫,似乎结尾极不成功"的说明,表明他对该文是颇为在意的。

又,1924年2月12日致正宗白鸟书简:

发表在《文艺春秋》上的评论已拜读。感谢您的厚意。自十年前受到夏目先生褒赞以来,这是我最感喜悦之事。然后,收入《泉畔》中的关于《往生画卷》的评论也已拜读。小说故事出自《今昔物语》,据原典文字,五位僧人在枯树梢上一喊"阿弥陀佛,噢——噢——",就听见大海回答:"佛在这里。"因为我想,我若是个歇斯底里的尼姑什么的,无论如何就不会有那个雄壮的五位僧人拜佛之事。(因为我想,只要不患歇斯底里症,谁都会在尚未见到佛之前就在枯树梢上往生。)仅这一段我略去了。不过口中开出白莲花,我想即使在当今还是后世之人也不可能看到。最后,您甚至连载于《国粹》等刊物上的小品都读了,真是不胜感激。《往生画卷》等在杂志发表后,从未有人评论过。③

---

① (日)芥川龍之介,《芥川龍之介全集》(第十九卷),東京:岩波書店,1997,p.145。
② (日)芥川龍之介,《芥川龍之介全集》(第十九卷),東京:岩波書店,1997,pp.150—151。
③ (日)芥川龍之介,《芥川龍之介全集》(第二十卷),東京:岩波書店,1997,pp.43—44。

在该书简中,芥川表达了他对佛教往生故事的怀疑态度。但他仍然保留了口中盛开白莲花的细节,说明芥川在对待五位往生故事上多少还是鼓励的。

吉田精一在《芥川龙之介》(日本,三省堂,1942)中认为该文为失败之作。长野尝一在《古典和近代作家》(日本,有朋堂,1967)中认为该作比原典要逊色得多。正宗白鸟在《评芥川文学》(《中央公论》,1927年10月)中认为芥川的态度与笔触为"微温的""欠彻底""类似于桌子上的空影",感觉不到"热意"。

与前述负面评价不同,大多数学者给予了较为正面的评价。森正人在《芥川龙之介〈往生画卷〉论》(《爱知县立大学文学部论集》,1983年3月)中认为芥川从以往对"戏剧"的把握中退却,其创作方法实现了把无声的绘画世界带人有声世界,展示了与画卷对照的一种新的解读方法。宫本显治《〈败北〉的文学》(《改造》,1929年8月)认为作者热爱五位,"莲花绽放之事,不是芥川的'玩笑',而是对死在枯木枝头上的求道者从心底里所抒发的诗性的颂词。"吉田亦评价道:"他有对超自然的精神力的信念","相信神的真实存在,感觉求道者的庄严与神圣。"但森正人却认为"颂词""庄严"等均没有深入芥川的内心,他在分析芥川1925年2月12日致正宗白鸟书简后,认为白莲花不是对五位,而是对后人的一种勉励,使人们可以看到坚定救赎的结果。

二、众生皆有佛性

故事引人注目的是五位的往生过程。一个曾经十恶不赦的人,为何能皈依佛门,并最终往生净土?在世俗的眼中,这样的恶人死后是要坠入地狱的。但故事并未按照世俗的理解发展,主人公最后成功地往生了。一向以改编旧故事,加入新内容著称的芥川在该文中却基本按照《今昔物语集》的原典故事创作,颇耐人寻味。曾经杀生无数的五位亦能往生之事,涉及佛教中"众生皆有佛性"的问题。关于众生的"佛性",佛教辞典中对此有如下解释：

《中华佛教百科全书》对"佛性"解释如下：

> 佛性，指众生本具的"成佛的可能性"。即成佛之正因。又名如来性或觉性。《大般泥洹经》卷四〈分别邪正品〉云（大正 12－881b）："复有比丘广说如来藏经，言一切众生皆有佛性，在于身中无量烦恼悉除灭已，佛便明显，除一阐提。"
>
> 又，《大般涅槃经》卷二十七〈狮子吼菩萨品〉云（大正 12－524c）："我常宣说一切众生悉有佛性，乃至一阐提等亦有佛性。一阐提等无有善法，佛性亦善，以未来有故，一阐提等悉有佛性。何以故？一阐提等定当得成阿耨多罗三藐三菩提故。"此谓佛性乃如来藏之异名。一切众生悉皆有此性。烦恼若除灭，佛性即得显现。（中略）
>
> 又，关于一切众生有无佛性的问题，在佛教中早在部派佛教时代已有争议。大乘佛教勃兴时，对此也分成二派看法。如《涅槃》、《胜鬘》、《究竟一乘宝性》及《佛性》等经论主张"一切皆成"，而《楞伽》、《深密》、《瑜伽》、《佛地》等经论主张"五性各别"。佛教传入中国后，东晋·竺道生首先倡导"阐提成佛"，而智胜等人则唱"阐提无性"。到了唐代，由于《瑜伽》等论的译传，玄奘、窥基等人专奉"阐提无性说"。神昉撰《种性差别集》，宣扬"五性各别"。相对于此，灵润撰《十四门义》，新罗义荣撰《一卷章》，法宝撰《一乘佛性究竟论》，皆以"一切有性"为实义。对此，神泰又撰《一卷章》论难灵润，慧沼撰《能显中边慧日论》破斥法宝。一时论战颇炽。至于日本，则有德一祖述窥基等人之说法，以及最澄继承灵润、义荣之思想。其后在南都北岭之间，屡有争议，互以权实相称，直至今日。①

---

① 蓝吉富主编，《中华佛教百科全书》（第 5 册），台南：中华佛教百科文献基金会，1994 年，第 2289—2290 页。

又,《佛学大辞典》对"佛性"解释如下：

佛性：(术语)佛者觉悟也,一切众生皆有觉悟之性,名为佛性。性者不改之义也,通因果而不改自体是云性,如麦之因,麦之果,麦之性不改。华严经三十九曰："佛性甚深真法性,寂灭无相同虚空。"涅槃经二十七曰："一切众生悉有佛性,如来常住无有变易。"①

从上述引文,我们不难发现佛经在关于众生是否皆有佛性问题上进行过诸多的论述,但大乘佛教的"众生皆可成佛"观念逐渐深入人心了。尤以《大般涅槃经》为甚,该经在后半部分高举"一阐提②亦可成佛"的旗帜,发出了振聋发聩的呼喊,在扩大佛教影响方面发挥了积极作用。下文将分析两部具有代表性的佛经对此问题的论述,从中可见成佛对象的差别。

《金刚经》之《大乘正宗分第三》云：

所有一切众生之类。若卵生。若胎生。若湿生。若化生。若有色。若无色。若有想。若无想。若非有想非无想。我皆令入无余涅槃而灭度之。③

《佛说阿弥陀经》云：

若有善男子、善女人,闻说阿弥陀佛,执持名号；若一日、若二日、若三日、若四日、若五日、若六日、若七日,一心不乱。其人临命终时,阿弥陀佛与诸圣众,现在其前。是人终时心不颠倒,即得往生

---

① 丁福保编,《佛学大辞典》,北京：文物出版社,1984年,第584页。
② 一阐提：一为断绝一切善根之极恶人不成佛者；一为济度一切众生之大悲菩萨不成佛者。
③ 姚秦天竺三藏鸠摩罗什译,《金刚般若波罗蜜经》,大正藏第八卷,第749页(上)。

阿弥陀佛极乐国土。①

以上两部佛经对"何人能往生净土"给予了不同的解说,《金刚经》所说的是一切众生,而《佛说阿弥陀经》指善男子、善女人。芥川在文中通过众生之口描述了五位的人品。

  水银商贩 尽管弄不清他是五位殿下或者别的什么,但有一点我倒是知道,他是突然放下弓箭出家入道的,这事还在多度(日本地名)引起了轩然大波呐。②
  老尼姑 如你们所知,那个法师曾是个杀生成性的恶人,但如今却出家信佛了。③
  卖板栗和核桃的商贩 像这种杀人不眨眼的恶鬼,怎么也会想到削发为僧呢?④

从上述对话可知,五位曾是"杀生成性的恶人"、"杀人不眨眼的恶鬼"。不仅如此,即使在后来准备求佛的过程中,亦表现了其凶狠的一面。

  五位入道 不,并不存在什么隐情。只是在前天狩猎归来的途中,听见某个讲法者正在宣讲佛法。据该法师说,即使是犯有任何破戒之罪的恶人,只要承蒙阿弥陀佛的知遇,就都能进入西方净土。听闻此言,鄙人一度周身热血沸腾,蓦地对阿弥陀佛产生了迷恋……
  年迈的法师 那之后,小僧又是怎样做的呢?

---

① 姚秦龟兹三藏鸠摩罗什译,《佛说阿弥陀经》,大正藏第十二卷,第347页(中)。
② (日)芥川龍之介,《芥川龍之介全集》(第七卷),東京:岩波書店,1996,p.272。
③ (日)芥川龍之介,《芥川龍之介全集》(第七卷),東京:岩波書店,1996,p.273。
④ (日)芥川龍之介,《芥川龍之介全集》(第七卷),東京:岩波書店,1996,p.273。

五位入道　鄙人立刻把讲法者拽将过来,掀倒在地。

　　年迈的法师　什么？你把他掀倒在地？

　　五位入道　然后拔出大刀,边抵住讲法者的胸口,边追问他阿弥陀佛的下落。

　　年迈的法师　这种问法也真够稀奇古怪的。想必讲法者一定大吃一惊吧。①

　　这里集中描述了五位求佛之前的行为,与原典所不同的是,芥川适当夸大了五位的行为。如"把讲法者拽将过来,掀倒在地","然后拔出大刀,边抵住讲法者的胸口,边追问他阿弥陀佛的下落",这是原典没有的内容。

　　如前文所述,即使是这样一位杀生成性,连皈依佛门前亦表现出凶狠的五位,最后却能成功往生佛国。在这里一向善于对材料进行改编的芥川却遵循原文的结局,使主人公功德圆满,这是否喻示着芥川对佛教"众生皆有佛性"思想的认同呢？这是一个值得深思的问题。

三、往生画卷

　　"往生画卷",按照吉田司雄在《芥川龙之介全集》中所做的注解,是指根据阿弥陀信仰或弥勒信仰,将往生极乐的经历绘制而成的画作。②与地狱图一样,这是佛教通过绘画直观地宣扬佛教教义的方式之一。

　　文章通过众生之口对五位的念佛往生发表议论,描绘了一幅往生画卷。在这幅画卷中,形形色色的人们对五位的念佛往生持有不同看法。发表议论者,不仅有孩童、贩夫走卒、市井小民,亦有僧侣、尼众等。不仅如此,还有狗吠声、乌鸦叫声及松涛声。芥川在文中通过三个篇章,描绘

---

①　(日)芥川龍之介,《芥川龍之介全集》(第七卷),東京:岩波書店,1996,pp.275—276。

②　(日)芥川龍之介,《芥川龍之介全集》(第七卷),東京:岩波書店,1996,p.355。

了五位往生的过程。

在第一篇章中,芥川描述了二十余类不同身份者对五位"一边敲着铜锣,一边大声地喊'喂,喂,阿弥陀佛!'"的求佛行为发表议论,展现了一幅往生路上的芸芸众生相。对于求佛的五位,既有人认为他是疯子,亦有人认为他是尊贵的上人。归纳起来,人们的议论主要集中在对五位求佛行为的认同或不认同方面。不认同的人认为五位的行为、长相滑稽可笑,或对曾经杀生无数的五位是否诚心向佛抱有怀疑态度。认可五位者则对五位的行为表示出莫大的崇拜,且看如下引文:

  卖菜老妪 不不,没准是尊贵的上人呐。我还是现在先拜吧。
  卖菜老妪 瞧你,都说了些什么造孽的话呀!若是遭了报应,看你如何是好?[1]
  铸件工匠 但是,抛妻弃子也决计遁入佛门,最近是勇气可嘉。[2]
  老尼姑 嗯,这倒确实是有些不可思议,但或许是佛陀的旨意吧。[3]

由上述引文可知,对五位往生行为表示认可者均从佛教角度对其行为进行了自我解读,或认为五位是位"尊贵的上人",或认为随意诋毁五位的行为会"遭报应",或对其遁入佛门的胸怀表示佩服,或认为其行为是"佛陀的旨意"。

在第二篇章中,作者通过年迈的法师与五位的对话描述五位的坚强意志及其特别的求佛方式。

  年迈的法师 西方乃是大海。

---

[1] (日)芥川龍之介,《芥川龍之介全集》(第七卷),東京:岩波書店,1996,p.271。
[2] (日)芥川龍之介,《芥川龍之介全集》(第七卷),東京:岩波書店,1996,p.272。
[3] (日)芥川龍之介,《芥川龍之介全集》(第七卷),東京:岩波書店,1996,p.273。

五位入道　纵然是大海，也在所不辞。鄙人将一直西行，直到见到阿弥陀佛为止。

　　年迈的法师　这就着实奇怪了。那么，小僧是认为立刻就能清楚地拜谒阿弥陀佛了吗？

　　五位入道　如果不是这样想，鄙人又怎么会如此大声地叫唤佛陀的名字呢？鄙人之所以出家，也是为了这个目的。

　　年迈的法师　其间是否有着什么隐情？

　　五位入道　不，并不存在什么隐情。只是在前天狩猎归来的途中，听见某个讲法者正在宣讲佛法。据该法师说，即使是犯有任何破戒之罪的恶人，只要承蒙阿弥陀佛的知遇，就都能进入西方净土。听闻此言，鄙人一度周身热血沸腾，蓦地对阿弥陀佛产生了迷恋……

　　年迈的法师　那以后，小僧又是如何行事的？

　　五位入道　鄙人立刻把讲法者拽将过来，掀倒在地。

　　年迈的法师　什么？你把他掀倒在地？

　　五位入道　然后拔出大刀，边抵住讲法者的胸口，边追问他阿弥陀佛的下落。

　　年迈的法师　这种问法也真够稀奇古怪的。想必讲法者一定大吃一惊吧。

　　五位入道　他痛苦地向上翻着白眼，连声说道："在西边，在西边。"——瞧，说着说着，都已经日落西山了。哎，路途上耽搁得越久，在阿弥陀佛面前就越是诚惶诚恐。所以，我还是打住话头。——喂，喂，阿弥陀佛。

　　年迈的法师　哎，竟然遇上一个疯子。我也就此打道回府吧。[①]

　　上文描述了五位一心向佛的坚定决心，在其心中充满对阿弥陀净土

[①]　（日）芥川龍之介，《芥川龍之介全集》（第七卷），東京：岩波書店，1996，pp.275—276。

的向往,尤其"纵然是大海,也在所不辞。鄙人将一直西行,直到见到阿弥陀佛为止"之言,是其坚强意志的突出表现。作者对五位的求佛过程则充满讽刺,他不是慈悲地皈依佛门,而是通过逼迫方式,逼迫讲法者告知阿弥陀佛的下落。对于一个曾经杀生成性的粗野之人,如此行为符合其一贯以来的性格,但亦不能不佩服其放下屠刀,立地成佛的勇气。

第三篇章,作者通过对五位到达海边后的心理活动,以及年迈的法师七日后前去打探五位情形的描述来刻画五位在海边枯树上往生极乐的画卷。作者继续刻画了五位对阿弥陀信仰的执著:"只要我一直呼唤佛陀的名字,那他就不至于不理不睬吧。否则,我便只能一直呼唤他的名字,直到死去为止。"①在如此坚强意志下,五位终于在海边的枯树上饥饿而死,去世时身边连一个食品袋也没有就是证明。"瞧这法师的尸体!他的嘴巴里竟然绽放着一朵雪白的莲花呐。怪不得一到这里,就觉得周围弥漫着一股异样的芳香。"②这是文中最引人注目之处,应是该作的亮点。"莲花"是佛教的重要象征,口中长出洁白的莲花,是五位最终往生极乐的有力证明。文章以年迈法师的忏悔及念佛结尾:"如此说来,那个我以为是疯了的家伙,其实乃是一个尊贵的上人吧?我一无所知,竟然说了好些无礼的话,实在是罪过。啊,南无阿弥陀佛,南无阿弥陀佛。南无阿弥陀佛。"③五位的念佛往生说明作者对念佛往生的充分肯定。正如前文宫本显治在《〈败北〉的文学》所认为的那样,莲花绽放之事,不是芥川的玩笑,是对死在枯木枝头上的求道者从心底里所抒发的诗性的颂词。笔者以为,洁白莲花的出现,表明作者对五位往生的肯定,是对求道者的赞扬与鼓励。

《往生画卷》发表于1921年,属于芥川的中晚期作品。从其书简可知,该作品完成于其中国旅行前。虽然作品取材于《今昔物语集》,但以"往生画卷"作为标题,并将"赞岐国多度郡五位闻法师即出家"故事改编

---

① (日)芥川龍之介,《芥川龍之介全集》(第七卷),東京:岩波書店,1996,p.277。
② (日)芥川龍之介,《芥川龍之介全集》(第七卷),東京:岩波書店,1996,p.277。
③ (日)芥川龍之介,《芥川龍之介全集》(第七卷),東京:岩波書店,1996,pp.277—278。

成小品，形成一幅直观的往生画卷，体现了芥川对佛教往生的理解。从五位尸骸口中的白莲花及年迈法师最后的念佛看，芥川对五位在芸芸众生的议论中仍坚定念佛往生的信念，并最终往生极乐的行为是抱赞赏与向往之情的。正如森正人所述，白莲花是芥川送给后来的佛教求道者最好的肯定与礼物。《往生画卷》说明"放下屠刀，立地成佛"亦不是不可以实现的遥远梦想。

第二节 《尼提》——修得初果

《尼提》为芥川晚期作品，初次刊登在《文艺春秋》（1925年9月）上，初刊本《湖南之扇》（日本，文艺春秋社，1927），出典为《法苑珠林》卷九四《贤愚经尼提度缘品》、类话《今昔物语集》之《长者家净屎尿女得道语》。

作品描述了中部印度舍卫城中一名叫尼提的除粪工，某天下午跟往常一样背负粪器走路，得知释迦牟尼朝其走来，感觉羞耻，故特意避让。但七次避让却七次碰见如来，没有退路的尼提在如来的劝说下出家。大约半个月后，给孤独长者①对尼提说："尼提呀，你是个幸福的人。一旦成为如来的弟子，你就永久地超越生死，得游于常寂光土了。"尼提回应道："长者啊，这并不是因为我这个人坏，坏就坏在我不管拐进哪条路，肯定都能遇到如来。"②后来，尼提专心听法，成了圣人，获得"初果"。

芥川在自杀前两年创作了这篇佛教相关作品，且主人公尼提皈依佛教获得初果，是否可以看出芥川在辞世前仍回望佛教，希望从佛教中获得安慰？他在遗书中所言"隐隐的不安"是否也包括在信仰上的迷惑与

---

① 给孤独长者：人名，须达长者，中印度憍萨罗国舍卫城人，性慈善，喜欢布施孤独的人，故得给孤独之名。《大唐西域记》卷六曰："善施长者，仁而聪敏，积而能散，拯乏济贫，哀孤恤老。时美其德，号给孤独焉。"

② （日）芥川龍之介，《芥川龍之介全集》（第十二卷），東京：岩波書店，1996，p.297。

不安呢?

一、出典及评价

《法苑珠林》,又名《法苑珠林传》或《法苑珠林集》。作者为唐代释道世。全书一百篇,以佛经故事分类编排,博引诸经、律、论、传等四百多种,概述佛教思想、术语、法数等。书中各篇广引佛教经论进行说明,是一部汇集佛法教义精华的重要典籍。印光祖师①曾多次力荐,并誉为上中下根一切学人必读之书。确切地说,芥川《尼提》所出典应为《法苑珠林》卷九十四《秽浊篇第九十四》。

又贤愚经云。昔佛在世时。舍卫城中。有一贫人。名曰尼提。极贫下贱。常客除粪。佛知应度,即将阿难往到其所。正值尼提担粪出城。而欲弃之。瓶破污身。遥见世尊深生惭愧。不忍见佛。佛到其所广为说法。即生信心欲得出家。佛使阿难将至河中与水洗讫。将诣只桓。佛为说法得须陀洹②。寻即出家得阿罗汉果③。国人及王闻其出家皆生怨恨。云何佛听此人出家。波斯匿王④即往佛所欲破此事。正值尼提在只桓门大石上坐缝补故衣。七百诸天香华供养。王见欢喜。请通白佛。尼提比丘身没石中。出入自在。通白已竟。王到佛所先问此事。向者比丘姓字何等。佛告王曰。是王国中下贱之人。除粪尼提。王闻佛语谤心即除。到尼提所执足作礼,忏悔辞谢。王白佛言。尼提比丘。宿作何业。受此贱身。佛告王曰。昔迦叶佛入涅槃后。有一比丘。出家自在。秉捉僧事。

---

① 印光祖师:1862—1940,清末民初净土宗高僧,莲宗第十三祖。陕西合阳人,俗姓赵。名圣量,字印光。
② 须陀洹:为声闻乘四果中最初之圣果。又称初果。
③ 阿罗汉果:为声闻四果之一,如来十号之一。阿罗汉为小乘之极果。
④ 波斯匿王:佛陀时代中印度舍卫城主。皈依释迦牟尼,护持佛教。

身暂有患。懒起出入便利器中。使一弟子担往弃之。然其弟子是须陀洹。以是因缘。流浪生死常为下贱。五百世中为人除粪。由昔出家持戒功德。今得值佛出家得道。(以是义故。不得房内便利。具招前罪。数见俗人懈怠不能自运置秽器。在房便利令他日别将弃。未来定堕地狱。纵得出狱。犹作猪狗蜣螂厕虫也。)①

从上文可以看出,芥川的《尼提》与《法苑珠林》此篇虽在人物、情节方面有诸多相似之处,但亦有出入。二者的异同如下:在主人公方面,《尼提》只出现了尼提、释迦牟尼、给孤独长者三位人物,而《法苑珠林》中还有如阿难、波斯匿王等人物。故事所发生的场所均为舍卫城,尼提所从事的亦是除粪工作,内容亦有释迦牟尼度化尼提之事,但度化方式不同。在《法苑珠林》中,释迦牟尼与阿难去尼提住所度化之,尼提担粪出城,瓶破污身而不忍见佛,后释迦牟尼使阿难将至河中洗净,广为说佛法,尼提出家证得阿罗汉果位,国人及国王闻听其出家而心生忌恨,后在释迦牟尼的教化下醒悟。在《尼提》中,芥川对释迦牟尼度化尼提之事进行了具体描述,主要突出释迦牟尼在路上经过七次特意相遇使尼提皈依佛门,最后尼提修得初果,而对其他事并未进行描述。通过分析,可以看出芥川对尼提皈依佛教的过程进行了详细的描述,重点在于突出佛教的包容性与释迦牟尼度化众生的锲而不舍的精神。尤其释迦牟尼的"佛法不分贵贱"之声,令人印象深刻。

间宫茂辅在1925年9月5日《读卖新闻》评价:"仅可见'概括的技巧'"。吉田精一亦在《芥川龙之介》(日本,三省堂,1942)中认为看不出增加了特别的解释;渡部芳纪在《第八短篇集〈湖南之扇〉》(《国文学》,1977年5月)中评价为清新有趣但没有分量。浅野洋在《芥川龙之介事典》(日本,明治书院,1985)中论及尼提,认为与观念胜利的知性风貌不同,可以确定这是另一个芥川所喜爱的人物,有必要思考与所有以"神圣

---

① 西明寺沙门释道世撰,《法苑珠林》,大正藏第五十三卷,第982页(中)。

的愚人"为主人公的作品的关联性。

二、佛度一切有缘人

尼提虽为"舍卫城里最穷、也是离身心洁净最远的人中的一个",但仍获得了释迦牟尼的度化。在此过程中,发生了尼提七次避让释迦牟尼,最后在释迦牟尼"雷音召唤"下皈依佛教的情形,从中可见佛教所述的"佛度有缘人"的问题。

《华严经》卷五十一《如来出现品第三十七之二》云:"无一众生而不具有如来智慧。但以妄想颠倒执著而不证得。"[1]周广宇《佛度有缘人》[2]一书以朴素的事例详细论述了佛与有缘人度化之间的关系,揭示了深刻的人生哲理。有慈《与佛有缘:佛度有缘人》[3]以故事的方式论述了众生与佛缘之间的关系以及怎样结佛缘等。佛门著名楹联:"天雨虽宽不润无根之草;佛法虽广不度无缘之人",更说明了佛度有缘人的深刻道理。佛法中的"有缘人",指闻、思、修佛法机缘已成熟之人。《佛说阿弥陀经》云:

> 又舍利弗,极乐国土,众生生者,皆是阿鞞跋致。其中多有一生补处,其数甚多,非是算数所能知之,但可以无量无边阿僧祇说。
>
> 舍利弗!众生闻者,应当发愿,愿生彼国。所以者何?得与如是诸上善人,俱会一处。
>
> 舍利弗,不可以少善根福德因缘,得生彼国。[4]

---

[1] 于阗国三藏实叉难陀奉制译,《大方广佛华严经》,大正藏第十卷,第272页(下)。
[2] 参见周广宇著,《佛度有缘人》,北京:北京燕山出版社,2013年。
[3] 参见有慈编著,《与佛有缘:佛度有缘人》,北京:朝华出版社,2008年。
[4] 宣化法师讲述,《佛说阿弥陀经浅释》,北京:宗教文化出版社,2007年(第2版),第3页。

此处经文道出了佛度众生须要具备的三个条件：善根、福德、因缘。也就是说佛教所指"有缘人"就是"善根、福德、因缘"具足者。这种人"有缘"遇到佛法，因有"善根"而能信奉，再加上有"福德"而肯依佛教导修行。"尼提"是否是佛教所述的"有缘人"呢？又是如何被释迦牟尼度化的呢？

尼提作为舍卫城中除粪的下等人，是城中最穷的人，所从事的是又脏又累的活，但他任劳任怨，虽然自认为是"下贱的人"，但应是具有善根与福德者。尼提在路上偶遇释迦牟尼时，一眼就能断定其身份，颇具眼力。

> 这时从对面走过来一个托钵和尚。尼提一看到这个和尚就发现今天碰到了一个不得了的人。这个和尚看上去和其他人没有什么两样。但是，从他眉间的白毫和蓝绿色的眼睛可知，他肯定是在邸园精舍的释迦如来。[①]

尼提之所以七次避让如来，亦有缘由。他满怀对释迦牟尼以及佛教的敬意。尼提认为自己身份低微，所从事的工作不洁净，怕玷污如来金身，因此才决定数次躲避。文中写道："尼提在如来面前背负粪器，自己也感到羞愧。他怕万一在如来前失礼，就仓皇拐到其他路上去了"，"我是个下贱的人，无论如何也不能和您的弟子在一起"，等等，均表现了尼提对佛教的尊重。

另一方面，释迦牟尼对众生满怀怜悯心，他锲而不舍地七次去感化尼提，就说明了这一点。哪怕是一个最下等的除粪工，如来也要度化之。文中"动了如此慈悲心的如来忽生一念，决心运用平生法力，要把这个上了年纪的除粪工也度为自己的弟子"[②]的描述正说明了这一点。

[①] （日）芥川龍之介，《芥川龍之介全集》（第十二卷），東京：岩波書店，1996，pp.294—295。
[②] （日）芥川龍之介，《芥川龍之介全集》（第十二卷），東京：岩波書店，1996，p.295。

三、修成初果

在佛教中,修行者功德圆满,一般被认为修成"正果"或进入"涅槃"。"涅槃",又作泥曰、泥洹、泥畔、涅盘那等。旧译为灭、灭度、寂灭、不生、无为、安乐、解脱等。新译为圆寂。灭者,灭生死因果之义也。灭度者,灭生死之因果,度生死之瀑流也。是灭即度也。寂灭者,寂有无为空寂安稳之义,灭者生死之大患灭也。不生者,生死之苦果不再生也。无为者,无惑业因缘之造作也。安乐者,安稳快乐也。解脱者,离众果也。①

关于涅槃正果,释迦牟尼的成佛过程最具有代表性。释尊苦修六年,虽至形体枯瘦,身心衰竭,但仍未成道,于是悟知苦行并非得道之因,遂出苦行林。阿若憍陈如等五侍从以为释迦牟尼退失道心,于是离开了他继续修苦行。释迦牟尼放弃苦行后,来到尼连禅河净身,并接受了牧女的供养。恢复体力后,便在菩提伽耶的菩提树下,以吉祥草敷金刚座,静坐默照,清净思惟四十九日,在本尊大日如来的殊胜导引下,于阴历腊月初八黎明,抬头见启明星而大彻大悟,悟出了一切众生皆具如来智慧德相,唯以妄想执著不能证得。释迦牟尼终于成就了菩提正果,佛号"释迦牟尼"。

以上释迦牟尼的成道过程,芥川曾进行过多次描述,在其未定稿集"初期的文章"之"中学时代(一)"下的《释迦》一文中就进行过详细描述(参见拙作第一章)。② 在《侏儒警语》之"佛陀"一节中有三个段落对释迦牟尼的修行成佛过程进行了描述。③

不仅如此,与尼提修得初果相对应,《尼提》中随处可见对佛教的正见,且看如下引文:

---

① 丁福保编,《佛学大辞典》,北京:文物出版社,1984年,第897页。
② 参见(日)葛卷義敏编,《芥川龍之介未定稿集》,東京:岩波書店,1968,pp.482—483。
③ 参见(日)芥川龍之介,《芥川龍之介全集》(第十三卷),東京:岩波書店,1996,pp.49—50。

释迦如来不用说是三界六道的教主、十方最胜、光明无碍①、引导亿亿众生平等的能化。但是,这一切不是尼提所能懂的。他只知道甚至连这个舍卫国的波斯匿王在释迦面前都称臣礼拜。或者说他只知道有名的给孤独长者为了造祇园精舍,在购买祇陀童子②的园苑时,用黄金铺地。尼提在如来前背负粪器,自己也感到羞愧。为了以防万一在如来前失礼,他就仓皇拐到其他路上去了。③

作者在此对释迦牟尼冠以"三界六道的教主、十方最胜、光明无碍、引导亿亿众生平等的能化"等诸多称谓,并描述了舍卫国的波斯匿王、给孤独长者等人对释迦牟尼的皈依心。

可是如来在这之前已经看到尼提了,而且也看出了尼提拐到其他路上去的动机。当然他的动机让如来不由得在脸上浮起了微笑。微笑?不,并不一定是"微笑"。面对无智愚昧的众生,如来有其深如海的怜悯之情,他那蓝绿色的眼睛里甚至还溢出一滴泪水。动了如此大慈悲心的如来忽然决心想要运用平生法力,把这个上了年纪的除粪工也度为自己的弟子。④

上文生动地描述了释迦牟尼对众生的怜悯心抑或慈悲心,表现了他普度众生的愿望。尤其释迦牟尼的"微笑"、眼中的"泪水"等描述,丰富了读者的想象力。

"尼提啊,你不想像我一样出家吗?"

---

① 光明无碍:指佛菩萨身心所放光芒普照一切地方。
② 祇陀童子:舍卫国王波斯匿王之皇太子。
③ (日) 芥川龍之介,《芥川龍之介全集》(第十二卷),東京:岩波書店,1996,p.295。
④ (日) 芥川龍之介,《芥川龍之介全集》(第十二卷),東京:岩波書店,1996,p.295。

听到如来发出雷音召唤，尼提实在感到无以应对，只好合掌抬头看着如来："我是个下贱的人，无论如何也不能和您的弟子在一起。"

"不不，佛法不分贵贱，就像猛火会烧掉大小善恶一样没有分别。"之后——之后如来所说的偈语和就像经文上写的那样。①

作者将释迦牟尼的话语描述为"雷音召唤"，"佛法不分贵贱，就像猛火会烧掉大小善恶一样"显示了释迦牟尼的伟大与佛法的高深，"不分贵贱"在当时"种姓制度"根深蒂固的印度，确是"雷音召唤"。

此外，文中还有"如来举手，'其手指纤长，甲如赤铜，掌似莲花'，其意为'不要怕'"这样的描述，亦突出表现了对释迦牟尼的敬意。

以上有关释迦牟尼的描述，皆为正面描述，生动形象，充分说明了作者此时对佛教的中肯态度。尤其在《尼提》中，作者在结尾处写道："据经文记载，尼提专心听法以后，终于修得初果"②这一结果，看似平常，却充满智慧。在芥川众多的佛教相关文学中，对佛教多有讽刺、怀疑，甚至诋毁，鲜有正面评价。这篇芥川晚年作品，却破天荒地描述了这样一个故事，并使主人公功德圆满，这在芥川佛教相关作品中是不常见的现象。《尼提》发表于芥川辞世前的1925年，是其晚期作品。芥川在此时创作如此佛教相关作品，并在作品中表现了对佛教的敬仰。笔者认为，这是芥川在晚年再次回望佛教，眺望东方传统文化的一篇杰作。

本章小结

《往生画卷》《尼提》以及未定稿集《弘法大师利生记》《尼和地藏》等

---

① （日）芥川龍之介，《芥川龍之介全集》（第十二卷），東京：岩波書店，1996，pp.296—297。
② （日）芥川龍之介，《芥川龍之介全集》（第十二卷），東京：岩波書店，1996，p.297。

均从正面描述佛教。《弘法大师利生记》《尼与地藏》主要描述佛菩萨显圣,其中前者空海大师是得道高僧,后者则是地藏菩萨显圣,对高僧或菩萨出现时佛光普照的描述令人印象深刻。《往生画卷》描述了佛教圣物白莲花的出现,而《尼提》则描述了离身心洁净最远的尼提在佛陀的教化下皈依佛门并最终修成初果。这四篇作品最明显的共同点在于表现佛教神圣的同时,均功德圆满,这亦是对求道者的鼓励。无论是高僧的利生,还是地藏菩萨的再现,抑或佛教莲花的出现,甚至修成初果等,均表现了芥川对佛教的中肯态度。长期以来,人们多重视芥川的基督教相关作品,而忽略其佛教相关作品,这是有失偏颇的。

余　论

一　芥川佛教相关文学思想源泉

芥川创作了大量佛教相关作品，在这些作品中可见芥川高深的佛学素养。我们在惊叹芥川文学中有如此多佛教相关作品的同时，不禁会思考芥川佛教相关文学的源泉。笔者认为，芥川佛教相关文学，不是作者的凭空想象与捏造，而有着深刻的思想源泉。归纳起来，芥川佛教相关文学思想源泉主要有以下三个方面：一是与日本受佛教影响颇深的历史渊源及当时的社会历史有关；二是与作者所处的环境与人员交往有关；三是与作者的阅读经历有关。

芥川曾在《续文艺的，太文艺的》之"二　时代"中谈及了"时代"对其创作的影响，他写道：

> 我时常这样想：纵然我没出生在这个世上，也一定会有别人写出我这样的文章。因此与其说那是我的作品，不如说那是生长在一个时代土地上的几棵小草中的一棵。于是我的作品不能成为我个人的骄傲。（实际上，若不等待适合他们从事创作的时刻的到来，他们也可以写出前所未有的作品。尽管一个时代的影子会理所当然

地映现在他们的作品中。)每当想到这里,我就感到出奇的失望。①

在这里,芥川肯定了"时代"对作家创作的重要性。他认为其作品不过是"生长在一个时代土地上的几棵小草中的一棵",他亦承认"时代"的烙印会反映在作品中的事实。

(一) 日本社会历史影响

芥川作为一个"东方之人②",其所受传统影响颇深。传统的东方文化,尤其佛教文化,在其身上打下了深刻的烙印。

日本是一个神道、佛教、基督教等多宗教混杂的国家。据日本文化厅编纂的《宗教年鉴》统计,1949 年,日本神道信仰者 56 737 830 人,佛教信仰者 36 956 885 人,基督教信仰者 370 819 人。2012 年,日本神道信仰者 100 770 882 人,占总人数的 51.2%;佛教信仰者 84 708 309 人,占总数的 43.0%;基督教信仰者 1 920 892 人,占总人数的 1.0%;其他 9 490 446 人,占总人数的 4.8%。即使在芥川孩提时代的 1904 年,据圭室谛成《日本佛经史Ⅲ·近世近代篇》,日本佛教各宗有寺院 72 002 所,住持 53 110 人,管长③事务所及支所 951 个,有固定寺院的"檀徒④" 28 131 655 人,信徒(普通信徒)19 036 575 人。⑤ 从这些数据可知,其中神道、佛教信仰者最多,二者人数甚至超过日本总人口数,说明日本人一人信奉多种宗教的现实。在古代日本,佛教甚至一度成为国教,信仰者所占比例更高。

佛教自公元 6 世纪由朝鲜半岛传入日本以来,经过飞鸟时代、奈良

---

① (日)芥川龍之介,《芥川龍之介全集》(第十五卷),東京:岩波書店,1997,p.231。
② 东方之人:出自芥川龙之介《西方之人》之"三十七 东方之人",见《芥川龍之介全集》(第十五卷),東京:岩波書店,1997,p.273。
③ 管长:日本佛教中管辖一宗一派的长官,1872 年由明治政府制定实施。
④ 檀徒:日本佛教史上,维系寺院与信徒关系的檀家制度下人们的称呼,该制度从日本江户时期的 1635 年开始实行,一直维系至今。
⑤ 杨曾文,《日本佛教史》(新版),北京:人民出版社,2008 年,第 571 页。

时代、平安时代、镰仓时代、室町时代、江户时代的传播与发展,到芥川所处的明治、大正时期,其文化土壤虽已发生诸多变化,但佛教仍深刻地影响着日本人生活的方方面面。① 芥川文学所涉及的佛教内容,亦反映了日本佛教在不同社会历史时期的内容。

飞鸟时代是日本佛教初传时期,在圣德太子②的推进下,佛教获得了飞速发展,并迅速深入日本社会。在他摄政的三十年间,下令兴隆三宝,大力兴建寺院,营造佛像,派使者赴隋朝,积极招纳外来僧人,并亲自讲经著疏(《三经义疏》),使佛教得到极大传播。奈良时代传承了飞鸟时代的护佛政策,兴建东大寺和国分寺,颁布僧尼令,请唐鉴真和尚设坛授戒,确立日本佛教戒律。日本僧尼不仅按国家规定诵读三部"护国经典"③,还举办讲经会,进行佛学研究。逐渐形成佛教史书称为"奈良六宗"的三论、成实、法相、俱舍、华严和律宗六家。平安时期最盛行的佛教宗派是以最澄④和空海⑤分别从唐朝传入的天台宗及真言宗。最澄在唐朝兼学天台、密宗、禅及大乘戒法等,归国后融合各宗创立日本天台宗,具有鲜明的"护国"思想。空海入唐朝求佛法,归国后创立日本真言宗,著有《辨显密二教论》(2卷),该著作被认为是最早的密宗教判⑥理论书。平安后期,奈良六宗影响衰微,末法⑦思想产生,出现了以空也上人与惠

---

① 本小节中有关"日本佛教史"内容参照了杨曾文《日本佛教史》(新版),北京:人民出版社,2008年。
② 圣德太子:574—622,日本飞鸟时代(592—710)的皇族、政治家,用明天皇第二子。笃信佛教,其执政期间大力弘扬佛教。
③ 该三部"护国经典"为《金光明最胜王经》《法华经》《仁王般若经》。
④ 最澄:767—822,日本天台宗创始人。滋贺县人,俗姓三津首。专研佛教各宗之经论,崇尚一乘思想。
⑤ 空海:774—835,日本真言宗创始人。赞岐(香川县)人,俗姓佐伯直。擅研三论及大小乘教义。
⑥ 教判:即判别解释佛陀一生所说教法之相状差别。依教说之形式、方法、顺序、内容、意义等,而分类教说之体系,以明佛陀之真意。
⑦ 末法:指佛法衰颓之时代。佛法分三个时期,即正法、像法、末法时期。正法时期一千年,像法时期一千年,末法时期一万年。现在正是末法时期,即佛法进入了微末的时期。

心源信①为代表的念佛往生派。其中空也倡导的"口称阿弥陀佛"对社会普通民众了解和接受净土信仰起了极大的作用。另有庆滋保胤《日本往生极乐记》、源信《往生要集》影响较大。镰仓时代,幕府对佛教采取既保护、支持,又适当抑制的政策。但源空②以称名念佛为主的净土宗、亲鸾③以"信心为本""恶人正机"说为主的净土真宗、日莲④以"妙法莲华经"五字经题为无上佛法的日莲宗、一遍⑤以一心念佛为主的时宗等先后得到了充分的发展。其中,净土宗与净土真宗,信仰人数最多,为日本最普遍的宗派。

在芥川文学中,《六宫公主》《往生画卷》便反映了这一时期的佛教宗派思想。在《六宫公主》中,叫花子和尚内记上人要求六宫公主一心念佛、自己念佛,即反映了念佛往生派的净土思想。文中"俗名庆滋保胤,世称内记上人,在空也上人的弟子中,最是一位德高望重的沙门"的说法即为印证。在《往生画卷》中,五位的求佛以及其充满标志性的称名念佛"喂,喂,阿弥陀佛!"即是源空所提倡以称名念佛为主的净土宗的实践行为。

江户时代,德川幕府颁布"寺院法度",实施"寺檀制度",加强对佛教宗派、寺院的控制与利用,同时鼓励各宗开展佛学教育和研究。为了维

---

① 惠心源信:942—1017,日本天台宗学僧。惠心流之祖,通称惠心僧都。大和(奈良县)人。登比睿山师事良源。著述七十余部一百五十卷。其中,《往生要集》提倡天台之观念念佛与善导系之称名念佛,成为日本净土教之圣典。

② 源空:1133—1212,平安末期至镰仓初期的佛教家,净土宗开山祖师。又号法然。承袭自善导的学说,谓只要口称念佛(称名念佛)即可往生极乐净土的教义。代表作《选择本愿念佛集》。

③ 亲鸾:1173—1262,日本净土真宗创始人。京都人,俗姓藤原。自幼入比睿山,以堂僧从事修学,后为法然弟子,归入于本愿他力、专修念佛的教义。其不太注重勤修称名念佛,只是强调坚定的信仰,提出"恶人正机"之说,认为恶人正是阿弥陀佛拯救对象,也可能往生净土成佛。

④ 日莲:1222—1282,日本日莲宗之祖。字莲长。代表作有《立正安国论》《开目钞》《观心本尊钞》等。

⑤ 一遍:1239—1289,为日本时宗之开祖。俗姓河野,讳名智真。一生大力倡导净土念佛思想。

护自身统治,德川幕府实行"锁国政策",禁止基督教及其传教士活动。德川幕府的一系列措施使佛教在稳定中获得了持续的发展。

由于德川幕府的禁教令,使得基督徒与佛教徒围绕信仰问题方面产生了尖锐的对立。德川幕府的禁教令始于1587年丰臣秀吉下达的《伴天连追放令》,但该禁令实际并未产生作用。1612年德川幕府再次对直辖领地下达禁教令,第二年扩大至全国。此后,传教士被驱逐,教堂被毁,众多基督徒被迫改宗,甚至被残杀。德川幕府对基督徒的迫害一直持续到明治初期。《尾形了斋备忘录》《阿吟》就集中表现了这时期的历史状况,体现了基督教与佛教尖锐对立的情形。《尾形了斋备忘录》描写尾形了斋医生向官府报告其迫使基督徒弃教才给予治病的故事,从中可以读出另一层意思,即每一位与基督徒接触过的村民都需要向官府报告相关情形,其中迫使篠放弃基督教信仰的过程更体现了村民对基督教的排斥。最令人震惊的是,文末篠的住宅"由慈元寺住持日宽派人烧毁"的结尾,将这种尖锐对立推向了顶峰。在《阿吟》中,阿吟与养父母一家由于信奉天主而被捕,因不肯放弃天主教而将受到严酷火刑。作者在文中交代故事发生的时间与背景是"不知是元和还是宽永,反正是很久远的年代了。即便到了那个时候,信奉天主教的人,一旦被人发现,也还是逃脱不了火刑或磔刑的处罚"。这其中的"元和"是指1615年到1624年,"宽永"是指1624年到1643年,皆处于德川幕府统治的江户时期。芥川文学中有关基督教与佛教对立的内容,反映了该时期德川幕府的禁教令问题,亦说明日本社会历史对芥川文学的深刻影响。

1868年明治政府颁布"神佛分离令",以神道教为国教,命令僧侣还俗,导致各地兴起"废佛毁释"运动。在此政令下,各地神社将以往奉为"本地"的佛像、佛教法器、经卷等一律清除或焚毁,原本属于寺院的镇守神社也与寺院脱离关系,诸多僧侣被迫沿用俗姓,甚至被鼓励食肉与带发娶妻。佛教各宗僧人成立"诸宗同德会盟""佛教各宗协会"等反抗。经过各方努力,明治政府于1889年通过宗教自由的法律,佛教至此才得以渡过困厄时期,进入新时代。

这时期,虽然经历了"神佛分离""废佛毁释",改变了佛教作为国教的地位,并因此受到了打击与排挤。但长期以来佛教作为日本"国教"的影响已经深入日本社会文化的各个方面。到芥川出生的1892年,佛教作为日本第二大宗教重新获得了新生。从明治初年到大正年间,由佛教各派创立的大学不断涌现。如1868年由净土宗创立的佛教大学(京都市);1876年由曹洞宗创立的爱知院大学(爱知县);1872由日莲宗创建的立正大学(京都市);1921年由净土真宗创立的同日大学(名古屋市);1926年由天台宗大学和真言宗的丰山大学、净土宗的宗教大学合并而成的大正大学(东京都)等。在辞典编纂方面,如1917年,由织田得能编著的《织田佛教大辞典》刊行,作者用其一生的心血编纂该辞典,自1899至1911,历经十余年仍未完成,后经高楠顺次郎、和田彻城、上田万年、芳贺矢一等监修补订,才得以出刊。尤为值得指出的是,《大正新修大藏经》于1924年由高楠顺次郎和渡边海旭发起,组织"大正一切经刊行会"编纂,由小野玄妙等人负责编辑校勘,于1934年印行。以上,佛教大学、佛教辞典等的出现,是佛教人文氛围逐渐融洽的表现,充实了日本现代佛学内容。再加上1912—1926年是日本短暂而相对稳定的大正时期,这时期,大正民主主义风潮席卷各个领域,民主自由的气息浓厚,被称之为"大正民主"。大正前期甚至开创了日本自明治维新以来前所未有的盛世。[①]

综上所述,从历史发展轨迹来看,日本较早受到了佛教及其文化的熏陶。佛教在日本的传播发展,虽然经历过既风光又曲折的过程,但不管怎样,历经一千余年的发展,佛教深深扎根于日本土壤,成为影响日本人生活的巨大文化因子,这是深刻影响作为"东方之人"的芥川之佛教相关文学的重要精神土壤。此外,大正时期日本相对稳定的政治环境、开明的社会氛围,为芥川佛教相关文学创作提供了良好的社会环境。

[①] 参见杜继文主编,《佛教史》,江苏人民出版社,2007年,第485—489页。

（二）芥川周边的人和事

晋·傅玄《太子少傅箴》："故近朱者赤，近墨者黑；声和则响清，形正则影直"。① 作家作为社会之人，不可能不与外界产生联系，其周边环境和人，都会或多或少地影响其生活乃至思想。芥川亦不例外，其所处环境以及身边朋友或多或少地影响了其人生观与世界观，甚至影响其文学创作。

首先，从芥川所生活的周围环境来看，芥川于 1892 年 3 月 1 日出生于东京，小时候就常在回向院及其附近玩耍，度过了愉快的童年与少年时期。回向院是位于东京都墨田区两国二丁目 10 番地的净土宗寺院。为安慰明历大火中的烧死者而由江户幕府所建。院中以有鼠小僧次郎②、山东京传③、竹本义太夫④等人的墓而闻名。芥川在回向院附近生活了近二十年，与回向院结下了不解之缘。⑤ 芥川在其文学中多次对"回向院"进行过描述。

芥川在《追忆》之"幼儿园"一节中回忆儿时的经历时写道："我每天都去幼儿园。它附属于著名回向院临近的江东小学。在那个幼儿园院子的角落里，有一棵高大的银杏树。我总是捡它的落叶夹进书本。"⑥ 在《本所与两国》"回向院"一节中这样写道：

---

① （晋）傅玄，高新民、朱允校编著，《傅玄〈傅子〉校读》，银川：宁夏人民出版社，2008 年，第 227 页。
② 鼠小僧次郎：1797—1832，江户后期专门抢劫、偷盗武士大名等有钱人家的盗贼犯。义贼。本名次郎吉，以"鼠小僧次郎吉"而闻名。
③ 山东京传：1761—1816，江户后期风俗画师，通俗文学家。本名岩濑醒。善于写作讽刺滑稽性插图小说、言情小说，曾因宽政改革整肃出版而受罚。作品有《江户生艳气桦烧》《樱下美人图》《江户风俗图卷》等。
④ 竹本义太夫：1651—1714，日本江户时期说唱艺人。日本义太夫节净瑠璃创始人。本名五郎兵卫。
⑤ （日）菊池弘等编，《芥川龍之介事典》（增订版），東京：明治書院，2001，p.88。
⑥ （日）芥川龍之介，《芥川龍之介全集》（第十三卷），東京：岩波書店，1996，p.289。

现在的回向院是个临时建筑。尽管添加了带金色纹理的镀锌铁皮包边的屋顶,但安装了玻璃门窗的正殿也只能算作临时建筑。我们听着诵经声,还去了我很早就熟知的鼠小僧墓。那天也有三四个乞丐凑在墓前。这倒也没有什么关系。比这更让我吃惊的是海狗供养塔还立在那里。我呆呆地仰望着那块石碑,不由地同情起更深处的鼠小僧墓。①

在上文中,芥川记录了再次探访回向院时的情景。他继续写道:"这里的墓地也是令我怀念的。我和伙伴们经常恶作剧地把石塔扳倒,而被寺里的男仆追逐。早年的树木还很繁茂自不在话下,甚至还让人有一种不是坟地而是墓园的感觉。"②"回向院"是芥川生活环境与佛教相关的一个缩影。

事实上,芥川对寺院情有独钟,在其短短的一生中,他参访过无数寺院,甚至还去寺院休养过。③ 即使是在几个月的中国之行中,亦遍访了所到之地的大小寺院,诸如寒山寺(苏州)、灵隐寺(杭州)等。在其文学中有关寺院的记载与描述亦十分引人注目。芥川文学中出现过的寺院有龙华寺(静冈市)、铁舟寺(静冈市)、修善寺(伊豆县)、光悦寺(京都市)等,生活在这样一个佛教氛围浓厚,周围被寺院包围的环境中不会不受熏陶吧。芥川的寺院参访并非意味着他信奉佛教,但至少表明他对寺院与佛教抱有某种感情,或者寺院有吸引他之处。寺院作为佛教宣扬教义和佛理的重要场所,参访寺院,加深对寺院、佛教的了解,反过来又会使参访者受到佛教文化的熏陶。

上文从环境影响方面对芥川及其文学与佛教的关系进行了梳理。另一方面,创作者所接触的人,尤其师长、朋友等,与作家关系紧密者对作家的思想、创作亦有不可忽视的影响力。从这个方面来看,芥川身边

---

① (日)芥川龍之介,《芥川龍之介全集》(第十五卷),東京:岩波書店,1997,p.34。
② (日)芥川龍之介,《芥川龍之介全集》(第十五卷),東京:岩波書店,1997,p.35。
③ 芥川曾于1925年4月10日—5月6日赴静冈县伊豆修善寺休养。

有佛学信仰的师长、朋友等应对芥川及其文学产生过潜移默化的影响。

1. 夏目漱石

对芥川有深刻影响力的师长中,最为突出的是其恩师夏目漱石先生。夏目漱石(1867—1916)被称为日本的"国民大作家",在日本近代文学史上享有崇高的地位。夏目漱石东西文化造诣颇深,从小就受禅宗影响,他在自传体小说《路边草》(1915)中回忆曾经住在寺院附近。但他接受佛教的教导主要来自师傅宗演,曾参禅于宗演门下①,甚至在他去世后,亦由宗演为其超度亡魂。其文学中更是渗透着禅的深刻影响,代表作《我是猫》(1905—1906)中禅语甚多;《从此以后》(1909)中描述了其禅宗志向;《门》(1910)则以其圆觉寺参禅经历为蓝本;《使者》(1912—1913)、《梦十夜》(1908)、汉诗等作品亦有众多禅宗思想的表述。如汉诗"圆觉曾参棒喝禅,瞎儿何处触机缘;青山小拒庸人骨,回首九原月在天"②即为他对参禅的感悟。可以说,"禅的世界"是理解夏目漱石及其文学的重要途径。

1915年11月经由林原耕三的引荐,芥川与久米正雄等人一同入漱石门下。芥川在其文学中多次提及对恩师的回忆。芥川于1916年8月28日致夏目漱石的书简中汇报了自己的近况并愿其保重身体,他写道:"先生在东京酷暑中写小说,情况与我们不同,仰请珍重贵体。自从先生于修善寺身染清恙以来,说实话,一提到先生病卧在床我们就浑身发冷。至少为了我们年轻一代,先生也要时刻保持健康"。③ 芥川在1916年12月13日致妻子(冢本文)的书简中,谈及恩师对他的深刻影响。他写道:"我生来从未体味如此难以释怀的悲哀,如今想起仍痛楚不堪。因为,第一位认可我作品的就是夏目先生,而且,一直鞭策我的也是夏目先生。"④

---

① 夏目漱石于1894年12月底至1895年1月7日,至镰仓圆觉寺释宗演门下参禅。
② 刘岳兵,《夏目漱石晚年汉诗中的求"道"意识》,载《日本研究》,2006年第3期,第58页。
③ (日)芥川龍之介,《芥川龙之介全集》(第十八卷),東京:岩波書店,1997,p.47。
④ (日)芥川龍之介,《芥川龙之介全集》(第十八卷),東京:岩波書店,1997,p.68。

1917年2月8日致夏目夫人（夏目镜子）书简中亦提及了夏目漱石对他的影响,他这样写道:"眼下亦忙得不可开交,且经常忆起先生往事。在我不被看好的小说中,仍有得到先生赞许之作。此时,无论何人何等恶语我都泰然处之。只要先生夸奖,我就心满意足。每次动笔写小说,我便首先想起此事。"①足见他对恩师的深厚感情。

可见,芥川受夏目漱石影响之深。虽然并无直接证据证明他直接受其恩师在佛教方面的影响,但夏目漱石的禅宗思想在潜移默化中影响着芥川,是可以想象的。

2. 释宗演

释宗演(1859—1919),日本临济宗僧人。若狭(福井县)人。字洪岳,号楞伽窟、小厮子、不可往子。幼名常次郎。十二岁从越溪守谦出家,改名宗演。1878年,参谒镰仓圆觉寺今北洪川②,苦心参究七年,遂得其禅旨。1878年,入庆应义塾学习英语及西学,后受山冈铁舟③等援助,留学锡兰④,三年后回国。后在国内大力推展禅宗。曾任圆觉寺派管长、临济宗大学(现花园大学)校长等职,并曾作为日本代表出席芝加哥万国宗教者大会。会后,历访欧美诸国,并游化朝鲜、台湾等地。1919年病逝,享年六十一岁。著有《西游日记》三卷、《楞伽漫录》十九卷、《欧文说法集》等。夏目漱石、铃木大拙等人深受其影响。⑤

释宗演作为影响芥川恩师夏目漱石的禅师,芥川亦与其有交集。《蜘蛛之丝》就被认为是出自由铃木大拙译述、释宗演校阅的《因果小车》。芥川在1916年12月17日致松冈让书简中提及与宗演的直接交

---

① （日）芥川龍之介,《芥川龍之介全集》(第十八卷),東京:岩波書店,1997,p.86。
② 今北洪川:1816—1892,幕府末期、明治时期临济宗禅僧。现兵库县人,法号虚舟。著有《禅海一澜》。
③ 山冈铁舟:1836—1888,幕府末期至明治时期幕僚,政治家、思想家。精通剑道、禅、书法。
④ 锡兰:今斯里兰卡。公元前3世纪,佛教传入后,为南方佛教中心。国民中70%以上信奉佛教。
⑤ 参见蓝吉富主编,《中华佛教百科全书》(第九册),台南:中华佛教百科文献基金会,1994年,第5934页。

往,他写道:"昨日与营先生趋谒宗演老师。那间挂了唐画的小巧书斋酷似'海魴①',颇为闲适。甚好。不过,宗演居然抽'金嘴'烟、剥银纸吃巧克力! 戴的好像是镍合金框眼镜,尔后,又为祭奉夏目先生去了'归源庵'"。②

3. 其他友人

此外,与芥川有众多交集的朋友中,多人曾创作过佛教相关文学作品,如仓田百三(1891—1943)的《出家及其弟子》、松冈让(1891—1969)的《守护法城的人们》、里见弴(1888—1983)的《道元禅师的话》、佐藤春夫(1892—1964)的《掬水潭》《从极乐而来》,森欧外(1862—1922)的《寒山拾得》,菊池宽(1888—1948)的《给恩仇的他们》,田山花袋(1872—1930)描述净土宗的作品《某个僧人的奇迹》及告白无常观的作品《时间匆匆》等。③

仓田百三的《出家及其弟子》发表于1916—1917年,1918年由岩波书店发行单行本后,在日本引起了强烈的反响。故事描述了开创净土真宗的日本佛教大师亲鸾,早年因受诬陷,被判流放,在各地苦行巡礼。期间与一名武士的女儿生下一个男孩,取名善鸾。并在某个大雪之夜,因借宿而与某猎户结了缘。十五年后,亲鸾大师带领弟子们树立起净土真宗的威望。猎户的儿子松若也出家修行改名"唯圆",并跟随、近身服侍亲鸾,成为亲鸾最亲近的弟子。但亲生儿子善鸾却终日酒肉池林,不愿接受信仰的救赎,被世俗认作放荡儿。透过善鸾的介绍,唯圆甚至爱上了一名叫作"枫"的艺妓,让原本平静无波的寺院掀起了一场信仰与道德的风暴。④

虽无充分证据证明芥川受仓田百三及其作品《出家及其弟子》的影

---

① 海魴:海鱼,广布于全世界暖、温海洋带。身体扁平,呈椭圆状,背鳍上长有鳍刺。
② (日)芥川龍之介,《芥川龍之介全集》(第十八卷),東京:岩波書店,1997,p.70。
③ 参见(日)見理文周,《近代日本の文学と仏教》,载《日本文学と仏教 第十卷 近代文学と仏教》,東京:岩波書店,1995,pp.37—51。
④ 参见(日)倉田百三著,孙百刚译《出家及其弟子》,上海:开明书店,1930年。

响,但同为新思潮作家的仓田百三与芥川有过密切交往却是事实。芥川在1917年7月19日致池崎忠孝明信片中说其阅读过该作品,很是佩服。随后,7月26日致松冈让书简中又提及该作品:"我从本质上十分佩服《出家及其弟子》。"①而对于松冈让的《守护法城的人们》,芥川亦多次提及。芥川在1917年10月25日致松冈让明信片中写道:"真想早日读到你的《守护法城的人们》。"②他在1917年11月13日致松冈让明信片中写道:"我认为《守护法城的人们》是一部力作,无论从材料的充实感来看,还是从根本态度看都是如此。不过篇幅过长,对素材的梳理难免有所欠缺。素材恐怕相当于作品的两三倍!不过,这一点想必你也有所注意。此外则无可挑剔,对自然的描写简直美轮美奂之极。专此肃函。"③可见芥川对该作品给予了较高的评价。

芥川曾在《文艺的,过于文艺的》(草稿)(1927)"三十二"中对里见弴的作品《大道无门》等进行过评论:

  所有的小说,在另一方面皆为处世术教材。所以在极广义上,无妨说小说具有教育性。乍一看宛似超越红尘的《碧岩录》等短篇集,即为其最显著的例证(我对禅宗一无所知,但我却带着偏爱,读过一遍短篇集《碧岩录》)。当然,这类小说中的处世术与作者的人生观密切相关。里见弴的长篇小说《大道无门》就是一例。

  里见弴是位哲学家。不知何故,里见弴的这一侧面常被忽略。然而论及里见时,这一事实是无法忽略的。此前里见写过《多情佛心》,这次又著《大道无门》。两部小说连书名都带有哲理性。加之,阅读里见的感想,大体皆带哲理性,若更加严谨地说,乃富于理想主义色彩。而这位理想主义者在现实面前毫不气馁,反而高扬着写有

---

① (日)芥川龍之介,《芥川龍之介全集》(第十八卷),東京:岩波書店,1997,p.123。
② (日)芥川龍之介,《芥川龍之介全集》(第十八卷),東京:岩波書店,1997,p.156。
③ (日)芥川龍之介,《芥川龍之介全集》(第十八卷),東京:岩波書店,1997,p.166。

"莫惧幻灭"字样的大旗向前突进。①

在文中,芥川谈及禅宗,虽然他表示他对禅宗"一无所知",但却"带有偏爱"。除了对《大道无门》进行了评论,还提及《多情佛心》,谈及"幻灭无常",足见芥川与里见弴及其作品的交集。

如上文所述,在与芥川交往的朋友中,多人创作了佛教相关作品,其中更有松冈让、佐藤春夫、菊池宽等甚为亲密的朋友,他们在相识相交的过程中无不互相影响,这亦是芥川佛教相关文学创作的影响因素之一。诚然,与芥川同时代的文学同仁们相继创作与佛教相关的文学作品,并非一种文学风潮,与日本长期以来所受的佛教文化熏陶亦分不开,但我们不能否认文学同仁们彼此之间的影响作用。

(三) 芥川佛教相关文学材源

芥川出生后不久,生母发疯,后被舅舅芥川家收养。芥川家是延续十几代的士族,门风高尚,文学、演艺等均是士族子弟必修科目。在如此家庭熏陶下,芥川阅读极广,在中小学时代就喜欢阅读江户文学、《西游记》、《水浒传》等,也喜欢日本近代作家泉镜花(1873—1939)、幸田露伴(1867—1947)、夏目漱石、森鸥外的作品。对欧美文学也抱有浓厚兴趣,喜读波德莱尔(1821—1867)、易卜生(1828—1906)、斯特林堡(1849—1912)、法朗士(1844—1924)等人的作品,深受东、西方文学的影响。他在《爱读书籍印象》中就曾提及自己酷爱读书。芥川不断从书籍中吸收养分,学贯东西,为他日后成为杰出作家打下了良好的基础。

由于芥川酷爱读书,他从书籍中获取的创作素材十分丰富。芥川有对素材的追求,但并不是盲目追求。他曾经说过:"纵使有了素材,我若不能走进素材,素材与我的情感若不能融为一体,还是不能写小说。若勉强写,写出的东西便支离破碎。我因焦急逮笔,几次吃过这样的亏。"

---

① (日)芥川龍之介,《芥川龍之介全集》(第二十一卷),東京:岩波書店,1997,p.456。

《我与创作——〈烟草与恶魔〉序言》)①此外,芥川还在《校对之后》中对素材进行过如下论述:

> 原以为同人都很自信,其实大错特错。很多同人都从其他作家的作品中索取素材。对于那些创作中认真把握一切素材的作家,且不论其写作的行为本身,仅视其把握素材的巧妙方式和写作方式即令我肃然起敬("自然派"作家中也有此类同人)。与其说我仅仅对此倾向一见钟情,莫若说我的感佩方式是更为合理的。②

从以上芥川对素材的追求可以看出,他认可从其他作家作品中选取素材的行为,但亦对取材采取十分谨慎的态度。芥川佛教相关文学的取材,主要与《今昔物语集》《宇治拾遗物语》有关。

1.《今昔物语集》

芥川在《今昔物语鉴赏》中写道:

> "我对其中的佛法部分也多少有一些兴趣。这么说,既不是对佛法有兴趣,更不是对天台以及真言的火供③之烟感兴趣,而是对当时的人心感兴趣。……佛法部分告诉我,当时的人们如何切实地感到了哪些来自天竺的佛、菩萨以及天狗等超自然存在。我们毕竟不是他们。法华寺④的十一面观音、扶桑寺⑤的高僧们,乃至金刚峰

---

① (日)芥川龍之介,《芥川龍之介全集》(第二卷),東京:岩波書店,1995,p.209。
② (日)芥川龍之介,《芥川龍之介全集》(第二卷),東京:岩波書店,1995,p.32。
③ 火供:以燃烧供品的方式供养给本尊。火供的对象有世间的护法神、多闻天王、赞巴拉等等;出世间者为智能本尊,如阿弥陀佛、观音等。
④ 法华寺:位于奈良市,属真言律宗的一座尼姑寺院。寺中本尊十一面观音立像为平安初期所立,为日本国宝。
⑤ 扶桑寺:未详。"扶桑"为日本别称,应为"日本的寺院"之意。

寺①的不动明王(赤不动)所带给我们的,只是艺术性的——美的感动。……我们有时候会向遥远的过去寻找我们的梦。可是,据《今昔物语》所讲,就连那王朝时代的京都也并不是比东京及大阪少了娑婆苦的地方。诚然,牛车熙熙攘攘的朱雀大道想必是繁华的。可是,一旦走到那里的小巷,也有群狗争食路旁尸体之肉的现象,而且到了夜晚更加可怕,一切超自然的存在——巨大的土地菩萨、变为女孩的狐狸精等,亦行走于春天的星光之下。修罗、饿鬼、地狱、畜生等世界,并不总在现世外。"②

芥川在文学中专门论述《今昔物语集》,足见他受其影响之深。《今昔物语集》亦因芥川"古典的发现"而更为人所知。

芥川从《今昔物语集》取材的作品众多,与佛教相关的作品就有四篇确切取材于该作。如《六宫公主》出自卷第九《六宫公主夫出家语第五》、卷第五《造恶业人最后唱念佛往生语第四十七》、卷第十六《东下者宿人家值产语第十九》;《罗生门》出自卷第二十九《罗城门登上层见死人盗人语第十八》以及卷第三十一之《太刀带阵卖鱼妇语第卅一》;《往生画卷》出自卷十九《赞岐国多度郡五位闻法师即出家语第十四》;《运气》出自卷第六《贫女仕清水观音值盗人夫语第卅三》。

此外,芥川其他佛教相关作品亦与《今昔物语集》有关,如《鼻子》与卷第十八《池尾禅珍内供鼻语第廿》;《道祖问答》与《天王寺住持道命阿阇梨卅六》;《地狱变》与第二十八卷《左京大夫得诨号》;《尼提》与《长者家净屎尿女得道语》等。

《今昔物语集》之于芥川及芥川文学具有重要的意义。芥川佛教相关文学中多篇取材于该作,不能不说该作在研究芥川佛教相关文学方面

---

① 金刚峰寺:位于和歌山县伊都郡的高野山上。真言宗总寺。弘法大师创建。赤不动为高野山明王院所藏的全身红色的不动明王佛画,相传为智证大师(814—891)所作。
② (日)芥川龍之介,《芥川龍之介全集》(第十四卷),東京:岩波書店,1996,pp.242—249。

的重要价值。

《今昔物语集》为日本平安末期作品,为佛教故事集,以富于训诫意味的佛教评话为多。全书以印度、中国、日本三国为舞台收录了一千多个故事,分为"佛法、世俗、恶行、杂事"等部,记录了高僧、帝王、将军、官僚、衙役、阴阳师、百姓、鬼、盗贼、天狗等的事情。

我国学者张龙妹在长达七年的校注修订后,出版了《今昔物语集》上下两册。她在该书前言中对《今昔物语集》进行了十分详细的解读与评价,在前言的"二 校注本说明"之"三 校注内容"中着重提及了"佛教用语"及"与芥川龙之介的关系":

> 佛教用语:因为故事集具有很强的佛教内容,里面的佛教用语也是比比皆是,为了便于阅读,对理解作品有着关键作用的佛教用语也作了必要的注释。
>
> 与芥川龙之介关系:《今昔》在日本的闻名,很大程度上借助于芥川龙之介。芥川在大正年间的作品,有不少是以《今昔》中的故事为题材的。对这些作品也一一做了注释,以期为从事芥川研究的人员提供参考。[1]

日本古典文学全集二十一《今昔物语集一》的《解说》之"一 《今昔物语集》之概要"中,解说者国东文磨对《今昔物语集》的出典情况进行过如下说明:

> 关于天竺、震旦说话,直接或间接出自《三宝感应要略录》、《弘赞法华传》、《冥报记》、《法华传记》、《法苑珠林》、《经律异相》、《诸经要集》、《过去现在因果经》、《撰集百缘经》、《大般涅槃经》、《杂宝藏经》、《大唐西域记》、《孝子传》等中国说话集、经典、传记类、史书类。

---

[1] 张龙妹校注,北京编译社译,《今昔物语集》,北京:人民文学出版社,2008年,第7页。

本朝佛教说话则较多出自《日本灵异记》、《日本往生极乐记》、《本朝法华验记》、《地藏菩萨灵验记》、《三宝绘词》等。①

解说者据此认为"《今昔物语集》毫无疑问是佛教说话集"。该书的另一位解说者今野达在该书《解说》之"六 构成与素材"中对各卷内容进行归纳的基础上引证冈本保孝的出典研究，对《今昔物语集》的出典进行了与国东文麿解说基本相似的归纳。

杉浦明平在《今昔物语集》之《后记》中指出，《今昔物语集》是在歌颂释迦牟尼等佛教功德的大方针下，由众多人员历经相当长岁月编纂而成的说话集，是一部描述自释迦牟尼诞生以来中国、印度等地的佛菩萨、高僧、信徒的难得一见的行为或逸闻之作，他认为该作品取材于印度、中国的佛典，其中本朝部二十一卷中有一半是关于佛教传入日本、《法华经》、观音菩萨、阿弥陀佛等佛教相关的说话集，是前面天竺部、震旦部的延续。在文中，他对芥川发掘《今昔物语集》的价值给予了较高的评价：

> 对于《今昔物语集》的关注，岂止在近代，甚至在明治维新以后，连语文学家、文学家也很少关注。直至进入大正时代，芥川龙之介陆续发表了以《今昔物语集》有趣的故事为材料、加入了芥川独特的近代式的敏锐的才智、讽刺与心理的短篇小说《鼻子》、《山药粥》、《偷盗》、《竹林中》、《六宫公主》等，原作的文学价值才开始被人们发现。②

不仅如此，杉浦明平还将《今昔物语集》与《源氏物语》《枕草子》进行比较研究，更突出了芥川独到的眼光。

---

① （日）马渊和夫，国东文麿，今野达校注·译，《今昔物語集一》（第十三版），小学館，1985，p.10。

② （日）杉浦明平，《今昔ものがたり》，東京：岩波書店，2004，p.254。

提起平安时期文学,就会让人想起以《源氏物语》《枕草子》为代表的充满优雅、物哀的王朝文化的精粹。芥川却发现了那优雅的王朝文化背后或旁边还生活着滑稽、野蛮、残酷、悲惨的人们,他们的生活比起现代来说更为现代,因此首次进行了介绍。[1]

以上论述充分说明,《今昔物语集》是一部佛教说话集,芥川文学佛教相关作品有很大一部分取材于该作,可见芥川文学的这部分作品与佛教有不解的渊源。芥川在主观上可能并无宣扬佛法的意思,但通过文学作品的再创造,芥川佛教相关文学在客观上加深了人们对佛教的认识与了解。

2.《宇治拾遗物语》

芥川善于从古典中汲取素材,除了《今昔物语集》外,芥川文学的另一大材源为《宇治拾遗物语》。在芥川佛教相关文学方面,亦有多篇取材于该作。《鼻子》出自该作卷第二《七　长鼻僧的故事》;《道祖问答》出自卷第一《道命阿阇梨于和泉式部之许读经五条道祖神听闻事》;《地狱变》出自卷第三《看到画师良秀家被烧毁而喜悦之事》;《龙》出自卷第十《一六　藏人得业猿泽池龙之事》。

《宇治拾遗物语》,为日本镰仓时代的说话集。全书有十五卷、共一九七篇故事,与《今昔物语集》类似,故事的舞台大多以中国、印度、日本为主,主要是关于佛教说话、世俗故事、民间传说等,但其中有八十四篇与《今昔物语集》相同。

五味文彦在《向〈宇治拾遗物语〉靠近》中论及芥川取材于《宇治拾遗物语》的理由时写道:

《宇治拾遗物语》从历史学的角度来看,是一部较难对付的作品。不是因为其内容粗糙,而是其所受的都市式的洗练比什么都难

---

[1] （日）杉浦明平,《今昔ものがたり》,東京:岩波書店,2004,p.254。

对付。与《古今著闻集》《今昔物语集》相比,这样的情形最明白不过了。

　　我总算明白了芥川龙之介向《宇治拾遗物语》谋求话语的理由。那是因为作为文学的素材来说容易运用。但是,在历史学上,经过了各种加工和润色了的部分,作为史料来对待的话实在麻烦。正因为是充满着半途而废的事实与虚构的接点的说话集,不得不将其与完全架空的故事集等同视之。①

五味文彦认为芥川之所以取材于《宇治拾遗物语》,是因为《宇治拾遗物语》作为"文学的素材"容易运用。五味的论述具有一定的合理性,但他只看到了芥川取材的表面现象。芥川作为文学创作者,其取材固然看中材料的文学性,但这应不是主要原因。正如前文所述,芥川之取材主观性较强,主要取决于材料是否能引发其共鸣。相对于《今昔物语集》,《宇治拾遗物语》对芥川佛教相关文学的影响较小,但仍不能否认它对芥川佛教相关文学的独特意义。

3. 佛教相关藏书及其他

芥川酷爱读书,书籍可谓其重要的精神食粮之一。即使在修善寺休养期间,他仍然读书不断。如1925年4月13日芥川致葛卷义敏美术明信片中就曾表露了他对书籍的酷爱:"已读四本书。无书可读,难受得很。"②芥川藏书丰富,从其藏书目录可见其阅读广泛。通过对芥川藏书目录的研究,不难发现诸多与佛教有关的书籍,现列举如下:

《绘本西游记》40卷、《寒山诗阐提起闻》(1—3卷)、《西游真诠》(20卷)、《真正后聊斋志异》(1—2,4—8,7册)、《说法因缘除睡钞》(卷1—8,7册)、《剪灯新话》(卷1—2,2册)、《剪灯新话句解》(卷1—4,2册)、《剪灯余话》(1—3册,3册)、《禅门宝训集》、《禅林集句》、《太平广记》(卷1—

----

① （日）五味文彦,《〈宇治拾遗物語〉への接近》,载《新日本古典文学大系月報21》,1990年第42卷附录,pp.3—4。

② （日）芥川龍之介,《芥川龍之介全集》(第二十卷),東京:岩波書店,1997,p.123。

500，48册)、《日本灵异记》(1—3,3册)、《觅灯因话卷12》(卧法师入定录)(1册)、《夜窗鬼谈》(2册)、《近古禅林丛谈》、《元亨释书和解》(卷下)、《禅门茶话(婆言爷语)》、《无门关讲义》等。①

  以上所列芥川藏书,既有与佛教联系较深的文献,亦有联系较浅的文献,但不管怎样,皆与佛教有或多或少的关联。

  关于《西游记》是否是佛教文学,一直以来未有定论。但《西游记》涉及佛教,这是不容置疑的。我国学者曹炳建《〈西游记〉中所见佛教经目考》(载《河南大学学报(社会科学版)》,2004年第1期,第79—82页)、刘荫柏《〈西游记〉与佛教》(载《明清小说研究》,1988年第1期,第83—96、308页)、李建东《〈西游记〉的佛教思想》(载《河南社会科学》,1997年第2期,第71—74页)、杨峰《20世纪80年代以来"佛教与〈西游记〉的关系"研究综述》(载《明清小说研究》,2008年第1期,第133—143页)等论文均对该作品与佛教关系进行过诸多论证。

  《西游真诠》一百回,由清初陈士斌据明代百回本《西游记》删改而成,每回末尾均有陈士斌(即悟一子)的批语。既是根据《西游记》删改而成,因此也与佛教有关。《西游真诠序》中更有"后人有《西游记》者,殆《华严》之外篇也"、"记《西游》者,传《华严》之心法也"之言。②

  《剪灯新话》《剪灯余话》两部作品中也有与佛教相关的题材与思想。兰小云、贾东丽《佛教文化与〈剪灯新话〉》(载《遵义师范学院学报》,2005年第1期)、乔光辉《大报恩寺与李昌祺的佛教情结及其对〈剪灯余话〉的影响》(载《东南文化》,2005年第3期)均对其进行过论述。

  《太平广记》是宋人编的一部大书。全书五百卷,目录十卷,取材于汉代至宋初的野史小说及释藏、道经和以小说家为主的杂著,属于类书。《太平广记》虽然以神仙故事为主,但不乏宣扬佛法灵验和因果报应的故事,如一零二卷至一三四卷均有关于因果报应的内容。

---

  ① 参见《芥川龍之介文庫目録》,東京:日本近代文学館,1977。
  ② (清)尤侗,《西游真诠序》,载朱一玄、刘毓忱,《〈西游记〉资料汇编》,中州书画社,1983年,第217页。

《禅林宝训》,又称《禅门宝训》《禅门宝训集》,四卷。内容收录南岳下①十一世黄龙慧南至十六世佛照拙菴等宋代诸禅师之遗语教训,约三百篇,各篇末皆明记出典。

芥川文库是研究芥川文学的重要文献资料。从芥川对书籍的喜爱可以看出,他所收集的文库应是他曾经阅读过的或十分喜爱的书籍。

此外,芥川还曾阅读过其他作家的佛教相关作品,关于这一点,已在前述"芥川周边的人和事"之"其他友人"中有所涉及。除阅读过身边友人的佛教相关作品外,他还关注同时代文人学者的相关作品。如芥川在《偏颇之见》中论述斋藤茂吉时,提及自己对茂吉喜爱的缘由,从中可见他所受到的佛教思想的熏陶。

> 说到茂吉的特色,单此内容恐怕也要费上几页纸。茂吉在《阿寻》的连作中,吟咏了善男的恋爱。在《仙逝的母亲》连作中,诉说了尘世的生生灭灭。在《口哨》的连作中夸耀了取材无所回避的大胆,而在《干草》的连作中,则史无前例地玩弄起了隽锐的感觉。"大山是首领,住在此村中,只因有他在,舒畅乐开怀。"这样的诗句传达了怡然的诙谐。"黑圆球真好,豆柿成熟了,小鸟奔食去,霜露沾多少。"此作大可使人产生朴素画趣的联想。《喔喔》、《森森》的Onomatopoeia(声喻)吹进来一股新鲜的气息。在《父母所生》及《海此岸》的佛教用语里,涌动着新鲜的血液……②

斋藤茂吉(1882—1953)是日本著名的短歌诗人。斋藤与佛教渊源颇深,其短歌渗透着颇深的佛学韵味。他于1913创作的第一部歌集《赤光》,题名就与佛经《阿弥陀经》相关。

---

① 南岳下:为我国禅宗之一派。又作南岳下。南岳,指唐代的南岳怀让禅师;下,派下之意。即六祖慧能的弟子南岳怀让的法系,相对于同是六祖弟子的青原行思所衍出的法系"青原下"而言。

② (日)芥川龍之介,《芥川龍之介全集》(第十一卷),東京:岩波書店,1996,p.191。

"在《仙逝的母亲》一作中,诉说了尘世的生生灭灭","在《父母所生》及《海此岸》的佛教用语里,涌动着新鲜的血液……"。芥川能对茂吉的短歌做出如此深刻的评论,应是建立在认真阅读与深刻理解作品基础上的解读。

再来考察芥川的另一篇作品《〈井月诗集〉跋》(1921):

> 空谷下岛先生编辑的《井月诗集》即将出版。井月连草庐亦未曾搭建,只以乞讨为生,因而,大海捞针地收集其诗作绝非易事。首先,我必须对编者锲而不舍的精神表示钦佩。
>
> 翻开《井月诗集》,其中决然不乏蹩脚之作。当时天明年代的遗音早已绝迹,明治时期新风尚未兴起,井月亦备受世风之熏陶。但欲言山岳之高者,必先丈量巅峰。井月虽被时代风潮所卷,却念念不忘古俳谐之大道。"莲花绽开款款舞,熏风扑面习习吹。"以下散见于诗集中的佳句,讲述了当时的境况。且其书法及至《幻住庵记》之时,已堪称出神入化。其次,我为慧眼独具的编者得此佳作而欣欣。
>
> 而我受益匪浅者,尚不止于此。古时,天竺国"鹿头梵志"曾常观骷髅①,以手击之即可言明死因。譬如,"此乃男子是也。众病集而百节酸痛,残命而终。此人死,落趣三恶②。"但佛祖释尊以"优陀延比丘③"骷髅试之,对方却呆然答曰,"既非男亦非女。不见生不见断。亦不见同胞往来。"实在不知所云。进入"无余涅槃④"的比丘因

---

① 常观骷髅:有关鹿头梵志的佛教故事。大意为:某次,释迦牟尼带鹿头梵志至一墓地,共同分析五个骷髅,判定男女、死亡原因、治疗方法、死后往生之处等,鹿头梵志一一知晓,但最后佛示以罗汉骷髅而鹿头梵志却不能判定,于是佛向他解释佛教能断轮回,劝其修行,于是他皈依佛教,修得阿罗汉果。

② 三恶:指地狱、饿鬼、畜生三恶趣。又作三恶道、三涂、三途、三恶。

③ 优陀延比丘:释迦牟尼弟子。憍赏弥国之王。另有《四分律》第五十三卷将其称为拘睒弥国之王。

④ 无余涅槃:两种涅槃之一。"有余涅槃"的相对词。依断尽一切色心烦恼而得二乘最高之悟之境地。

"无始无终,亦无生死,尚无八方上下可去之处",故而不及梵志之神识。不仅限于优陀延,如令其叩击井月骷髅,梵志也只能喟然长叹。即使在这艰难的近代,涌现此类人物亦将令我等罪孽深重的凡夫俗子心生奋勇之情。在介绍井月诗歌的同时,编者也准确地介绍了井月其人。最后,我要对此表示谢意。①

在该跋文中,作者不仅对空谷下岛的《井月诗集》进行了评论,而且更重要的是描述了"鹿头梵志"的佛教故事。

"鹿头梵志"故事,佛经《增一阿含经》中有记载。《增一阿含经》卷二十曰:"尔时世尊从静室起下灵鹫山。及将鹿头梵志。而渐游行到大畏塚间。明于星宿又兼医药。能疗治众病皆解诸趣。亦复能知人死因缘。我今问汝。此是何人骷髅。"②日本学者袴谷宪昭在《芥川龙之介与佛教文学》一文中对该跋文进行了详细的分析,他在对照《增一阿含经》的基础上,得出了芥川以《增一阿含经》卷第二十第四为基础撰写该跋文的结论。③芥川在该跋文中对佛经典故的熟知程度再次说明了其深厚的佛学造诣。

二、芥川佛教相关文学再思考

(一)

芥川龙之介作为日本大正时代最具代表性的作家,"新思潮"派的领军人物,在日本文学史上占有十分重要的地位。他学贯东西,博学多识,其离世被喻为日本文坛一个时代的终结。不仅如此,芥川及其文学在世

---

① (日)芥川龍之介,《芥川龍之介全集》(第八卷),東京:岩波書店,1996,pp.108—109。
② 东晋罽宾三藏瞿昙僧伽提婆译,《增一阿含经》,大正藏第二卷,第650页(下)。
③ (日)袴谷宪昭,《芥川龙之介与佛教文学》,载《驹泽大学佛教文学研究》,2012,pp.69—102。

界文坛上亦享有颇高的声誉,其作品被译成中、英、韩、俄等多国语言,在全球四十多国家出版发行,可谓声名远播。

人们提及芥川文学,首先想到的是他的"艺术至上主义",抑或"善于从古典中取材将古典演绎成当今之作",抑或其"基督教思想",抑或"现代主义文学特征"等,几乎没有人会联想到影响芥川文学的传统佛教思想。芥川佛教相关文学,即使在《近代文学与佛教》这样重要的著作中都未曾被提及过,而与芥川同时代的作家,如仓田百三、松冈让、里见弴、今东光(1898—1977)等作家却凭借一部或几部作品入选,足见芥川佛教相关文学在"近代日本文学与佛教"领域几乎被忽略了。这对于创作有如此多佛教相关作品的芥川及其文学来说是不公平的。造成这种情况的原因是多样的。笔者试作如下分析:

第一,芥川本身没有佛教信仰,虽然他最初寻求过佛教的救赎,但未取得成功,不像川端康成那样本身信奉佛教。第二,芥川没有完整的佛教诗集或小说集,其小说又大都为短篇,不像三岛由纪夫的《金阁寺》(1956)、《丰饶之海》(1965)那样的鸿篇巨制,因此不受关注。第三,芥川在中、晚期对基督教颇为关心,撰写了较多有关基督教的作品,他自杀时枕边亦放有时常翻阅的《圣经》,以障眼法的方式使人们确信他与佛教没有关系。

按照狭义的"佛教文学"定义,也许芥川文学不属于此类文学,但按照广义定义,或按照《佛教文学的周边》(日本,和泉书院,1994)一书中对"近代文学与佛教"的界定标准,描述僧侣生活或与佛教相关的作品亦属于佛教文学,或称为佛教周边文学,芥川佛教相关文学无论如何都应占有一席之地,更何况芥川文学涉及如此多的佛教相关作品,佛教术语更是比比皆是。

芥川虽然不信奉任何宗教,但通过论述,我们不难看出他曾对佛教进行过诸多的探讨与展望。归纳起来,在佛教相关文学方面,芥川文学所体现的佛教思想主要有如下六点:

1. 苦

"苦"为佛教中最基本的观念,常有人生"八苦":生苦、老苦、病苦、死苦、怨憎会苦、爱别离苦、求不得苦及五取蕴苦。释迦牟尼由于对人生之苦的困惑而走上苦修的道路,最终在菩提树下悟道成佛。有关释迦牟尼的成佛过程,芥川曾在未定稿《释迦》《侏儒警语》的"佛陀"等作品中进行过详细的描述。芥川的一生,亦是"苦难"的一生。他从小缺少母爱,并被迫成为养子;他身材消瘦,体弱多病,一生为胃肠病、痔疮、神经衰弱、失眠症所苦;他不任性也不能任性,不能自主决定自己的恋爱等,这些都给芥川的身心带来了极大的痛苦。

芥川所感受到人生是苦的,反映在其文学中,不仅有《孤独地狱》中所述"我也是在孤独地狱里受苦受难的一人",更有名言"人生比地狱还要地狱"、"人生还不如波德莱尔的一行诗"[①]等说法。芥川在《文艺的,过于文艺的》之"十 厌世主义"中写道:"我也与正宗氏一样,坚信任何社会组织都无法拯救我们人类的苦难。就连法朗士笔下古代潘神似的乌托邦,也不是佛陀梦想的净土。生老病死必然与爱别离苦同时来折腾我们。"[②]可见他对人生之"苦"认识之深刻。

2. 生与死

生与死,亦是佛教探讨的重要问题之一。从佛教所倡导的"生死事大"来看,生与死是佛教所关注的核心问题之一。芥川1914年所发表的第二篇作品《青年与死》就关注了这一问题,且该作品取材于佛教作品《龙树菩萨传》。其后,对生死问题的探讨贯穿于整个芥川文学。他在《老年与死》、《侏儒警语》之"星"、《侏儒警语》(遗稿)"自杀"、"死"等作品中均对此问题进行过广泛的探讨。尤其对生死轮回进行了较多的论述,如《假如我有来生》的生死轮回论、《尾生之信》的魂魄转生于现代之说,均以佛教生死轮回为基础。《侏儒警语》"星"对生死的论述尤为透彻,

---

① (日)芥川龍之介,《芥川龍之介全集》(第十六卷),東京:岩波書店,1997,p.38.
② (日)芥川龍之介,《芥川龍之介全集》(第十五卷),東京:岩波書店,1997,p.165.

"生死依照惯性运动定律循环不息"、"星辰的流转正如人世的沧桑,未必尽是赏心乐事",道出了生死的无常与无奈。

芥川对生死问题的执着,亦表明他在该问题上的迷惑,但令人遗憾的是芥川最终未能在该问题上找到正确答案,其自杀而亡的人生结局令人感到遗憾。

3. 善恶因果报应思想

善恶既是有关人性的问题,亦是佛教所关注的问题。尤其"善有善报、恶有恶报"的因果报应思想影响深远。芥川在其代表作《罗生门》中集中体现了人性的善恶,无家可归的仆人、拔死人头发的老太婆以及被拔头发的女人之间的善恶报应,环环相扣。《蜘蛛之丝》通过对释迦牟尼实施地狱救赎的描述,把"善恶"的因果观描写得淋漓尽致。此外,亦有《国槐》中"随后少年现身观世音菩萨,示喻阿婆因果报应"之说。《竹林中》(1921)通过对樵夫、行脚僧、老妪、多镶丸、亡灵等供词的描述,集中表现了人性的善恶。可以说,芥川以其深厚的佛学素养,对其作品中善恶人性的刻画是颇为深刻的。

4. 无常思想

《无常经》云:"生者皆归死,容颜尽变衰。强力病所侵,无能免斯者。假使妙高山,劫尽皆坏散。大海深无底,亦复皆枯竭。大地及日月,时至皆归尽。未曾有一事,不被无常吞。"[①]佛教对"无常"的理解主要是从生死开始,后扩展到世间一切皆为无常之说。芥川文学中涉及"无常"的作品较多,既有以《无常》作为标题的未定稿,亦有在文中多次论述世事无常、恋爱无常的《俊宽》。在《邪宗门》中更直接引用《无常经》之语:"未曾有一事,不被无常吞"。在《竹林中》中,作者在描述推官审讯行脚僧供词时,对人生发出了"如露亦如电"的感叹,这是佛教《金刚经》中的著名偈语。此外,《复仇之旅》(1920)更是通过对几位武士漫长的复仇之旅的描述,表现了生死无常。武士的复仇历经四年,最后落得喜三郎孑然一身

---

① 大唐三藏法师义静奉制译,《佛说无常经》,大正藏第十七卷,第745页(中)。

带着求马、左近、甚太夫三人的遗发踏上返回熊本的路途。复仇事未完，却平白断送了几人的性命，没有比这更能说明生死无常的残酷现实了。

5. 地狱思想

"地狱"是芥川文学的一个十分重要的文学意象。芥川文学对佛教地狱思想的理解颇为深刻。《地狱变》中的良秀，绘制了一幅令人恐怖的地狱变屏风，但在绘制过程中，给其弟子和自己心爱的女儿制造了一个个活生生的恐怖的人间地狱。正如文中所述，良秀的这个地狱，正是他自己将要坠入的地狱。在《蜘蛛之丝》中，作者通过描述大盗犍陀多等地狱罪人在地狱血海中沉浮的景象，呈现了一幅阴森恐怖的地狱图景。《孤独地狱》则借禅超之口谈及地狱，并对"孤独地狱"进行了较为详细的描述。在《杜子春》中，作者通过描述地狱鬼卒对杜子春及其父母的折磨来刻画地狱酷刑之恐怖。《竹林中》则描述了幽冥界的黑暗。佛经的地狱描述作为恐怖文学的源头之一，在芥川文学中亦得到了较好的演绎。

6. 念佛往生

念佛往生西方极乐净土、修得涅槃正果是佛教信仰者的修行目标之一。《往生画卷》是芥川集中描述佛教"往生"的重要作品。作者通过对"五位"口称"阿弥陀佛"名号，最终在海边枯树上往生的描述，展现了一幅壮美的往生画卷。《六宫公主》则描述了六宫公主临终时的念佛，尤其突出了"念佛往生，不能借助他力"的原则，丰富了"往生"的内涵。《尼提》则通过佛陀对除粪工尼提的度化，使尼提最终修得初果，远离了六道轮回。

此外，芥川文学亦涉及禅、净土、佛菩萨显圣等。1917年阿兰陀书房出版的芥川第一部作品集《罗生门》为他本人亲自设计装订，扉页写有："君看双眼色，不语似无愁"，该语出自《禅林句集》，由此可见他对禅宗偈语的偏爱之心，他在《文艺的，过于文艺的》（草稿）之"大道无门"中论及禅宗："我对禅宗一无所知，但我却带着偏爱，读过一遍短篇集《碧岩录》"。在《写于〈一茶诗集〉之后》(1922)中，他论述道：

一茶既然独具如上特色,深受当代人喜爱则不无道理。石川啄木将自己的诗集题名为《悲哀的玩具》,而俳句对一茶来说恐怕也不过是"悲哀的玩具"而已。以一茶和啄木的态度来看,吟诗作赋只为言志,终不如写小说。我读俳句既不悲亦不喜,只图于天人合一处油然地腾涌烟云,尝尽无限的禅机。试看芭蕉作品,"天凉好个秋深时,邻居何人我不知。"字里行间总关乎"生活"。借用魏尔连①的话说,岂非"诗者仅此而已,其余皆为文学"乎?一茶诗境未知此中醍醐,是我深感慊然的因由。②

作者在论述小林一茶③的俳句时表露出对禅宗的领悟:"我读俳句既不悲亦不喜,只图于天人合一处油然地腾涌烟云,尝尽无限的禅机",其对"禅机"的偏爱跃然纸上。

此外,芥川在《俊宽》《枯野抄》中亦描述了"净土",在《尼和地藏》《弘法大师利生记》《战遮与佛陀》中则描述了佛菩萨显圣的景象。可见他对佛教"净土""佛菩萨显圣"的理解是颇为到位的。

(二)

芥川是宗教怀疑主义者,他不信奉任何宗教,一直在佛教与基督教之间徘徊。他的《南京的基督》(1920)、《诸神的微笑》(1922)等作品均可见这种倾向。通过对比芥川对佛教与基督教的态度,可以更清晰地理解他对佛教的认识。芥川在《侏儒警语》中以"佛陀"为标题对佛陀进行论述时,就与基督教的"耶稣"进行了对比。"悉达多偷偷跑出王宫后苦修六年。所以苦修六年,当然是极尽奢华的宫廷生活的报应。作为证据,拿撒勒的木匠之子似乎只断食四十日。"④芥川在论述中承认"因果报

---

① 魏尔连:Verhaener,比利时诗人。著有《有触手的都市》等。
② (日)芥川龍之介,《芥川龍之介全集》(第九卷),東京:岩波書店,1996,p.27。
③ 小林一茶:1763—1827,日本江户时期著名俳句诗人,著有《病日记》《我春集》等。
④ (日)芥川龍之介,《芥川龍之介全集》(第十三卷),東京:岩波書店,1996,p.49。

应",认为释迦牟尼的成佛道路比耶稣基督的修道时间长,是曾经"奢靡宫廷生活的报应"。此外,《续西方之人》中的"与离开娘胎之后就高声宣布'惟我独尊'的佛陀相比,耶稣显得出奇的无以凭赖"、①"耶稣是生活速度最快的生活者。佛陀为了成佛得道,在雪山中住了几年。可是耶稣接受洗礼再经过四十日的禁食后,立即成了古代的'传教者'"②等,亦是在与基督教的对比中进行描述的,从中可以看出芥川对佛教的怀疑态度。不仅对佛教,对被认为对其有深刻影响的基督教亦是如此。

  关于芥川对基督教的态度,诸多学者以"芥川龙之介与基督教"为题进行过探讨。更有甚者,芥川临终时枕边所放的《圣经》极大地迷惑了众人的双眼,让人觉得芥川信奉基督教,或与基督教关系密切。但事实究竟如何?从芥川写于1926年的作品《鞭笞及其他》中,我们或许可以窥其一斑。写于芥川去世前一年的这篇作品,应具有极大的说服力。如果选取过早或中期作品论述其"信仰"问题,可能会一叶障目而只看到某一时期的状态,难免有失偏颇。但选取其晚期作品应该是颇有说服力的。且看《鞭笞及其他》:

  小时候,我因为彩色玻璃画的窗户以及摆动的香炉,爱上了基督教。之后吸引我的是圣人以及福者③的传记。我从他们的舍身事迹中,感到了心理上的或者戏剧上的兴趣,并因而仍旧热爱基督教。可是,虽然我爱基督教,但对于基督教的信仰却彻头彻尾的冷淡。仅仅如此还算好。我竟从一千九百二十二年以来,为了嘲笑基督信仰或基督徒,不时写下短文或格言。这些短文依然总是以基督教的艺术庄严作为工具。也就是说,我是为了轻视基督教,反而爱上了基督教。我之所以被惩罚,想必不仅仅是这个原因。可我相信这是

---

① (日)芥川龍之介,《芥川龍之介全集》(第十五卷),東京:岩波書店,1997,pp.275—276。
② (日)芥川龍之介,《芥川龍之介全集》(第十五卷),東京:岩波書店,1997,p.277。
③ 福者:天主教中对按圣人标准看待的一类信徒的称呼。

受罚的原因之一。①

芥川在上文谈及其与基督教的渊源。他是"因为彩色玻璃画的窗户以及摆动的香炉,爱上了基督教",而后"之后吸引我的是圣人以及福者的传记。我从他们的舍身事迹中,感到了心理上的或者戏剧上的兴趣,并因而仍旧热爱基督教"。从中可以看出芥川对基督教的热爱不是发自内心的真爱,而仅仅是出于从感性上热爱与基督教相关的事物。尤其从"虽然我爱基督教,但对于基督教的信仰却彻头彻尾的冷淡"这句看,芥川对基督教是没有信仰的。芥川甚至说过:"为了轻视基督教,反而爱上了基督教。"由此表述可以看出,芥川对基督教实际上是怀有"轻视"心的,这也许与其拥有深厚的佛学修养有关。

由于芥川在基督教信仰与佛教信仰之间的徘徊心理,反映在其文学中,就有诸如上文所论述的那样,在其基督教相关作品中多次出现与佛教对比式的论述。不仅如此,他在《阿吟》《尾形了斋备忘录》《邪宗门》《志野》等作品中描述了基督教信仰与佛教信仰的矛盾冲突。在这些作品中,或基督教取得胜利,或佛教取得胜利,但作者并未完全明确其态度,这亦说明了芥川在基督教信仰和佛教信仰之间的徘徊心理。

芥川对佛教的关心贯穿其短暂而又辉煌的一生。正如石割透所述,芥川在青年时期对佛教有过深切的关心,从其创作的佛教相关作品看,的确如此。芥川在早年创作了大量佛教相关作品,如《释迦》《菩提树——三年间的回顾》《弘法大师御利生记》《战遮与佛陀》《青年与死》《罗生门》《鼻子》等,但我们不能忽略他在晚期再次回望了佛教物事。芥川不仅在中晚期创造了《往生画卷》《尼提》这样重要的佛教相关作品,且这两篇作品中的主人公皆功德圆满,修成正果,这是非常值得关注的问题。他写于1927年7月10(自杀前十四日)的《西方之人》最后一节"三十七 东方之人"亦再次回望东方,回望佛教,且看如下引文:

----

① (日)芥川龍之介,《芥川龍之介全集》(第二十三卷),東京:岩波書店,1998,p.221。

尼采称宗教为"卫生学"。这个意义的"卫生学"并非单指宗教，道德与经济也属于"卫生学"。这一切自然会保佑我们一生健康。"东方之人"大抵要将这种"卫生学"建立在涅槃之上。老子时常令"无何有之乡"向佛陀致意。但是我们没有像区分肤色那样，明确分出东方西方。因此耶稣的一生，或者说基督们的一生，才撼动了我们。"古来英雄之士，悉归山阿。"此歌永远在我们中间流传。而"天国近了"的话音，毕竟令我们站立起来。在这方面，老子与年少的孔子，或者说与中国的耶稣——孔子，进行了对话。野蛮的人生总在或多或少地折磨着基督们，愿做太平草木的"东方之人"们亦不例外。耶稣云："狐狸有洞，天空的飞鸟有窝、人子却没有枕头的地方。"恐怕连他自己都没意识到，他的话语里包蕴着可怕的事实。我们除了变成狐狸或飞鸟，很难再找到栖身之窝。①

芥川在此论述了宗教，指出"'东方之人'大抵要将这种'卫生学'建立在涅槃之上"的事实，认为作为"东方之人"，"我们除了变成狐狸或飞鸟，很难再找到栖身之窝"，这里的"变成狐狸或飞鸟"正是佛教所述的"生死轮回"观。失去"栖身之窝"也许象征了他所逐渐丧失的包括佛教在内的东方传统文化土壤。"东方之人"的措词亦表明芥川再次将视野转向了东方。

不仅如此，他在最后的自杀关头，亦以佛教的观点为自杀进行辩护，他在《给一个老友的手记》(遗书)中如此写道：

可是，我在决定自杀的方法之后，对于生仍有一半的留恋，因此，我需要一个通向死亡的跳板。(我倒并不像红毛绿眼的西洋人所信奉的那样，把自杀看成是罪恶。佛祖在《阿含经》里，曾对他的

---

① （日）芥川龍之介，《芥川龍之介全集》(第十五卷)，東京：岩波書店，1997，p.273。

弟子的自杀作过肯定。而曲学阿世之徒,恐怕会把佛祖对自杀的这一肯定也解说成"除了万不得已的场合之外"吧。但是,从第三者的眼光来看,所谓"万不得已的场合",并非一定要目睹更加悲惨地死去这一非常事变之时。任何人的自杀,都是在他自己认为"万不得已的场合"才进行的。在不到"万不得已的场合"之前而断然自杀的人,毋宁说是需要勇气的。)①

在这封遗书中,芥川以佛教《阿含经》为自杀辩护,足见他在离世前仍在寻求来自佛教的安慰。

《阿含经》为记录佛陀的开示录、言行录,是原始佛教基本经典。由众多小经组成,主要论述四谛、八正道、十二因缘法,兼说生死轮回、善恶报应、无常、普度众生等思想。版本不一。北传称《长阿含经》《中阿含经》《杂阿含经》和《增一阿含经》;南传称《长部经典》《中部经典》《相应部经典》《增支部经典》《小部经典》。《阿含经》中有关于自杀的文字。如《杂阿含经》中记载阐陀身罹重病,不堪其苦而自尽。阐陀自杀后,舍利弗询问佛陀阐陀死后"当至何趣,云何受生,后世如何。"佛陀曰:"彼正智正善解脱善男子,有供养家亲厚家善言语家。舍利弗。我不说彼有大过。若有舍此身余身不相续者,我不说彼有大过。"②从佛陀的回答中,佛陀并未否定阐陀的自杀。

从上述芥川所引《阿含经》内容为他的自杀所做的解释可以看出,芥川对《阿含经》亦是相当熟悉的,其佛学造诣之深令人惊叹。

另外,芥川在遗书中还对自己的后事交代使用佛教仪式。"应该请冲本君为我做一印谱。可在为我作佛事的时候,加上我作的俳句诗集,一起分发。"(遗书《致小穴一隆》)③

以上充分说明芥川对佛教的关心贯穿了他短暂的一生。特别值得

---

① (日)芥川龍之介,《芥川龍之介全集》(第十六卷),東京:岩波書店,1997,pp.5—6。
② 宋天竺三藏求那跋陀罗译,《杂阿含经》,大正藏第二卷,第348页(上)。
③ (日)芥川龍之介,《芥川龍之介全集》(第二十三卷),東京:岩波書店,1998,p.87。

注意的是,芥川在青年与晚年时期尤为关注佛教。

(三)

芥川文学中佛教相关作品十分丰富,完全不亚于其基督教相关作品。其文学中所体现的佛教思想几乎涉及其所有体裁,不仅小说、童话、小品、剧本、散文、游记、书简、诗歌、俳句均有过相关内容。其文学中佛教用语、佛教典故运用甚多,要充分认识和理解芥川文学,忽略其佛教因素是有失偏颇的。可以说,芥川佛教题材文学,抑或芥川文学中的佛教思想,亦是理解芥川及其文学的一把钥匙。

通过分析,我们亦可见芥川在宗教信仰方面的矛盾心理。他一方面希望信奉佛教,求得精神解脱,另一方面又不断对其进行否定,最终走向彻底的绝望。芥川既是理想主义者,又是现实的认识者,他所认识的现实与他所追求的理想仿佛两条互不相关的平行线,永远无法交叉。日本学者梅原猛在其著作《地狱的思想》中提及日本作家岛崎藤村时写道:

> 痛骂藤村作伪善忏悔的是芥川龙之介。芥川龙之介严厉地非难藤村,说在那里只有一种假面具,而没有真正的烦恼。也许,芥川当时一定感到无法处置自我内心的地狱苦恼吧。不久,他因怀疑一切真理与道德,对人生失望而自杀了。怀疑地狱就是他的栖身之所乐吧![1]

正如梅原猛所言,芥川的宗教怀疑主义将他带入了自杀的深渊。芥川临终时所言"隐隐的不安"是日本社会转型期知识分子苦恼的一个缩影。笔者认为,芥川具有宗教关怀,但又丧失了宗教信仰的土壤。他亲

---

[1] 梅原猛著,刘瑞芝、卞立强译,《地狱的思想》,成都:四川人民出版社,2005年,第177页。

近佛教，拥有深厚的佛学修养，但在"现代"语境中，必须关注日渐走近的西方基督教，终究将自己迷失于东方与西方、佛教与基督教之间，这是芥川的个人悲剧，对此问题的关注可以令我们更深入思考传统与现代、东方与西方、人生与宗教问题，这也许是芥川文学为我们留下的宝贵财富。由此意义讲，芥川以其生命代价为我们留下了一份宝贵的文学文化财富。

如前所述，芥川佛教相关文学涉及范围广泛，不仅涉及小说、童话、小品、剧本、散文、游记，亦涉及书简、诗歌、俳句等。本书主要选取了芥川文学中具有代表性的十七篇作品进行论述，但亦基本涉及了以上芥川文学所有题材作品。由于本人水平有限，再加上时间较为仓促，对芥川文学中的诗歌与俳句的研究尚未涉及，这也是本人今后需要不断认真探讨的课题。

附　录

一、芥川龙之介佛教相关作品图谱

序号	作品名	出版年月	与佛教有关内容简介(佛教思想内容)
1	《青年与死》	1914年8月	对有关生死问题的探讨;改编自《龙树菩萨传》。
2	《假面丑八怪》	1914年12月	描述了一位信奉佛教的老爷由于信念未起作用而迁怒于佛的小故事。
3	《罗生门》	1915年9月	因果报应;善与恶。
4	《鼻子》	1916年1月	描述了一名僧人的日常生活;"我执"。
5	《孤独地狱》	1916年2月	孤独地狱;地狱苦难,人生之苦。
6	《酒虫》	1916年4月	蛮僧;祸福;因果。
7	《运气》	1916年12月	世俗的佛教信仰。
8	《尾形了斋备忘录》	1916年12月	神佛与基督教信仰之争,基督教胜利。
9	《道祖问答》	1916年12月	佛教大、小乘之争;本地垂迹。
10	《貉》	1917年3月	信与不信的问题。
11	《偷盗》	1917年4月	生死;无常;因果;寺院情形描述。
12	《蜘蛛之丝》	1918年4月	地狱;因果报应。
13	《地狱变》	1918年4月	地狱变屏风;佛教地狱;人间地狱。
14	《邪宗门》	1918年11月	神佛与基督教之争;基督教胜利。

续　表

序号	作品名	出版年月	与佛教有关内容简介(佛教思想内容)
15	《枯野抄》	1918年9月	净土;生死;虚无;因果;念佛。
16	《澄江堂杂记》	1918年—1924年	佛陀成佛之路。
17	《樗牛的故事》	1919年1月	龙华寺;日莲上人。
18	《龙》	1919年4月	龙升天,龙与佛教;信与不信的问题。
19	《疑惑》	1919年6月	对在地震中杀死妻子忏悔;杨柳观音。
20	《尾生之信》	1919年12月	生死轮回。
21	《复仇之旅》	1920年4月	生死无常;信佛。
22	《弃儿》	1920年7月	佛教,母爱,佛恩。
23	《动物园》	1920年9月	"大象""老虎""河马"中涉及佛陀或佛教。
24	《往生画卷》	1921年3月	念佛往生。
25	《好色》	1921年10月	"我执",偏执成不了佛。
26	《〈井月诗集〉跋》	1921年10月	佛教故事"鹿头梵志"。
27	《竹林中》	1921年12月	幽冥界;无常;善恶。
28	《俊宽》	1921年12月	佛教内容众多;净土;无常;《源平盛衰记》。
29	《六宫公主》	1922年8月	生死;宿命论;念佛往生,不能借助他力。
30	《阿吟》	1922年8月	佛教与基督教之争;最后阿吟与养父母三人均放弃了基督教。
31	《志野》	1923年3月	佛教与基督教之争,佛教最后胜利。
32	《芭蕉杂记》	1923年11月	虚空;论述芭蕉的"无常"。
33	《侏儒警语》	1923年—1927年	生死;佛陀。
34	《文章》	1924年3月	对佛的看法(保吉)。
35	《尼提》	1925年8月	佛祖度化除粪工尼提;尼提认真修佛,最后获得初果。
36	《两位朋友》	1926年1月	寂灭为乐。

续　表

序号	作品名	出版年月	与佛教有关内容简介(佛教思想内容)
37	《〈弱冠〉后记》	1926年3月	佛法；梵天；古代与现代对照。
38	《国槐》	1926年10月	观音；因果报应。
39	《河童》	1927年2月	宗教与生活教。
40	《〈今昔物语〉鉴赏》	1927年4月	佛法、佛教故事；对《今昔物语集》中佛法部分的评论。
41	《本所和两国》	1927年5月	阿修罗；回向院；寺庙。
42	其他(诗歌,游记等)		俳句(《病中》)；短歌(《即景》《柯树》)；诗(《心境》《雪》《佛》；荡荡帖《给某君》)；《新流行调》；《中国游记》(灵隐寺、金山寺等寺庙及寺庙内容)。

二、芥川龙之介文库佛教相关作品列表

1.《绘本西游记》(40卷)

2.《黄檗山诸堂联额》

3.《寒山诗阐提起闻》(1—3卷)

4.《西游真诠》(20卷)

5.《说法因缘除睡钞》(卷1—8,7册)

6.《剪灯新话》(卷1—2,2册)

7.《剪灯新话句解》(卷1—4,2册)

8.《剪灯余话》(1—3册,3册)

9.《禅门宝训集》

10.《禅林集句》

11.《太平广记》(卷1—500,48册)

12.《大唐三藏圣教序》

13.《日本灵异记》(1—3,3册)

14.《觅灯因话卷１２》(1册)(卧法师入定录)

15.《夜窗鬼谈》(2册)

16.《雍和宫法物展览会佛像物品说明册》

17.《龙门二十品》

18.《近古禅林丛谈》

19.《元亨释书和解》(卷下)

20.《禅门茶话》(婆言爷语)

21.《无门关讲义》

(据《芥川龙之介文库目录》,日本近代文学馆,1977年)

三、芥川龙之介年谱

1892年(明治二十五年)0岁

3月1日,出生于东京市京桥区入船町八丁目一番地(现中央区明石町)。父亲新原敏三,母亲福子(フク),为其长子。因生于辰年辰月辰日辰刻,故名龙之介。父亲新原敏三出生于长州。1876年(明治9年)来到东京,以经营贩卖牛奶的耕牧舍成功后,开始了广泛的生意。龙之介由于在其父亲敏三43虚岁、母亲福子33虚岁的厄运之年所生,因此按照风俗在附近的教会前弄成了形式上的"弃子"。芥川有初(ハツ)和久(ヒサ)两个姐姐。大姐初子在龙之介出生的前一年夭折,才6岁。龙之介在出生八个月后的10月25日,母亲福子发疯。之后,龙之介被位于本所小泉町十五番地(现墨田区两国三丁目22番11号)的外婆芥川家抚养。芥川家原本是江户城德川家茶会吏的名门望族。龙之介由生母的兄长芥川道章及其妻子俦,以及住在一起的姨母福纪(フキ)照顾。芥川道章是当时东京府的土木课长。

1893年(明治二十六年)1岁

生父新原敏三家从入船町八丁目搬到芝区新钱座町十六番地(现港区芝浜松町一丁目)。龙之介称这里为"芝家",正式过继给芥川家后也交往不断。

1894 年(明治二十七年)2 岁

从此时开始常被带去观看歌舞伎等。芥川家是一个具有浓厚江户传统色彩的家庭,全家均学习一中节(日本净瑠璃流派之一,谣曲),经常出入剧院。养母俤是幕府末期常游走于花街柳巷的细木香以(津国屋藤次郎)的侄女。

1897 年(明治三十年)5 岁

4 月,入读回向院旁边的江东小学附属幼儿园。姨母福纪(フキ)对其进行早期教育,开始阅读。理想是当一名海军军官。

1898 年(明治三十一年)6 岁

4 月,入读江东普通小学(两国小学前身)。这时的理想变成了当一名洋画家。

1899 年(明治三十二年)7 岁

7 月,在新原家当帮手的芥川冬子(フユ)(福子的亲妹妹)与新原敏三生下龙之介同父异母弟弟得二。这个时候,师从宇治紫山(一中节的大师)的儿子学习英语、汉文等(年代有诸多说法)。

1902 年(明治三十五年)10 岁

4 月,进入高等科一年级。与同学一起创办了传阅杂志《日出界》。除了自己编辑,还自己绘制插图等。喜爱读书,除了通俗绘画小说外,爱读《西游记》《水浒传》。另外,也读龙泽马琴、近松门左卫门等的江户文学、泉镜花、尾崎红叶等砚友社文学。11 月 28 日,母亲福子在新原家死去(享年 42 岁)。

1904 年(明治三十七年)12 岁

3 月,在新原家召开家庭会议。商量龙之介从新原家长子继承人中除名及芥川冬子入籍成为敏三后妻事宜。5 月,东京地方法院裁定龙之介从新原家法定继承人中除名。8 月,龙之介过继给芥川家成为养子。9 月姨母冬子入籍新原家。

1905 年(明治三十八年)13 岁

3 月,从江东小学高等科三年级毕业。4 月,入读东京府立第三中学

(东京都立两国高中的前身)。同学中有同年级的西川英次郎、山本喜誉司,高二年级的久保田万太郎,高三年级的后藤末雄等。

1906 年(明治三十九年)14 岁

从 4 月左右开始,与大岛敏夫、野口真造等创办传阅杂志《流星》(不久改为《曙光》),成为编集发行人。8 月,与姐姐初(ヒサ)去千叶县小凑、胜浦旅行。再次在以《流星》为名的杂志上发表《胜浦杂笔》等。

1910 年(明治四十三年)18 岁

3 月,从东京府立第三中学毕业。9 月,免试入读第一高等学校(高中)第一部乙班(文科)。与井川(不久改为恒藤)恭、菊池宽、久米正雄、土尾文明、成濑正一、松冈让、山本有三等是同班同学。比他高一级的近卫文麿、山宫允、丰岛与志雄等也是他的同学。10 月,芥川家从本所小泉町移居到内藤新宿町二丁目(现新宿区新宿)。

1911 年(明治四十四年)19 岁

9 月,入住第一高等学校(高中)学生宿舍,度过一年的寄宿生活。

1912 年(明治四十五年·大正元年)20 岁

1 月,执笔《大川之水》(发表:大正三年)。4 月,与西川英次郎去富士山一带旅行。8 月,去木曾、名古屋一带旅行。同年,与日夏耿之介、西条八十等熟识。

1913 年(大正二年)21 岁

7 月,以第二名从第一高等学校(高中)毕业。9 月,进入东京帝国大学文科大学英国文学专业学习。

1914 年(大正三年)22 岁

2 月,与菊池宽、久米正雄、山宫允、土屋文明、丰岛与志雄、成濑正一、松冈让、山本有三等一起创办第三次《新思潮》。在创刊号上发表翻译作品阿纳托尔·法朗士的《巴尔塔扎尔》。其后,在该刊 5 月号上发表了小说《老年》。9 月,第三次《新思潮》停刊。10 月,芥川一家人移居东京府下丰岛郡泷野川町字田端 435 号(现北区田端)。

1915年(大正四年)23岁

2月,与吉田弥生结婚之事遭家人反对而破灭。8月,兼带治愈失恋的心情赴井川恭的家乡松江旅行,呆了近20日。在当地的报纸《松阳新报》上,首次以"芥川龙之介"的署名发表《松江印象记》(原题《日记摘抄》1—3),井川恭的《翡翠记》中进行了介绍。9月,《罗生门》脱稿。11月,在《帝国文学》上发表《罗生门》。12月18日星期四,经俄文系的冈田(不久改名林原)耕三的介绍,与久米正雄一起初次拜访夏目漱石宅邸,参加"星期四聚会",后入夏目漱石门下。

1916年(大正五年)24岁

2月,与菊池宽、久米正雄、成濑正一、松冈让等一起创办第四次《新思潮》。在创刊号上发表《鼻子》,受到了夏目漱石的赞赏。7月,从东京帝国大学毕业,毕业论文题目为《威廉·莫里斯研究》。从8月至9月,与久米正雄一起在千叶县最好的宫海岸逗留,期间向塚本文发出求婚的书信。9月,在《新小说》上发表《芋粥》,接下来10月在《中央公论》上发表《手巾》,确立了新晋作家地位。12月,到横须贺的海军机关学校做临时教官,教授英语。从此住在镰仓町和田塚。同月9日,夏目漱石去世。同月,与塚本文缔结婚约。

1917年(大正六年)25岁

3月,第四次《新思潮》停刊。5月23日,第一部短篇小说集《罗生门》由阿兰陀书房出版。6月,举办了出版纪念会。9月,从镰仓移居到横须贺市汐入。10月至11月《戏作三昧》在《大阪每日新闻》上连载。11月,第二部短篇小说集《烟草与魔鬼》由新潮社出版。

1918年(大正七年)26岁

1月,与室生犀星相识并结为好友。2月2日,与塚本文结婚。3月,成为大阪每日新闻社社友。同月,迁居镰仓町大町字辻。5月《地狱变》在《大阪每日新闻》及《东京日日新闻》上连载。7月,在铃木三重吉的推荐下在《赤鸟》创刊号上发表《蜘蛛之丝》。同月8日,《鼻子》(新兴文艺丛书8)由春阳堂出版。9月,在《三田文学》上发表《奉教人之死》。10

月，在《新小说》上发表《枯野抄》。

1919年(大正八年)27岁

1月15日，第三部短篇集《傀儡师》由新潮社刊行。3月16日，生父新原敏三去世(享年68岁)。同月末，从海军机关学校辞职。4月，成为大阪每日新闻社会员，入会条件是无需去该社上班，每年给该社写小说，但不能给除大阪每日新闻社以外的报纸写稿。成为专业创作的龙之介，回到位于田端的家里，将书斋命名为"我鬼窟"(菅虎雄题)，致力于创作活动。5月，在《新潮》上发表《我遇到的事》(不久改为《蜜柑》《沼泽地》)。从同月上旬开始，与菊池宽一起游长崎，旅行中受到永见德太郎的照顾，并与斋藤茂吉熟识。6月，与歌姬秀茂子相识。秋天，画家小穴隆一到访"我鬼窟"。

1920年(大正九年)28岁

1月，在《新潮》上发表《舞踏会》。同月28日，第四部短篇集《影灯笼》由春阳堂刊行。4月10日(户籍3月30日)，长子比吕志出生。同月，在《中央公论》上发表《秋》。7月，在《中央公论》上发表《南京的基督》，在《赤鸟》上发表童话《杜子春》。11月，与宇野浩二、菊池宽、久米正雄等人一起去京都、大阪演讲旅行。归途中，与宇野去了诹访。这一年春天，在上野的清凌亭结识了佐多稻子。另外，从这个时候开始，不断地创作河童的绘画。

1921年(大正十年)29岁

1月，在《中央公论》上发表《山鹬》。3月14日，第五部短篇集《夜来之花》由新潮社刊行。同月末，以大阪每日新闻社海外观察员的身份派往中国。到上海不久，患干性肋膜炎，入住里见医院。出院后，一路游览了上海、杭州、苏州、扬州、南京、芜湖、庐山、洞庭湖等地。在汉口逗留一周。然后北上，途经洛阳，6月14日抵达北京。在北京逗留期间在北京市内观光。7月到达天津。经南满铁路，从朝鲜于7月末回国。回国后，身体恶化，为神经衰弱所苦恼。从8月到9月，《上海游记》在《大阪每日新闻》及《东京日日新闻》上连载。9月8日，《戏作三昧　外六篇》(最袖珍杰作丛书第三篇),同月18日《地狱变 外六篇》(最袖珍杰作丛书第四篇)由春阳堂刊行。10月,在神奈川汤河原温泉的中西屋度过三个星期左右的疗养生活。11月18日,《大石内藏助的一天 外六篇》(最袖珍杰作丛书第九篇)由春阳堂刊行。

1922年(大正十一年)30岁

1月,在《新潮》上发表《竹林中》,在《改造》上发表《将军》。1—2月,《江南游记》在《大阪每日新闻》上连载。2月1日,《芋粥 外六篇》(最袖珍杰作丛书第十篇)由春阳堂刊行。3月,《斗车》在《大观》上发表。同月15日,《将军》(代表性名作选集37)由新潮社刊行。4月,与养母侪、姨母福纪一起赴京都、奈良旅行。这段时间,将书斋所悬匾额"我鬼窟"改为"澄江堂"(下岛熏题)。4月至5月,再次去长崎旅行,逗留一个月左右,与永见德太郎、蒲原春夫、渡边库辅等熟识。龙之介心爱的藏品——玛利亚观音像在此次的长崎旅行中入手。5月20日,最初的随笔集《点心》由金星堂刊行。7月9日,森欧外去世。同月,访问小穴隆一与志贺直哉。8月13日,《沙罗之花》由改造社、10月20日,《奇怪的再会》(金星堂名作丛书8)由金星堂刊行。11月8日,次男多加志出生。同月13日,《邪宗门》由春阳堂刊行。身体急剧恶化。

1923年(大正十二年)31岁

1月,在菊池宽创办的《文艺春秋》上连载《侏儒警语》,一直持续连载至1925年11月。3—4月,再次赴汤河原治疗,入住中西屋。5月,《保吉的手记》在《改造》上发表,评价不好。同月18日,第六部短篇集《春服》由春阳堂刊行。8月,赴山梨县夏期大学担任讲师。回京后,与小穴隆一、渡边库辅赴镰仓的平野屋别墅避暑,结识住同一旅馆的冈本一平、鹿子夫妇。9月1日,关东大地震爆发,位于田端的房子及家人平安。10月,在室生犀星的介绍下结识了在一高读书的堀辰雄。12月,赴关西旅行,与小山内熏、志贺直哉、泷井孝作、恒藤恭、直木三十五等交往。

1924年(大正十三年)32岁

1月,在《新潮》上发表《一块地》。5月,拜访金泽的室生犀星,在市内转悠后取道大阪、京都返回东京。7月18日,第七部短篇集《黄雀风》由新潮社刊行。7月至第二年3月,编辑出版《现代英语文学系列》(The Modern Series of English Literature)(全七卷,兴文社)。7月,赴轻井泽,在鹤屋旅馆逗留一个月左右。这期间,与片山广子交往。9月,第二部随笔集《百草》(感想小品丛书Ⅷ)由新潮社刊行,10月25日,《报恩记》(历史物杰作选集第二卷)由而立社刊行。从该年至第二年7月,参与编辑《泉镜花全集》。

1925年(大正十四年)33岁

1月,《大导寺信辅的半生》在《中央公论》上发表。2月,与搬到田端的萩原朔太郎结为挚友。4月1日,《芥川龙之介集》(《现代小说全集》第一卷)由新潮社刊行。从4月开始在修善寺温泉进行大约一个月的温泉治疗。7月12日,三子也寸志出生。8月下旬至9月上旬在轻井泽的鹤屋旅馆逗留。11月3日,《中国游记》由改造社刊行。同月,受兴文社委托编辑的《近代日本文艺读本》全五卷历经三年全部刊行。围绕收录作品的印刷税问题,在一部分文人之间流传些闲言碎语,成了龙之介身心疲惫的种子。

1926年(大正十五年·昭和元年)34岁

身体状况更加恶化。从1月开始在汤河原中西屋进行温泉治疗大约一个月时间。3月,从室贺文武处获得新的《圣经》,认真阅读。但是,相信神的奇迹没有出现。从4月末开始,与妻儿一道回妻子文的娘家鹄沼静养。创作《点鬼簿》及成为遗稿的《鹄沼杂记》。之后,直到年末,一直在田端和鹄沼之间往返生活。12月25日,随笔集《梅·马·莺》由新潮社刊行。

1927年(昭和二年)35岁

1月4日,姐姐久所嫁入的家——西川丰的住宅失火。两日后,被怀疑放火的姐夫西川在千叶县山武郡土气隧道附近卧轨自杀。由于西川有高额的借款,龙之介为其善后所累。身体一直不好,但偶尔利用帝国饭店作为其工作场所创作《河童》《海市蜃楼》等。4月7日,与平松麻素子(妻子文的朋友)在饭店据说谋划心中之事(殉情),被柳原白莲和小穴隆一知悉,幸好平安无事。从同月开始,在《改造》上连载《文艺的,过于文艺的》。与谷崎润一郎围绕"小说的情节"这一问题展开论战。同月 16 日,给菊池宽寄送遗书。5 月,与里见弴赴东北、北海道进行演讲旅行。归途中顺道去了新潟高中,进行了最后的演讲《坡的一面》。6 月,《齿轮》的第一章在《大调和》上发表。同月 20 日,生前最后的作品集——第八部短篇集《湖南扇》由文艺春秋社刊行。同月 20 日,《某傻子的一生》脱稿。7 月 10 日《西方之人》脱稿。同月 23 日,《续西方之人》写完,24 日天尚未明,在自家服药物自杀(有说服用过量的巴比妥,也有说服用氰化钾)。枕边放着打开的《圣经》。给夫人文、三个儿子、小穴隆一、菊池宽等留有遗书。当天夜里,家人、朋友通宵进行商议,由久米正雄发布了《给某旧友的手记》。同月 27 日,在谷中齐场举行葬礼。泉镜花、菊池宽、小岛政二郎、里见弴等致悼词。约 1500 人前来哀悼。第二天,葬于慈眼寺。墓碑铭按照遗书由小穴隆一执笔题写。8 月,《西方之人》(《改造》)、9 月,《续西方之人》(《改造》)、10 月,《某傻瓜的一生》(《改造》)、《齿轮》(《文艺春秋》全篇收录)陆续发表。此外,9 月 12 日,《芥川龙之介集》由新潮社刊行。从 11 月开始至昭和四年 2 月,《芥川龙之介全集》由岩波书店刊行。12 月 6 日,《侏儒警语》(全篇收录)、同月 20 日,《澄江堂句集 附印谱》(自选句、所藏印章印影收录)由文艺春秋社出版部刊行。

(据《芥川龙之介全作品事典》(勉诚出版)编译)

参考文献

一、芥川龙之介作品

日文本：

芥川龍之介全集.東京：岩波書店,1995—1998.
芥川龍之介未定稿集.東京：岩波書店,1968.
芥川龍之介集.東京：集英社,1966.
羅生門・地獄変.東京：ポプラ社,1971.
奉教人の死　煙草と悪魔：他十一篇.東京：岩波書店,1991.
羅生門・杜子春.東京：岩波書店,2000.
河童：他二篇.東京：岩波書店,2003.
羅生門・鼻・芋粥・偸盗.東京：岩波書店,2012.
侏儒の言葉・文芸的な,余りに文芸的な.東京：岩波書店,2013.
蜘蛛の糸・杜子春・トロッコ：他十七篇.東京：岩波書店,2013.
地獄変・邪宗門・好色・藪の中：他七篇.東京：岩波書店,2013.

中译本：

芥川龙之介读本.秦刚选编.北京：人民文学出版社,2011.
芥川龙之介短篇小说选.高慧勤译.桂林：漓江出版社,2012.
芥川龙之介集.鲁迅等译.上海：上海开明书店,1931.

芥川龙之介精选集.高慧勤编选.北京：北京燕山出版社，2008.

芥川龙之介全集（中文版,全 5 卷）.高慧勤，魏大海主编.济南：山东文艺出版社，2005.

芥川龙之介小说十一篇.楼适夷译.长沙：湖南人民出版社，1980.

芥川龙之介小说选.文洁若等译.北京：人民文学出版社，1981.

芥川龙之介作品集（散文卷）.李正伦，李实，孙静译.北京：中国世界语出版社，1998.

芥川龙之介作品集（小说卷）.楼适夷，吕元明，文洁若等译.北京：中国世界语出版社，1998.

罗生门.北京：外国文学出版社，1999.

罗生门：芥川龙之介小说集.文洁若译.北京：华夏出版社，2003.

罗生门：芥川龙之介中短篇小说集.楼适夷，吕元明，文洁若译.南京：译林出版社，1998.

罗生门.林少华译.青岛：青岛出版社，2005.

疑惑.吴树文译.上海：上海译文出版社，1991.

二、著作类

日文本：

花山信勝.日本佛教の特質.東京：東京：岩波書店，1936.

大正文學研究會編.芥川龍之介研究.東京：河出書房，1942.

宇井伯壽.日本佛教概史.東京：岩波書店，1951.

永井義憲.日本仏教文学.東京：塙書房，1963.

永井義憲.日本仏教文学研究（第 2 集）.東京：豊島書房，1967.

（葡）ジョアン・ロドリーゲス.日本教会史（上）.東京：岩波書店，1967.

宇野浩二.芥川龍之介.東京：筑摩書房，1967.

長野嘗一.古典と近代作家：芥川龍之介.東京：有朋堂，1967.

大野達之助.新稿日本仏教思想史.東京：吉川弘文館,1973.

駒尺喜美編.芥川龍之介作品研究.東京：八木書店,1975.

片岡良一.夏目漱石と芥川龍之介.東京：中央公論社,1980.

菊地弘,久保田芳太郎,関口安義編.芥川龍之介研究.東京：明治書院,1981.

福田恒存.太宰と芥川.東京：日本図書センター,1984.

马渊和夫,国东文麿,今野达校注・译.今昔物語集(第十三版).東京：小学館,1985.

石割透.芥川龍之介：作家とその時代.東京：有精堂,1987.

日本文学研究資料刊行会.芥川龍之介Ⅰ(第8版).東京：有精堂,1988.

布野栄一.芥川龍之介：その歴史小説と『今昔物語』.東京：桜楓社,1990.

三木紀人.宇治拾遺物語(古本説話集).東京：岩波書店,1990.

日本文学研究資料刊行会.芥川龍之介Ⅱ(第2版).東京：有精堂,1991.

菊地弘,久保田芳太郎,関口安義.芥川龍之介研究(第1版).東京：明治書院,1991.

大正文学研究会編.芥川龍之介研究（近代作家研究叢書①）(第5版).東京：日本図書センター,1992.

恒藤恭.旧友芥川龍之介(第5版).東京：日本図書センター,1992.

笠井秋生.芥川龍之介作品研究.東京：双文社出版,1993.

関口安義.芥川龍之介研究資料集成(全10巻).東京：日本図书センター,1993.

宮坂覺.芥川龍之介—理智と抒情.東京：有精堂出版,1993.

今野達,佐竹昭広,上田閑照.人間.東京：岩波書店,1993.

今野達,佐竹昭広,上田閑照.仏と神.東京：岩波書店,1994.

今野達,佐竹昭広,上田閑照.無常.東京：岩波書店,1994.

今野達,佐竹昭広,上田閑照.現世と来世.東京:岩波書店,1994.

今野達,佐竹昭広,上田閑照.経典.東京:岩波書店,1994.

柳田聖山ほか執筆.風狂と数奇.東京:岩波書店,1994.

末木文美士ほか執筆.因果.東京:岩波書店,1994.

渡辺貞麿.佛教文学的周縁.大阪:和泉書院,1994.

関口安義.芥川龍之介.東京:岩波書店,1995.

平岡敏夫.芥川龍之介と現代.東京:大修館書店,1995.

(韩)曺紗玉.芥川龍之介とキリスト教.東京:翰林書房,1995.

関口安義.この人を見よ:芥川龍之介と聖書.東京:小沢書店,1995.

田丸徳善ほか執筆.近代文学と仏教.東京:岩波書店,1995.

永井義憲［ほか］執筆.古典文学と仏教.東京:岩波書店,1995.

華園聰麿ほか執筆.霊地.東京:岩波書店,1995.

中村元.古典を読む 往生要集.東京:岩波書店,1996.

関口安義.特派員芥川龍之介:中国でなにを視たのか.東京:毎日新聞社,1997.

家永三郎.仏教思想史論.東京:岩波書店,1997.

(韩)河泰厚.芥川龍之介の基督教思想.東京:翰林書房,1998.

石割透編.西方の人:キリスト教・切支丹物の世界.東京:翰林書房,1999.

海老井英次編.地獄変:歴史・王朝物の世界.東京:翰林書房,1999.

北海道立文学館編.夏目漱石と芥川龍之介.札幌:北海道立文学館,1999.

関口安義,庄司達也.芥川龍之介全作品事典.東京:勉誠出版,2000.

仏教哲学大辞典編纂委員会編.仏教哲学大辞典(第3版).東京:創価学会,2000.

菊池弘等編.芥川龍之介事典(増訂版).東京:明治書院,2001.

鈴木大拙.鈴木大拙全集(新版増补)(第26巻).東京:岩波書店,2001.

宮坂覚.芥川文学の周辺.東京：翰林書房,2001.

佐藤嗣男.芥川龍之介—その文学の地下水を探る.東京：おうふう,2001.

鈴木大拙.鈴木大拙全集（第32卷）.東京：岩波書店,2002.

中村元[ほか]編.岩波仏教辞典（第2版）.東京：岩波書店,2002.

杉浦明平.今昔ものがたり.東京：岩波書店,2004.

長野甞一.芥川龍之介と古典.東京：勉誠出版,2004.

関口安義.芥川龍之介永遠の求道者.東京：洋洋社,2005.

川上光教.芥川龍之介とキリスト教.京都：白地社,2005.

鷺只雄.芥川龍之介と中島敦.東京：翰林書房,2006.

平岡敏夫.もうひとりの芥川龍之介.東京：おうふう,2006.

張蕾.芥川龍之介と中国：受容と変容の軌跡.東京：国書刊行会,2007.

芥川龍之介研究誌の会編.芥川龍之介研究誌1—5.芥川龍之介研究誌の会,2007—2011.

新村出編.広辞苑（第6版）.東京：岩波書店,2008.

邱雅芬.芥川龍之介の中国：神話と現実.福岡：花書院,2010.

山田昭全.日本仏教文学の方法.東京：おうふう,2013.

中文本：

北京编译社译,张龙妹校注.今昔物语集.北京：人民文学出版社,2008.

仓田百三.出家及其弟子.孙百刚译.上海：开明书店,1930.

陈聿东主编.佛教文化百科（第2版）.天津：天津人民出版社,1993.

丁福保编.佛学大辞典.北京：文物出版社,1984.

杜继文主编.佛教史.南京：江苏人民出版社,2007.

方立天.中国佛教简史.北京：宗教文化出版社,2001.

冯友兰.中国哲学史.上海：华东师范大学出版社,2000.

佛光星云.佛光教科书 4 佛教史.台北:佛光文化事业有限公司,1999.

傅玄,高新民,朱允校编著.傅玄《傅子》校读.银川:宁夏人民出版社,2008.

葛兆光.中国思想史(全三册).上海:复旦大学出版社,2001.

何光沪,许志伟.对话:儒释道与基督教.北京:社会科学文献出版社,1998.

何劲松.近代东亚佛教——以日本军国主义侵略战争为线索.北京:社会科学文献出版社,2002.

加藤周一.日本文学史序说.叶渭渠,唐月梅译.北京:外语教学与研究出版社,2011.

宽忍.佛学辞典.北京:中国国际广播出版社,香港华文国际出版社,1993.

蓝吉富主编.中华佛教百科全书(全十册).台南:中华佛教百科文献基金会,1994.

铃木大拙.禅与日本文化.陶刚译.北京:生活·读书·新知三联书店,1989.

铃木范久.宗教与日本社会.牛建科译.北京:中华书局,2005.

刘建.佛教东渐.北京:社会科学文献出版社,1997.

刘再复,林岗.传统与中国人.合肥:安徽文艺出版社,1999.

梅原猛.地狱的思想.刘瑞芝,卞立强译.成都:四川人民出版社,2005.

邱雅芬.芥川龙之介文学与中国.广州:花城出版社,1999.

邱雅芬.芥川龙之介学术史研究.南京:译林出版社,2014.

萨义德.东方学.王宇根译.北京:北京三联书店,1999.

陀思妥耶夫斯基.卡拉马佐夫兄弟.荣如德译.上海:上海译文出版社,2011.

王虹.中日比较文学研究.厦门:厦门大学出版社,2008.

王向远.二十世纪中国的日本翻译文学史.北京:北京师范大学出版社,2001.

韦立新,任萍编著.日本佛教源流.广州:世界图书广东出版公司,2013.

吴树文译.疑惑——芥川龙之介编别裁集.上海:上海文艺出版社,2011.

肖平.近代中国佛教的复兴:与日本佛教界的交往录.广州:广东人民出版社,2003.

杨曾文.日本佛教史(新版).北京:人民出版社,2008.

叶渭渠,唐月梅.20世纪日本文学史.青岛:青岛出版社,1998.

义江彰夫.日本的佛教与神祇信仰.陆晚霞译.北京:商务印书馆,2010.

张健,王金林.日本两次跨世纪的变革.天津:天津社会科学院出版社,2000.

朱景玄撰,温肇桐注.唐朝名画录.成都:四川美术出版社,1985.

三、论文类

日文论文:

渡辺貞麿.芥川竜之介における宗教-上-.大谷学報,1964,43(3).

渡辺貞麿.芥川竜之介における宗教-下-.大谷学報,1964,43(4).

渡辺貞麿.芥川竜之介と古典と仏教——「往生絵巻」について.日本仏教学会年報,1972,38.

宮坂覺.『蜘蛛の糸』出典考ノート:CHRIST LEGENDSへのメモを手懸りとして.香椎潟,1979(25).

吉田俊彦.『青年と死』論覚え書.岡大国文論稿,1981.

久保忠夫.芥川龍之介の『青年と死と』の材源.東北学院大学論集,1986.

五味文彦.『宇治拾遺物語』への接近.新日本古典文学大系月報,1990,第42巻附录,21.

见理文周.近代日本の文学と仏教.日本文学と仏教(第十巻 近代文学と仏教),東京:岩波書店,1995.

吉原浩人.仏教的世界観との懸隔と地獄の形象——『蜘蛛の糸』.国文学 解釈と教材の研究,1996,41(5).

石割透.芥川龍之介について気づいた二,三のこと.駒沢短期大学研究紀要,1999,27.

谷萩昌則.芥川龍之介の童話:『蜘蛛の糸』に見られる善と悪.大正大学研究論叢,1996,4.

三嶋譲.『歯車』解読(2)〈或狂人の娘〉の虚実(宗教と文学研究).福岡大学総合研究所報,1998(3),205.

青木瑞恵.芥川龍之介の童話に見られる宗教性.英知大学大学院論叢(8),2006.

宮坂覺.国際的作家芥川龍之介研究の可能性——PENGUIN CLASSICS『Rashomon and Seventeen Other Stories』をめぐって.日语学习与研究,2009(5).

袴谷憲昭.芥川龍之介と仏教文学.駒沢大学仏教文学研究(14・15),2012.

中村圭志.児童文学の宗教的ロジック(第9回)犍陀多の孤独な戦い:芥川龍之介『蜘蛛の糸』.書斎の窓(621),2013.

中文论文:

陈多友,谭冰.试论川端康成初期文学中的佛教思想.日语学习与研究,2010(2).

陈世华,范敏磊.理想与现实的选择:艺术至上还是直面生活——从"戏作三昧"和"地狱变"看芥川龙之介的艺术观.外国文学研究,2012(6).

成春有.试论芥川龙之介晚期作品思想.解放军外语学院学报,

1996(1).

杜斗城.《地狱变相》初探.敦煌学辑刊,1989(2).

傅伟动.大小兼受戒,单受菩萨戒与无戒之戒——中日佛教戒律观评较考察.中华佛学学报,1993(6).

谷学谦.川端康成与佛教.外国文学研究,1999(4).

韩小龙.被压抑的灵魂诉说——试析芥川龙之介的《戏作三昧》.外国问题研究,1997(4).

韩小龙.生命史观与撰史精神——芥川龙之介对马琴史观的内在分析.历史教学问题,2001(1).

何祖健.川端康成与佛教精神.湖南大学学报(社会科学版),2000(4).

李春红.芥川龙之介历史小说的现代意识.日本研究,2004(1).

李春林,臧恩钰.鲁迅《幸福的家庭》与芥川龙之介《葱》之比较分析.鲁迅研究月刊,1997(5).

李建东.《西游记》的佛教思想.河南社会科学,1997(2).

李雁南.无法破解的谜案——解读芥川龙之介的短篇《树丛之中》.天津外国语学院学报,2000(1).

梁济邦.芥川龙之介的文学之路及其《罗生门》.西安外国语学院学报,2000(2).

林岚,吴静.近代中国文化对一个日本作家的影响.东北师范大学学报,1988(6).

林岚,吴静.近代中国文化人对一个日本作家的影响——评芥川龙之介的小说《桃太郎》.东北师大学报,1998(6).

刘春英.芥川龙之介在中国.唐都学刊,2003(3).

刘春英.中国的芥川龙之介翻译史.日本学论坛,2003(2).

刘介人.芥川龙之介及其作品《罗生门》.黑龙江大学学报(哲学社会科学版),1979(3).

刘庆星.芥川龙之介与基督教——以《西方的人》《续西方的人》为中

心.现代语文,2011(4).

刘先和.佛教并非宿命论.佛教文化,1995(2).

刘岳兵.夏目漱石晚年汉诗中的求"道"意识.日本研究,2006(3).

楼适夷.《芥川十一篇》书后.读书,1980(7).

孟庆枢.芥川龙之介与中国.东北师范大学学报(哲社版),1996(1).

孟昭毅,李立新.禅与日本近代作家.社会科学探索,1997(4).

钱佳楠.芥川龙之介:殉道的写作.上海文化,2012(6).

乔莹洁.借鉴与创新——评《罗生门》.外国文学研究,2000(4).

秦刚.现代中国文坛对芥川龙之介的译介与接受.中国现代文学研究丛刊,2004(2).

邱雅芬.《上海游记》:一个充满隐喻的文本.外国文学评论,2005(2).

邱雅芬.章炳麟对日本作家芥川龙之介创作之影响.中山大学学报(社会科学版),1999(1).

邱雅芬.中国文人画对日本作家芥川龙之介创作的影响——《秋山图》论.中山大学学报论丛,1999(5).

邱紫华,陈欣.对《罗生门》的哲学解读.外国文学研究,2008(5).

王鹏.芥川龙之介"切支丹物"的艺术性.东方丛刊,2008(2).

王鹏.民国时期芥川龙之介研究反思.汉语言文学研究,2011(3).

王向远.芥川龙之介与中国现代文学——对一种奇特的接受现象的剖析.国外文学,1998(1).

王向远.鲁迅与芥川龙之介,菊池宽历史小说创作比较论.鲁迅研究月刊,1995(12).

韦平和.芥川龙之介对鲁迅作品的影响——以《罗生门》和《阿Q正传》的比较为中心.日语学习与研究,2007(2).

肖平.论日本江户时期的排佛思想.日本学刊,1998(6).

肖书文.试论芥川龙之介《鼻子》的深层意蕴.外国文学研究,2004(5).

肖霞.论川端康成文学的佛教精神与宗教情怀.山东社会科学,

2011(5).

熊融,徐重庆.鲁迅与芥川龙之介.东北师大学报,1982(3).

许宗元.芥川龙之介《中国游记》文化解读.北京第二外国语学院学报,2002(4).

杨峰.20世纪80年代以来"佛教与《西游记》的关系"研究综述.明清小说研究,2008(1).

于长敏.芥川龙之介与中国古典文学.日本文学,1987(2).

于天祎.中国对芥川龙之介文学的影响.齐鲁学刊,2007(3).

张石.唐代诗僧寒山与日本近现代文学.日本研究,2009(1).

赵迪生.芥川龙之介《地狱图》人物形象评析.日本研究,2000(2).

周芸.角色转换,语篇衔接与小说语体的表现——论芥川龙之介《莽丛中》的语用策略.学术探索,2003(5).

邹波.芥川龙之介的宗教思想.日本学刊,1998(6).

四、佛经类

北凉天竺三藏昙无谶译.大般涅槃经.大正藏第十二卷.

曹魏天竺三藏康僧铠译.佛说无量寿经.大正藏第十二卷.

大唐罽宾三藏佛陀多罗译.大方广圆觉修多罗了义经.大正藏第十七卷.

大唐三藏法师玄奘奉诏译.大乘阿毘达摩杂集论.大正藏第三十一卷.

大唐三藏法师玄奘奉诏译.药师琉璃光如来本愿功德经.大正藏第十四卷.

大唐三藏法师义净奉制译.佛说无常经.大正藏第十七卷.

大正新修大藏经.台北:佛陀教育基金会,1990.

大周于阗国三藏法师实叉难陀奉敕译.大乘入楞伽经.大正藏第十六卷.

参考文献

东晋罽宾三藏瞿昙僧伽提婆译.增一阿含经.大正藏第二卷.

东晋罽宾三藏瞿昙僧伽提婆译.中阿含经.大正藏第一卷.

东晋天竺三藏佛驮跋陀罗译.大方广佛华严经.大正藏第九卷.

佛说善恶因果经.大正藏第八十五卷.

弘学编.妙法莲花经.成都:巴蜀书社,2002.

后秦龟兹三藏鸠摩罗什译.妙法莲花经.大正藏第九卷.

后秦释僧肇选.注维摩诘经.大正藏第三十八卷.

梁西印度三藏法师真谛译.大乘起信论.大正藏第三十二卷.

蒲正信注.六度集经.成都:巴蜀书社,2001.

三藏法师玄奘奉诏译.瑜伽师地论.大正藏第三十卷.

三藏法师义净奉制译.根本说一切有部毗奈耶.大正藏第二十三卷.

三藏法师义净奉制译.根本说一切有部毗奈耶杂事.大正藏第二十四卷.

实叉难陀译,林世田等点校.华严经.北京:宗教文化出版社,2001.

释道世撰,周叔迦,苏晋仁校注.法苑珠林校注.北京:中華书局,2003.

释证严讲述.佛教遗经.上海:复旦大学出版社,2013.

宋天竺三藏求那跋陀罗译.过去现在因果经.大正藏第三卷.

宋天竺三藏求那跋陀罗译.杂阿含经.大正藏第二卷.

唐于阗国三藏沙门实叉难陀译.地藏菩萨本愿经.大正藏第十三卷.

天竺沙门般剌蜜帝译.大佛顶如来密因修证了义诸菩萨万行首楞严经.大正藏第十九卷.

西明寺沙门释道世撰.法苑珠林.大正藏第五十三卷.

宣化法师讲述.佛说阿弥陀经浅释(第二版).北京:宗教文化出版社,2007.

玄奘述,辩机撰.大唐西域记.桂林:广西师范大学出版社,2007.

姚秦龟兹三藏鸠摩罗什译.佛说阿弥陀经.大正藏第十二卷.

姚秦三藏鸠摩罗什译.龙树菩萨传.大正藏第五十卷.

姚秦天竺三藏鸠摩罗什译.金刚般若波罗蜜经.大正藏第八卷.
有慈编.与佛有缘：佛度有缘人.北京：朝华出版社,2008.
于阗国实叉难陀奉制译.大方广佛华严经.大正藏第十卷.
周广宇.佛度有缘人.北京：北京燕山出版社,2013.
宗文点校.涅槃经.北京：宗教文化出版社,2011.
宗文点校.杂阿含经.北京：宗教文化出版社,2011.

五、学位论文类

陈云哲.跨界的想象与无界的书写——谷崎润一郎,芥川龙之介作品中的"中国形象"研究.博士学位论文,吉林大学,2010.

杜文倩.文化汇流中的抉择与超越——芥川龙之介与中国.博士学位论文,山东大学,2006.

高洁.论作家芥川龙之介的中国旅行——以文本《中国游记》为中心.博士学位论文,上海外国语大学,2006.

李雁南.近代日本文学中的"中国形象".博士学位论文,暨南大学,2005.

孟雪.芥川龙之介小说中的佛教思想.硕士学位论文,北京林业大学,2011.

谭学丽.试论《南京的基督》中的宗教形象.硕士学位论文,上海交通大学,2010.

王鹏.芥川龙之介"切支丹物"探究.硕士学位论文,河南大学,2005.

吴敏闻.芥川龙之介《奉教人之死》论.硕士学位论文,华东师范大学,2007.

于天伟.芥川龙之介文本中的中国情结研究.博士学位论文,山东大学,2007.

仲冲.三重"罗生门"——简析"罗生门"的历史发展过程及差异.硕士学位论文,山东师范大学,2010.

索 引

A

《阿含经》 76,246

《阿吟》 157,178-180,186,188-189, 219,244

B

"报应" 26,175 **参见** 因果报应

"本地垂迹" 80,86-87,93-95,98

《鼻子》 3,6,27-31,33-34,37,110, 229,244

贬佛 178

《病中杂记》 62

"不信" 101-102,106,118 **参见** "信"

C

禅宗思想 21,223-224

《慈悲三昧水忏法》 174

D

《大般涅槃经》 146-147,199-200, 230

《大乘入楞伽经》 55

《道祖问答》 79,86-88,95-98,229, 232

《地藏菩萨本愿经》 121,131-132

地狱 46,74,121-122,132,136,138- 139,152-154,173,182,241

　　"孤独地狱" 41-42,45-46,48, 53,61,76,122,241

　　"无间地狱" 177

"地狱变" 122,125

《地狱变》 121-127,129,132-139, 153-154,166-168,229,232,241

"地狱绘草纸" 125

地狱救赎 139,149-150,240

　　参见 救赎

《点心》 63,257

"东方与西方" 180,187-188,248

"东方之人" 63,79,216,220,244- 245

《杜子春》 122,133,241

度化 94-96,149,193,208-210,241

E

"恶" 21,24-27 **参见** 善恶

F

《法华经》 32,54,71,86-90,94,231

《法苑珠林》 24,112,127,129,206-208,230

佛法 101,105-107,111,146,150,166,172,177-178,194-195,209-210,213,228,230,232

佛法三宝 177

    三宝 106,177

佛教词汇 128-129,173

佛教故事 81,143-145,237

佛教救赎 76,139,140,238 参见 救赎

《佛教文学的周边》 3,6,21,238

佛教物事 52,84,88,110,117,124,129,138,193,244

佛教与基督教 157,160,163,167,178,188,189,242,248

《佛说阿弥陀经》 152,200-201,209

"佛性" 89,91,93,96,150,198-200,202,

《佛遗教经》 54,70

G

功德圆满 193,195-196,202,211,213-214,244

"孤独" 43,47,81

"孤独之苦" 53

孤独地狱》 41-42,45-46,48,53,61,76,122-123,154,239,241

"孤独地狱" 41-42,45-46,48,53,61,76,122,241 参见 地狱

"无间地狱" 177 参见 地狱

《观音经》 32,84

"观音信仰" 82,84

《国槐》 83,240

H

《貉》 101-103,107-108,110,118

横死 10-11,18

《弘法大师御利生记》 37,193,244

《华严经》 55,107,112-113,209

J

及时行乐 11-12

极乐世界 71-73,75,96,139-140,145,151-153,181-182 参见 地狱

戒律 43-44,79,85,87-88,90,92,96-98

芥川的佛学素养 57,60,71,75-76,124,175,234,240

芥川的佛学修养 37,98,171,176,244,248 见 芥川的佛学素养

芥川的理想主义 7,110,247

《芥川龙之介与戏曲》 7

芥川宗教怀疑思想 117-118,162,166,178,188-189,242,243

芥川宗教信仰的困惑 79,118,157,188,247

《今昔物语集》 7,19-20,28,30-31,65-67,75,80-81,86-87,123,168,194-196,198,205-206,228,229-233

《金刚经》 59,61-62,101,200-201,

240

"净土" 49,57-58,73,76,125,181,
193-194,198,201,204-205,218,
241-242

救赎 140,149-151,153,181,198,
225

 地狱救赎 139,149-150,240

 佛教救赎 76,139,140,238

 宗教救赎 121

《俱舍论》 34,54,107

《俊宽》 41,49-51,53,59,61,64,76,
85,240,242

K

《卡拉马佐夫兄弟》 141-143

"苦" 41,45,47-49,53,239

"苦难" 121,239

L

《老年》 3

《楞严经》 9,13

《六度集经》 111

《六宫公主》 41,64-68,71,73,75-
76,153

《六宫姬夫君出家》 65-66

《龙》 101-103,108-115,117-118,
232

《龙树菩萨传》 3,7-9,239

鹿头梵志 236-237

轮回 10,104-105,182 见 生死,生
死轮回

"罗生门" 22-23

《罗生门》 3,5-6,18-30,37

N

《尼和地藏》 6,9,193,242

《尼提》 76,193-194,206-208,211,
213-214

"念佛" 68,72-73

念佛往生 71-73,75-76,202,205-
206,218,229,241 参见 往生

"涅槃" 92,211,

《涅槃经》 26,44,55

P

《平家物语》 49,121,168

《菩提树——三年间的回顾》 3-4,
37,244

Q

弃教 157,160-163,166,178-180,
186-187

《青年与死》 3,5-10,12-14,18,37,
56

清明心 14

R

"人生苦短" 12

人生之苦 12,41-42,45-48,53,76,
239

《日本教会史》 181,183

S

三界唯心 108,113-114,117

《山药粥》 30,84,110,231

善恶报应 24,240,246 见 报应

善恶 19,21,23-27,147-149,240

善与恶　18,24

"恶"　21,24-27

《摄大乘论》　92

生死　6,9-10,13,15-17,43,47,51,
59,91-93,96,104-105,239-240
　　见 轮回

生死轮回　12-13,17-18,24,31,104
-105,239,245-246　见 轮回

生死观　6,9,12,14,16,18

四篇未发表作品　3

宿命论　66,68-,60,71,73,75

T

陀罗尼　175-176

W

往生　152,170,193,195,198,200,202
-203,206,241

念佛往生　71-73,75-76,202,205-
206,218,229,241

《往生画卷》　123,168,193-197,205-
206,213-214,218,229,241,244

往生极乐　67,69-70,72-73,75,125,
193-194,202,205-206

往生要集　72-73,121,125,218

《尾形了斋备忘录》　108,157-158,
160,189,219,244

未定稿　4,6-7,37,61,109,168,211,
213,239-240

《我期望的两件事——假如我有来生》
17,239

"我执"　27,33-34,37

"无常"　33,41,49,53,59-64,167,
169-170,178,227,240

《无常》　61,240

《无常经》　169-170,240

无间地狱　176-177　参见 地狱

五戒　44,90

五趣生死图　124,126,129

X

《仙人》　14

"邪法"　166,172,178

《邪宗门》　166-168,172,178,189,
240,244

"信"　101-103,106-110,118,163

"正信"　102

"不信"　101-102,106,118

信教　157,160,163,166

"信仰"　79,98,101,106,108,118,
186,243

"修行"　12

"虚无"　21-22,63-64

Y

《药师本愿功德经》　10

业因　10,12,24,26,138,144,147,
150,177,194

《一根葱》　141-142

《疑惑》　83

因果　146-147,211

因果报应　11,19,26,68,70,71,83,
88,94-95,125,144,147,153,167-
168,175,178,234,240

"报应" 26,175

善恶报应 24,240,246

因果观 27,146,240

"因果轮回" 68,182

《因果小车》 141,143-144,146,224

"游戏" 88

《有部毗奈耶》 127

"有缘人" 209-210

《瑜伽师地论》 47,101

《宇治拾遗物语》 28,31,87,109,123,168,228,232-233

原典 31,65-67,75,81,87,109-110,195,197-198,202

《圆觉经》 105

《源平盛衰记》 49-50,59

《运气》 57,79-81,84-86,98,108,229

Z

《杂阿含经》 44,105,246

《杂笔》 64

《杂集论》 101

《造恶业人最后唱念佛往生语》 67

《战遮与佛陀》 3-4,242,244

《增一阿含经》 237,246

《蜘蛛之丝》 43,122,139-143,145-151,153,224,240-241

《中阿含经》 47,246

众生皆有佛性 150,198-199,202

《侏儒警语》 6,16,18,47,63,70,121,211,239,242

宗教救赎 121 参见 救赎

《宗教年鉴》 216

后　记

《芥川龙之介文学中的佛教思想研究》一书是在我博士论文的基础上修改而成的。对于我来说，这既是对我四年博士生活的再一次回顾，也是对我学术研究的再一次鞭策。回首走过的岁月，心中感慨良多。

在此，我要衷心地感谢我的导师邱雅芬教授。恩师以国际化的视野、严谨的治学之道、宽厚仁慈的胸怀、积极乐观的生活态度，为我树立了终身学习的典范。恩师的谆谆教诲、悉心关怀与鞭策将激励我在今后的科学研究和人生道路上励精图治，开拓创新。在编撰本书之际，恩师的教诲犹言在耳，鞭策我在学术研究上不敢有丝毫的懈怠。

人生如白驹过隙，转眼博士毕业已过去一年半载，但博士时的学习、生活情景仍历历在目。说句实话，由于本人资质愚钝，四年的博士生涯过得战战兢兢，面临着各种各样的压力，身体状况也大不如从前，幸得恩师、家人、朋友等的关照和理解，才得以顺利毕业。毕业后回归单位，本想有所作为，但生活、工作压力大增，再加上身体状况还未完全回复如初，身心十分疲惫，便辞去系主任之职，想稍微喘口气歇一歇。但本书中的"人生苦短，当及时行乐"之句，促使我积极思考人生，再次开启我的学术之旅。

在我的人生中，我永远相信"没有播种就没有收获""善有善报，恶有恶报"的信条，这也许是我在探究芥川文学及佛教典籍中所获得的最大收获。人生最大的幸福是将自己的快乐分享给他人，期待本书的出版能给大家带来些许帮助。在本书即将画上圆满句号之际，我心中仍是满满的感恩之情。

　　在此，我要以最诚挚的心意感谢恩师的爱人苏柏坚先生在资料上给予的宝贵支持；感谢中山大学中文系康保成教授、魏朝勇教授、林岗教授、柯倩婷副教授、广东外语外贸大学韦立新教授、刘金举教授、华南师范大学李雁南教授等给予的悉心指导；感谢中山大学哲学系冯焕珍教授在佛学方面给予的帮助；感谢中文系研究生办公室的王河江老师、蒋玉婷老师、张淑兰老师等给予的关心与照顾；感谢王辉、李方阳、刘文星、康乐、叶从容、宋波、匡伶、张新、温士贤、何峰、陈铧耀、高元骅、牛冬、朱海、郑上保等同门及朋友在学术和生活上给予的大力支持；感恩父母、岳父母、姐姐、姐夫、妻儿等给予的理解与支持；感谢吉首大学白晋湘校长、外国语学院汤敬安院长、蒋林教授等在本书的出版方面给予的大力支持；感谢南京大学出版社张淑文老师及其他编辑给予的关心与帮助。

　　最后，谨以此书献给我挚爱的其他亲朋好友，他们在背后的默默支持是我前进的动力。在此，祝愿他们身体健康，心情愉快！

潘贵民
2018年4月于吉首大学